生命的光影形线

人生感想录

刘红庆 编

沈从文

人文三书

新星出版社
NEW STAR PRESS

图书在版编目（CIP）数据

生命的光影形线：人生感想录 / 沈从文著．-- 北京：新星出版社，2017.3

（沈从文人文三书）

ISBN 978-7-5133-1393-3

Ⅰ．①生… Ⅱ．①沈… Ⅲ．①散文集－中国－现代 Ⅳ．① I266

中国版本图书馆 CIP 数据核字（2017）第 036279 号

生命的光影形线：人生感想录

沈从文 著

责任编辑：高晓岩
责任印制：李珊珊
装帧设计：冷暖儿

出版发行：新星出版社
出 版 人：谢 刚
社　　址：北京市西城区车公庄大街丙 3 号楼　100044
网　　址：www.newstarpress.com
电　　话：010-88310888
传　　真：010-65270449
法律顾问：北京市大成律师事务所

读者服务：010-88310811　service@newstarpress.com
邮购地址：北京市西城区车公庄大街丙 3 号楼　100044

印　　刷：北京汇瑞嘉合文化发展有限公司
开　　本：910mm × 1230mm　1/32
印　　张：10.125
字　　数：230 千字
版　　次：2017 年 3 月第一版　2017 年 3 月第一次印刷
书　　号：ISBN 978-7-5133-1393-3
定　　价：52.00 元

出版者的话

沈从文（1902—1988），原名沈岳焕，苗族，湖南凤凰人，作家，文物研究专家，代表作有《边城》《湘行散记》《中国古代服饰研究》等。众所周知，沈从文先生的创作开创了中国现代抒情文学的新路，他对中国古代文物的精湛研究，提升了我们对文明进程的理解水准。

可以说，公众对沈从文先生的了解，仍局限于几本代表作。他身后出版的洋洋几十卷《沈从文全集》，只是少数爱好者及研究者的收藏物，人们并不知晓其中蕴含的价值。在文学创作之外，先生为数甚多的随笔、检讨、书信为我们展示了别样的精神空间，从中浮现出一个真实可亲的作者面相，对渴望了解大师人生及创作的人而言，无异于一把金钥匙。为此，本社特意约请沈迷刘红庆先生编选了“沈从文人文三书”，将作家小说、散文之外的文字介绍给读者。

《生命的光影形线》呈现的是作为思想家的沈从文的面貌，他对人生与命运的哲理思考，予人以特别的启迪；对人性及现实的批评，因其深刻的洞察力而发人深省；对新中国的遥望与设计，因其赤子之心而令人感动。

《古人为何要留胡子》是一本谈艺论文录，涉及创作心得、艺术的功用、美的教育以及对文物演变史的阐发，另辟蹊径，发他人所未发，可谓美的发现之旅。

《大小生活都在念中》是先生在动荡岁月里写的家书（1966—

1976)，这些保存下来的文字，因传达了作者真实的情感与思想而弥足珍贵，既是了解作家情感与思想的上佳读物，也是了解那个苦难时代的可靠读物。有忧患深沉的家国情怀，有真挚细腻的儿女情长，有徘徊在歧路的迷茫与惆怅……

需要说明的是，为提示主题，编者为每篇文章及书信新拟了标题。沈从文先生的写作带有自己鲜明的风格，从字词、方言的运用到标点符号的使用，时有与当下语文规范相抵牾的地方，我们只校正某些明显的错误，可以意会或贯通的一概不作改动。为了有助于读者阅读，我们对一些难以理解的人名及用词略加注释。

选文及注释多出自北岳文艺出版社之《沈从文全集》，在此，谨对劳作者致以诚挚的谢意。

书里所用照片系沈从文长子沈龙朱先生提供，一并致以感谢。

新星出版社

2017 年 3 月

目　录

第一辑　我的存在为的是返照人

第二辑　精神的浸润将形成未来

第三辑　我的责任也是我的权利

第四辑　国家悲剧可望明日结束

第一辑　我的存在为的是返照人

我仿佛正在从各种努力上将自己生命缩小，似乎必如此方能发现自己，得到自己，认识自己。“吾丧我”，我恰如在找寻中。生命或灵魂，都已破破碎碎，得重新用一种带胶性观念把它粘合起来，或用别一种人格的光和热照耀烘炙，方能有一个新生的我。

谁的生命可以不受时间限制

| 原题《时间》，发表于一九三五年十月二十八日《大公报·文艺》。

一切存在严格的说都需要"时间"。时间证实一切，因为它改变一切。气候寒暑，草木荣枯，人从生到死，都不能缺少时间，都从时间上发生作用。

常说到"生命的意义"或"生命的价值"。其实一个人活下来真正的意义同价值，不过是占有几十个年头的时间罢了。生前世界没有他，他是无意义无价值可言的。活到不能再活死掉了，他没有生命，他自然更无意义无价值可言。

正仿佛多数人的愚昧同少数人的聪明，对生命下的结论差不多都以为是"生命的意义同价值是活个几十年"，因此都肯定生活，那么吃，喝，睡觉，吵架，恋爱，……活下来等待死，死后让棺木来装殓他，黄土来掩埋他，蛆虫来收拾他。

生命的意义解释得既如此单纯："活下来，活着，倒下，死了。"未免太可怕了。因此次一等的聪明人，同次一等的愚人，对生命意义同价值找出第二种结论，就是"怎么样来耗费这几十个年头"。虽更肯定生活，那么吃，喝，睡觉，吵架，恋爱，……然而生活得失取舍之间，到底也就有了分歧。这分歧是一看即明白的。大别言之，聪明人要理想生活，愚蠢人要习惯生活。聪明人以为目前并不完全好，一切应比目前更好，且竭力追求那个理想；愚蠢人对习惯完全满意，安于习惯，保护习惯。(在世俗观察上，这两种人称呼常常相反，安于习惯的被呼为聪明人，怀抱理想的人却成愚蠢家伙。)

两种人既同样有个“怎么样来耗费这几十个年头”的打算，要从人与人之间找寻生存的意义和价值，即或择业相同，成就却不相同。同样想征服颜色线条作画家，同样想征服乐器声音作音乐家，同样想征服木石铜牙及其他材料作雕刻家，甚至于同样想征服人身行为作帝王，同样想征服人心信仰作思想家：一切结果都不会相同。因此世界上有大诗人，同时也就有蹩脚诗人，有伟大革命家，同时也有虚伪革命家。至于两种人目的不同，择业不同，那就更容易一目了然了。

看出生命的意义同价值，原来如此如此，却想在生前死后使生命发生一点特殊意义同价值，心性绝顶聪明，为人却好像傻头傻脑，历史上的释迦、孔子、耶稣，就是这种人。这种人或出世，或入世，或革命，或复古，活下来都显得很愚蠢，死过后却显得很伟大。屈原算得这种人另外一格，历史上这种人并不多，可是间或有一个两个，就很像样子了。这种人自然也只能活个几十年，可是他的观念、他的意见、他的风度、他的文章，却可以活在人类记忆中几千年。一切人生命都有个时间限制，这种人的生命又似乎不大受这种限制。

话说回来，事事物物要时间证明，可是时间本身却是个极其抽象的东西。从无一个人说得明白时间是个什么样子。“时间”并不单独存在。时间无形，无声，无色，无臭。要说明时间的存在，还得回头从事事物物去取证。从日月来去，从草木荣枯，从生命存亡找证据。正因为事事物物都可为时间作注解，时间本身反而被人疏忽了。所以多数人提问到生命的意义同价值时，没有一个人敢说“生命意义同价值，只是一堆时间”。

“前不见古人，后不见来者”，这是一个真正明白生命意义同价值的人所说的话。老先生说这话时心中很寂寞！能说这话的是个伟人，能理解这话的也不是个凡人。目前的活人，大家都记着这两句话，却只有那些从日光下牵入牢狱，或从牢狱中牵上刑场的倾心理想的人，最了解这两句话的意义。因为说这话的人生命的耗费，同懂这话的人生命的耗费，异途同归，完全是为事实皱眉，却胆敢对理想倾心。

他们的方法不同，他们的时代不同，他们的环境不同，他们的遭遇也不同，相同的是他们的心，同样为人类而跳跃。

我的人生信念的形成

原题《无从毕业的学校》，写于二十世纪八十年代初。

我于一九二三年的夏天，从湘西酉水上游的保靖县小小山城中，口袋里带了从军需处领来的二十七块钱路费，到达沅陵时，又从家中拿了二十块钱，和满脑子天真朦胧不切现实的幻想，追求和平、真理、独立自由生活和工作的热忱，前后经过十九天的水陆跋涉，终于到达了一心向往的北京城。

还记得那年正值黄河长江都发大水，到达武汉后就无从乘京汉车直达北京，在小旅馆里住了十多天，看看所有路费已快花光了，不免有点进退失据的惶恐。亏得遇到个乾城同乡，也正准备过北京，是任过段祺瑞政府的陆军总长傅良佐的亲戚，当时在北京傅家经管家务，且认识我在北京作事的舅父。因此借了我部分路费。他当时已是个四十多岁的中年人，经常往返北京，出门上路有经验，向车站打听得知，只有乘车转陇海路，到达徐州，再转京浦路，才有机会到达。也算是一种冒险，只有走一步看一步。因为到徐州后是否有京浦车可搭，当时车站中人也毫无把握。我既无路可退，因此决定和他一道同行，总比困在汉口小旅馆中为合理上算！于是又经过六七天，从家乡动身算起，前后约走了二十五天，真是得天保佑，我就居然照我那个自传结尾所说的情形：

> ……提了一卷行李，出了北京前门的车站，呆头呆脑在车站前面广坪中站了一会。走来一个拉排车的，高个子，一看情形知道我是个乡巴佬，就告给我可以坐他的排车到我所要到的地方去。我相信了他的建议，把自己那点简单行李，同一个瘦小的身体，搁到那排车上去，很可笑的让这运货排车把我拖进了北京西河沿一家小客店，在旅客簿上写下——
>
> 沈从文年二十岁学生湖南凤凰县人
>
> 便开始进到一个使我永远无从毕业的学校，来学那课永远学不尽的人生了。

到达三天后，我又由一个在农业大学读书的黄表弟，陪送我迁入前门附近不远杨梅竹斜街酉西会馆一个窄小房间里，暂时安顿下来。北京当时南城一带，有上百成千大小不等的“会馆”，都是全国各省各州府沿袭明清两代科举制度，为便利入京会试、升学，和留京候差大小官吏而购地建成的。大如“西湖会馆”，内中宽广宏敞，平时可免费留住百十个各自开火的家庭。附近照例还另外有些房产出租给商人，把年租收入作维持会馆修补经费开销。我迁入的是由湘西所属辰沅永靖各府十八县私人捐款筹建的，记得当时正屋一角，就还留下花垣名士张世准老先生生前所作百十块梨木刻的书画板片，附近琉璃厂古董商，就经常来拓印。书画风格看来，比湖南道州何绍基那种肥蠕蠕的字还高一着。此外辛亥以后袁世凯第一任总统时，由熊希龄主持组成的第一任“名流内阁”，熊就是我的小同乡，在本城正街上一个裱画店里长大的。初次来京会试，也就短期住在这个小会馆里，会试中举点翰林后，才迁入湖广会馆。

尚有我的父亲和同乡一个阙耀翔先生，民三[①]来京同住馆中一个房间里，充满革命激情，悄悄组织了个“铁血团”，企图得便谋刺大总统袁世凯。两人都是大少爷出身，阙还是初次出远门，语言露锋芒，不多久，就被当时的侦缉队里眼线知道了消息：我的父亲原是个老谭的戏迷，那天午饭后去看戏时，阙耀翔先生被几个侦缉队捉去。管理会馆那个金姓远亲，赶忙跑到戏院去通知我父亲。他知道情形不妙，不宜再返回住处。金表亲和帮会原有些关系，就和他跑到西河沿打磨厂一个跑热河的镖局，花了笔钱，换了身衣服，带上镖局的红色“通行无阻”的包票，雇了头骡车，即刻出发跑了。因为和热河都统姜桂题、米振标是旧识，到了热河后得到庇护，隐姓埋名，且和家中断了消息，在赤峰建平两县作了几年科长，还成了当地著名中医。直到五四那年，才由我那卖画为生的哥哥，万里寻亲，把父亲接回湘西，在沅陵住下。至于那个阙先生，据说被捉去问明情形，第二天就被绑到天桥枪毙了。

我初初来时，在这个会馆里住下，听那个金姓远亲叙述十年故事，自然漩起了种种感情，等于上了回崭新的历史课。当时宣统皇帝已退位十二年，袁世凯皇帝梦的破灭，亦有了好几年，张勋复辟故事也成了老北京趣闻。经过五四运动一场思想革命，象征满清皇权尊严的一切事事物物，正在我住处不远前门一条笔直大街上，当成一堆堆垃圾加以扫荡。

到京不久，那个在农业大学习园艺的表弟，带我去过宣内大街不远那个京师图书分馆阅览室参观过一次。以后时间已接

①民三，民国三年略称，即公元 1914 年。

近冬天，发现那个小小阅览室，不仅有几十种新报刊，可以随意取读，还有取暖饮水等设备，方便群众。这事对我说来可格外重要。因为我随身只有一件灰蓝布夹衫，即或十月里从农大同乡方面，借来了件旧毛绳里衣，在北京过冬，可还是一件麻烦事。住处距宣武门虽比较远，得走廿来分钟灰尘仆仆的泥土路，不多久，我就和宣内大街的“京师图书馆”与“小市”相熟，得到阅书的种种便利了。特别是那个冬天，我就成了经常在大门前等待开门的穷学生之一，几乎每天都去那里看半天书，不问新旧，凡看得懂的都翻翻。所以前后几个月内，看了不少的书，甚至于影响到此后大半生。消化吸收力既特别强，记忆力又相当好，不少图书虽只看过一二次，记下了基本内容，此后二三十年多还得用。

当时小市所占地方虽并不大，东东西西可不少，百十处地摊上出卖的玩意，和三家旧木器店的陈货，内中不少待价而沽的破烂，居多还是十七八九世纪的遗存，现在说来，都应当算作禁止出口的“古文物”了。小市西南角转弯处，有家专卖外文旧书及翻译文学的小铺子，穷学生光顾的特别多。因为既可买，又可卖，还可按需要掉换。记得达夫先生在北京收了许多德国文学珍本旧书，就多是在那里得到的。他用的方法十分有趣，看中了某书时，常前后翻了一翻，故意追问店中小伙计：“这书怎么不全？”本来只二三本的，却向他们要第四本，好凑成全份。书店伙计不识德文，当然不明白有无第四本。书既不全，于是只好再减价一折出售。人熟了点，还可随意借书，收条也不用给。因为老北京风气，说了算数。我就采用这个办法，借看过许多翻译小说。

青春生命正当旺盛期，仅仅这些书籍是消耗不了的，所以同时和在家乡小城市情形一样，还有的是更多机会，继续来阅读“社会”这本大书。因为住处在前门附近偏西一条小街上，向西走，过“一尺大街”，就进入东琉璃厂铁栅栏门，除了正街悬挂有招牌的百十家古董店、古书店、古画店和旧纸古墨文具店，还有横街小巷更多的是专跑旧家大宅，代销古玩和其他东东西西的单帮户。就内容言，实在比三十年后午门历史博物馆中收藏品，还充实丰富得多。从任何一家窗口向里望去，都可以见到成堆瓷器漆器，那些大画店，还多把当时不上价的，不值得再装裱的破旧书画，插在进门处一个大瓷缸中，露出大小不一的轴头，让人任意挑选。至多花钱十元八元就可成交。我虽没有财力把我中意的画幅收在身边作参考资料，却有的是机会当别人选购这些画幅时，得便看看，也从旁听听买卖双方的意见，因此增加不少知识。

若向东走，则必须通过三条街道，即廊坊一二三条，或更南些些的“大栅栏”，恰恰是包括了北京市容精华的金银首饰店铺，玉翠珠宝铺，满清三个世纪象征皇权尊严和富贵的珍贵皮货店，名贵绸缎呢绒匹头店，以及麝香、鹿茸、熊胆、燕窝、牛黄马宝药物补品店。尽管随走随停，大约有二十分钟，就可到达当时北京城最热闹的前门大街。市面所有大小商店，多还保留明清以来的旧格局，具有各种不同金碧煌煌古色古香高高耸起的门楼，点缀了些式样不同的招牌，和独具一格的商标。有的还把独家经营的货样，悬挂在最显眼处，给生熟主顾一望而知。到了前门大街，再笔直向前走去，过了珠宝市以后，就还有上百家大小挂货铺，内容更是丰富惊人。若说琉璃厂像个中国古代“文化博物馆”，这些挂货铺就满可以说是个明清两朝由十四世纪算起，到十九世纪为止的“人文博物馆”。举凡近六百年间，象征皇权的尊严起居服用礼乐兵刑的事事物物，几几乎多集中于这些大小店铺中，正当成废品加以处理。一个有心人都可望用极不足道的低廉价钱，随心所欲不甚费力就可得到。什么“三眼花翎”，“双眼花翎”头品顶戴连同这种王侯公卿名位自来旧红缨凉帽，天青宁绸海龙出锋外套，应有尽有一切随身附件，丹凤朝阳嵌珠点翠的皇亲国戚贝勒命妇的冠戴，原值千金的“翠玉翎管搬指”，“钦赐上用”成分的荷包，来自大西洋的整匹“咔喇”，大红猩猩毡的风帽，以及象牙虬角的“京八寸”烟管，紫檀嵌螺钿的鸦片烟具，全份象牙精雕细磨而成的鼻烟用具，乌铜走银的云南福禄寿三星，总兵提督军门的整份盔甲，王公贵戚手上轻摇的芝麻雕白羽扇，以至出自某某王府祖传三代的祠堂中供奉的写真大像，都在大拍卖处理中招邀主顾。进出店铺这些洋人洋婆子，好事猎奇，用个十元八元就可得到。天桥一带地摊上，还更加五光十色，耀人眼目，整匹的各色过时官纱、洋绉、板绫、官缎，都比当时流行的三友牌“爱国布”还不值钱，百十种摊在路边土地上，无人过问。皮毛部分则在陈杂皮货堆中，只要稍稍留心，随时可以发现天马玄狐倭刀腿七分旧的料子，还有宋代以来当作特别等级的马具狨座，经过改动的金丝猴炕垫背心，和全头全尾的紫貂北獭……这类物色，十多年前有的只有皇上钦赐才许服用的特别珍贵皮毛衣物，只要你耐烦寻觅，都无不可从一堆堆旧皮料中发现。

这条大街可相当长，笔直走去可直达“天桥”。到天桥时，西边还有一组包括了百十个用席棚分隔，杂耍杂艺，每天能接纳成千上万北京小市民的娱乐开心的场所。有的得先花个一毛二毛，才能分别入座，有的却随意进出，先观看后收钱。照例不少人到收钱时就一哄而散。但又总有个预防措施，自己绷场面的伙计，尽先撒一把钱，逗那些新从外地来的游人，不能不丢下几个小制钱，才嘻嘻哈哈走去。这里主要顾客虽是“老北京”为了消耗多余生命、消闲遣闷的世界，却依然随处都可发现衣着单薄、不大成体统的外省大学生，或留在会馆候差的中年人。因此也不缺少本地出产的经营最古职业的做零活的妇人，长得身材横横的，脸上敷了一层厚厚的白粉，再加上两饼桂元大洋红胭脂，三三两两到处窜动，更乐意在游人多处，有意挤那些一望而知是初初来到的外省人身边去，比在公园里更大胆更无忌讳。只是最能吸引我这个乡巴佬兴味的，却是前门大街南边一点，街两旁那百十家大小不一的“挂货铺”。

我就用眼所能及、手所能及的一切，作为自我教育材料，用个“为而不有”的态度，在这些地方流连忘返的过了半年。我理会到这都是一种成于万千世代专业工匠手中的产物，很多原材料还来自万千里外，具有近古各国文化交流历史含义的。它的价值不是用货币可以说明，还充满了深厚友好情谊，比用文字叙述更重要更难得，且能说明问题的。但是当时代表开明思想新一代学人，却极少有人注意到这个问题，居多只当成一份“封建垃圾”看待。只觉得尽那些直脚杆西洋人，和那些来自罗刹国的洋婆子，收拾破烂，尽早把它当成无价宝买去好。事事物物都在说明二千年封建，和明清两代老北京遗留物，正在结束消灭中。可是同样在这条大街上及后门一带，却又到处可以发现带辮发的老中幼“北京人”，大街小巷中，且还到处可以见到红漆地墨书的“皇恩春浩荡，明治日光华”，歌颂天恩帝德的门联。我就在这个历史交替的阶段中，饱读了用人事写成的一卷离奇不经的教育约半年，住处才转到沙滩附近北河沿银闸胡同和中老胡同各公寓，继续用另外一种方式学习下去。

乍到这个学府新环境中，最引起我的兴趣和激发我的幽默感处，是从男学生群中，发现大多数初来北京的土老老，为钦慕京派学生的时髦，必忙着去大栅栏西头“大北照相馆”，照几张纪念相。第一种是穿戴博士帽的毕业像，第二种是一身洋服像，第三种是各就不同相貌、身材和个人兴趣，照个窦尔墩、黄天霸、白玉堂，或诸葛亮唱《空城计》时的须生戏装像。这些戏装是随时可租，有时却得先挂上号，另外约定日子才去照的。

迁居到沙滩附近小公寓后，不多久就相熟了许多搞文学的朋友。就中一部分是北大正式学生，一部分却和我一样，有不少不登记的旁听生，成绩都比正式生还更出色，因为不受必修课的限制，可以集中精力专选所喜爱的课题学下去。也有当年考不起别的合理想学校而留下自行补修的。也有在本科中文系毕了业，一时不想就业，或无从就业，再读三年外文的。也有本人虽已毕业，为等待朋友或爱人一同毕业而留下的。总之，都享受到当时学校大门开放的好处。

当时一般住公寓的为了省事，更为了可以欠账，常吃公寓包饭。一天两顿或三顿，事先说定，定时开饭。过时决不通融，就得另想办法。但是公寓为了节省开支，却经常于半月廿天就借口修理炉灶，停火一二天，那时我就得到小铺子去解决吃的问题。围绕红楼马神庙一带，当时约有小饭铺廿来家，有包月饭也有零餐。铺子里坐位虽不多，为了竞争买卖，经常有“锅塌豆腐”“摊黄菜”“木樨肉”“粉蒸肉”“里脊溜黄瓜”一类刺激食欲的可口菜名写在牌子上，给人自由选择。另外一水牌则记上某某先生某月日欠账数目。其中还照例贴有“莫谈国是”的红绿字条。年在五十开外的地区警察，也经常照例出现于各饭馆和各公寓门里掌柜处，谈谈家常，吸一支海盗牌香烟，随后即连声“回头见，回头见”溜了。事实上，这些年青学生多数兴趣，正集中在尼采、拜伦、歌德、卢梭、果戈里，涉及政治，也多只是从报上知道国会议员，由“舌战”进而为“武斗”，照一定程序，发生血战后，先上“医院”填写伤单，再上“法院”相互告状，末了同上“妓院”和解了事。别的多近于无知，也无从过问的。巡警兴趣却在刘宝全、白云鹏、琴雪芳、韩世昌、燕子李三，因为多是大小报中时下名人。彼此既少共同语言，所以互不相犯。在沙滩附近走走，也只是“例行公事”而已。到校真正搜捕学生时，却是另外侦缉队的差事，和区里老巡警不相关的。

沙滩一带成为文化中心，能容下以千计的知识分子，除了学校自由思想的精神熏陶浸润得到的好处以外，另外还有个“物质”条件，即公寓可以欠账，煤铺可以欠账，小食堂也可以欠账。这种社会习惯，也许还是从晚清来京科举应试，或入京候补外放穷官，非赊欠无以自存遗留下来的。到五四以后，当时在京作小官的仍十分穷窘，学生来自各省，更穷得可笑。到严冬寒风中，穿了件薄薄的小袖高领旧而且破灰蓝布夹衫，或内地中学生装的，可说举目可见。我还记得某一时节，最引人注目的一位，可能是来自云南的柯仲平，因为个子特别高大，长衫却特别短小，我因为陈翔鹤关系，和他有一面之缘，也在同一小饭铺吃过几回饭。至于我，大致因为个子极小，所以从不怎么引人注意。其实穿的是同样单薄，在北方掌柜眼中，实不必开口，就明白是来自南方什么小城市的。

当时不仅学生穷的居多，大学教授经常也只发一成薪水，还不能按时领到手。如丁西林、周鲠生、郁达夫诸先生，每月定薪三百六十元，实际上从会计处领到三十六元，即十分高兴。不少单身教授，也常在小饭铺吃饭。因此开公寓的，开饭铺的，更有理由向粮食店、肉店、煤店继续赊借，把事业维持下去，十分自然，形成一套连环举债制度。就我所知，实可以说，当时若缺少这个连环赊欠制度，相互依存关系，北大的敞开校门办学，也不会在二十年代，使得沙滩一带以北大为中心带来的思想文化繁荣的。

在这种空气环境中，艰苦朴素勤学苦干的自然居多数，可也少不了来自各省的大少爷、纨绔子和形式主义装模作样的“混混”。记得后来荣任北平市长的胡 × ×，在东斋住下时，就终日以拉胡琴、捧戏子为主要生活。还有个外文系学生张 × ×，长得人如其名，仪表堂堂，经常穿了件极其合身的黑呢大衣，左手挟了几本十八九世纪英国诗人名著，右手仿照图画中常见的拜伦、雪莱或拿破仑姿势，插到胸前大衣扣里，有意作成抚心沉思或忧伤状态，由红楼走出时，慢慢沿着红楼外墙走去，虽令熟人看来发笑，也或许同时还会博得陌生人肃然起敬，满足自己的表演。据陈炜谟说，这一位公子哥儿，实在蠢得无以复加。因为跟一个瞎子学弹三弦，学了大半年，还不会定弦，直气得那瞎师傅把三弦摔到地下，认为一生少见的蠢材，一个学费也不收，和他分手而去。只是我看到他时，却依旧作成诗人姿势，外表庄严，内心充实，继续不改常度。和他在沙滩一带碰头时，且觉得十分有趣。扮拜伦虽不算成功，却够得上算是果戈里戏剧中成功角色之一。正因为沙滩一带候补学士、未来作家中，既包罗万有，因此自以为是尼采，或别的什么大诗人大文学家本人，或作品中角色的，都各有其人。我还发现过许多这种趣人趣事，比旧小说中的《儒林外史》《二十年目睹之怪现状》，新小说中契诃夫作品中脚色，反映的人事种种，还更精彩生动，活泼自然。因此总是用两方面得来的知识印象相互补充，丰富我学习的内容阔度和深度。综合这份离奇不经教育，因而形成我自己的工作方式方法和作人信念。

思索生命，将生命化零为整

| 原题《时空》，首发于一九三九年十月二十八日昆明《中央日报》。

看看自己用笔写下的一切，总觉得很痛苦。先以为我“为运用文字而生”，现在反觉得“文字占有了我大部分生命。除此以外，别无所有，别无所馀”。

重读《月下小景》、《八骏图》、《自传》，八年前在青岛海边一梧桐树下面，见朝日阳光透树影照地下，纵横交错，心境虚廓，眼目明爽，因之写成各书。二十三年写《边城》，也是在一小小院落中老槐树下，日影同样由树干枝叶间漏下，心若有所悟，若有所契，无滓渣，少凝滞。这时节实无阳光，仅窗口一片细雨，不成烟，不成雾，天已垂暮。

和尚，道士，会员，……人都俨然为一切名分而生存，为一切名词的迎拒取舍而生存。禁律益多，社会益复杂，禁律益严，人性即因之丧失净尽。许多所谓场面上人，事实上说来，不过如花园中的盆景，被人事强制曲折成为各种小巧而丑恶的形式罢了。一切所为所成就，无一不表示对于“自然”之违反，见出社会的拙象和人的愚心。然而所有各种人生学说，却无一不即起源于承认这种种，重新给以说明与界限。更表示对“自然”倾心的本性有所趋避，感到惶恐。这就是人生。也就是多数人生存下来的意义。

上海寄《昆明冬景》一书来，重阅《真俗人与假道学》。此文在《平明》第一期上发表时，熟人多以为被骂，不熟人更多以为被骂。读书人事，大抵如此。思想矜持，情感琐碎，规矩忌讳，多而又多。或有假时髦，恰如“新式傻大姐”，或有新绅士，正与所说绅士情形相同，好事心虚，从一字一句间照见自己面目，自然小小不怿，但亦无可奈何。因如果就普遍社会现象立论，既说及人，总不免有贤慧庸鄙，初无关于二三子言行。然二三子或将文章割裂，不欣赏，只搜索，以为此影射谁，彼影射谁，不怕煞风景，无益费精神，殊令人深觉可悯。正如有乡下人，大清早担柴挑草进城，不明白城市中人起居行动忌讳，就眼睛看到的，心中感觉的，随便说说，或有人迎面走来，即闷倒在地，以为有意中伤。或有人正拥被睡晏觉，做好梦，猛被这种声音惊醒，事虽由乡下人引起，这乡下人实在亦无可奈何。

莫泊桑说：“平常女子，大多数如有毛萝卜。”平常男子呢，一定还不如有毛萝卜，不过他并不说出。可是这个人，还是得生活在有毛无毛萝卜间数十年，到死为止。生前写了一本书，名叫《水上》，记载他活下来的感想，在有毛无毛萝卜间所见所闻所经验得来的种种感想。那本书恼怒了当时多少衣冠中人，不大明白。但很显然，有些人因此得承认，事实上我们如今还俨然生存在萝卜田地中，附近到处是“生命”，是另外一种也贴近泥土，也吸收雨露阳光，可不大会思索更不容许思索的生命。

因为《水上》，使我想起二十年前，在酉水中部某处一个小小码头边一种痛苦印象。有个老兵，那时害了很重的热病，躺在一只破烂空船中喘气等死。只自言自语说，“我要死的，我要死的，”声音很沉很悲，当时看来极难受，送了他两个橘子。且觉得甚不可解，“为什么一个人要死？是活够了还是活厌了？”过了一晚，天明后再去看看，人果然已经死了。死去后身体显得极瘦小，好像表示不愿意多占活人的空间。下陷的黑脸上有两只麻蝇爬着。橘子尚好好搁在身边。一切静寂，只听到水面微波嚼咬船板细碎声音。这个“过去”竟好好的保留在我印象中，活在我的印象中。

在他人看来，也许有点不可解，因为我觉得这种寂寞的死，比在城市中同一群莫名其妙的人热闹的生，倒有意义得多。

死既死不成，还得思活计。

驻防在陕西的朋友 ××× 来信说，“你想来这里，极表欢迎。我已和 × 将军说过了，来时可以十分自由，看你要看的，写你想写的。”我真愿意到黄河岸边去，和短衣汉子坐土窑里，面对汤汤浊流，寝馈在炮火铁雨中一年半载，必可将生命化零为整，单单纯纯的熬下去，走出这个琐碎、懒惰、敷衍、虚伪的衣冠社会。一份新的生活，或能够使我从单纯中得到一点新的信心。

当因远虑而自觉同上帝争斗

| 节选自《烛虚》，首发于一九四〇年七月十五日《战国策》。

家住呈贡，黄昏前独自到后山高处，望天末云影，由紫转黑。稍过一时，无云处天尚净白，云已墨黑，树影亦如墨黑。光景异常清寂。远望滇池，一片薄烟。在仙人掌篱笆间小小停顿，看长脚蜘蛛缀网，经营甚力。高大山楂树正开花，香气馥郁，蜂子尚营营嗡嗡，不肯休息。觉人生百年长勤，情形正复相似。捕蚊捉虫，吃吃喝喝，其事至小，然与生存大有关系，亦即十分庄严。但从这些小小生物谋生认真处看来，未免令人对于“人”生悲悯心。因通常人总喜说为“万物灵长”，脑能思索，手能发明，进步至不可思议。殊不知进步中依然处处尚可见出与虫豸完全相同处，即所思所顾，单纯而天真，终不出“果口腹”“育儿女”二事。有些方面且不如虫豸认真，未免可怕。作《烛虚》四。

吴稚晖老先生喜说笑话，以为“人虽由虫豸进化而来，但进化到有灰白色脑髓质三斤十二两后，世界便大不相同。世界由人类处理，人自己也好好处理了自己。”其实这三斤多脑髓在人类中起巨大作用，还只是近百年来事情。至于周口店的猿人，头脑虽已经相当大，驾御物质，征服自然，通说不上。当时日常生活，不过是把石头敲尖磨光，绑在一个木棒上，捉打懦弱笨小一点生物，茹毛饮血过日子罢了。论起求生工具精巧灵便、自由洒脱时，比一只蝴蝶穿得花枝招展，把长长的吸管向花心吮蜜，满足时一飞而去，事实上就差多了。但人之所以为人，也就在此。人类求生并不是容易事，必在能飞、能潜、能啮、能螫、能跑、能跳，能钻入地里，能寄生别的生物身上，在一群大小不一生物中努力竞争，方能支持生命。在各种困苦艰难中训练出了一点能力，把能力扩大延长，才有今日。

这么努力，正好像有点为上天所忌，所以在人类中直到如今，尚保留了两种本能：一种是好斗本能，一种是懒惰本能。好斗与求生有密切关系。但好斗与愚蠢在情绪上好像又有种稀奇接合，换言之，就是古代斗的方式用于现代，常常不可免成为愚行，因此人固然产生了近代文明，然而近代文明也就大规模毁灭人的生命（战胜者同样毁灭）。这成毁互见，可说是自然恶作剧事例之一。懒惰也似乎与求生不可分，即生命的新陈代谢，需要有个秩序安排，方能平均。有懒惰方可产生淘汰，促进新陈代谢作用。这世界若无一部分人懒惰，进步情形，必大大不同，说不定会使许多生物都不能同时存在。即同属人类，较幼弱者亦恐无机会向上。即属同一种族，优秀而新起的，也不容易抬头。这可说是自然小聪明处另外一面。

好斗本能与愚行容易相混，大约是“工具”与“思想”发展不能同时并进的结果。是一时的现象，将来或可望改变。最大改变即求种族生存，不单纯诉诸武力与武器，另外尚可望发明一种工具，至少与武力武器有平行功效的工具。这工具是抽象的观念，非具体的枪炮。至于懒惰本能，形成它的原因，大致如下：即人虽与虫豸起居生活截然不同，脑子虽比多数生物分量重，花样多，但基本的愿望，多数还是与低级生物相去不多远，要生存，要发展。易言之，即是要满足食与性。所愿不深，容易达到，故易满足，自趋懒惰。一个民族中懒惰分子日多，从生物观点上说，不算是件坏事，从社会进步上说，也就相当可怕。但这种分子若属知识阶级，倒与他们所学“人为生物之一”原则相合。因为多数生物，能饱吃好睡，到性周期时生儿育女不受妨碍，即可得到生存愉快。人类当然需要这种安逸的愉快。不过知识积累，产生各样书本，包含各种观念，求生存图进步的贪心，因知识越多，问题也就越多。读书人若使用脑子，尽让这些事在脑子中旋转不已，会有多少苦恼，多少麻烦！事情显然明白，多数的读书人，将生命与生活来作各种抽象思索，对于他的脑子是不大相宜的。这些人大部分是因缘时会，或袭先人之余荫，虽在国内国外读书一堆，知识上已成“专家”后，在作人意识上，其实还只是一个单位，一种“生物”：只要能吃，能睡，且能生育，即已满足愉快。并无何等幻想或理想推之向上或向前，尤其是不大愿因幻想理想而受苦，影响到已成习惯的日常生活太多。平时如此，即在战时，自然还是如此。生活下来俨然随时随处都可望安全而自足，为的是生存目的只是目下安全而自足。虽如罗素所说，“远虑”是人类的特点，但其实远虑只是少数又少数人的特点，这种近代教育培养成的知识阶级，大多数是无足语的！

人当然应像个生物。尽手足勤劳贴近土地，使用锄头犁耙作工具以求生，是农民更像一个生物的例子。至于知识分子呢，只好用他们玩牌兴趣嗜好来作说明了。照道理说来，这些人是已因抽象知识的增多，与生物的单纯越离越远的。但这些人却以此为不幸，为痛苦，实在也是不幸痛苦，所以就有人发明麻雀牌和扑克牌，把这些人的有用脑子转移到与人类进步完全不相干的小小得失悲欢上去。这么一来，这些上等人就不至于为知识所苦，生活得很像一个“生物”了。不过话说回来，若有人把这个现象从深处发掘，认为他们这点求娱乐习惯，是发源于与虫豸“本能”一致的要求时，他们却常常会感到受讽刺而不安。只是这不安事实上并不能把玩牌兴趣或需要去掉，亦不过依然是三四个人在牌桌旁发发牢骚罢了。为的是虫豸在习惯上比人价值低得多，所以有小小不安，玩牌在习惯上已成为上等人一种享乐，所以还是继续玩牌。

对于读书人玩牌的嗜好，我并不像许多老年人看法简单，以为是民族“堕落”问题。我只觉得这是一个“懒惰”现象，而且同时还认为是一个“自然”现象。因为这些人已能靠工作名分在社会有吃、有穿，作工作事都有个一定时间，只要不误事就不会受淘汰，学的既是普通所说近代教育，思想平凡而自私，根本上又并无什么生活理想，剩余生命的耗费，当然不是用扑克牌就是用麻雀牌。懒惰结果从全个民族精力使用方式上来说大不经济，但由这些“上等人”个人观点说，却好像是很潇洒而快乐的。由于这么一来，一面他是在享受自由主义承平时代公民的权利；一面他不思不想，可以更像一个生物（于此我们正可见出上帝之巧慧）！

譬如有一人，若超越习惯心与眼，对这种知识分子活在当前情形下，加以权利义务的检视，稍稍对于他们的生活观念与生活习惯感到怀疑和不敬，引起的反应还是不会好。反应方式是这些人必依然一面玩牌，一面生气。“你说我是虫豸，我倒偏要如此。你不玩牌，做圣人去好了。”于是大家一阵哈哈大笑起来，桃花杏花，皇后王子，换牌洗牌，纠纷一团，时间也就过去了。或者意犹未平，就转述一点马路消息，抵补自己情绪上的损失，说到末了，依然一阵大笑。单纯生气，恼羞成怒，尚可救药，因为究竟有一根看不见的小刺签在这些人的心上，刺虽极小，总得拔去。若只付之一笑，就不免如古人所说“日光之下无新事”，且有同好三天三夜不下桌子的事，精神壮旺，可想而知。当然一切还是照旧。

不知何故，这类小事细细想来，也就令人痛苦。我纵把这种懒惰本能解释为自然意思，玩牌又不过是表示人类求愉快之一种现象，还是不免痛苦。正因为我们还知道这个民族目前或将来，想要与其他民族竞争生存，不管战时或承平，总之懒惰不得的。不特有许多事要人去做，其实还有许多事要人去想。而且事情居多是先要人想出一个条理头绪，方能叫人去做。一懒惰就糟糕！目下知识分子中，若能保留罗素所谓人类“远虑”长处多一些，岂不很好？眼见的是这种“人之师”就无什么方法可以将他们的生活观重造，耗费剩余生命最高应用方式还只会玩牌。更年青一点的呢，且有从先生们剪花样造就自己趋势，那就未免太可怕！

我们怎么办？是顺天体道，听其自然，还是不甘灭亡，另做打算？我们似乎还需要一些不能安于目前生活习惯与思想形式又不怕痛苦的年青读书人，或由于“远虑”，或由于“好事”，在一个较新观点上活下来，第一件事是能战胜懒惰。我们对于种族存亡的远虑，若认为至少应当如虫豸对于后嗣处理的谨慎认真，会觉得知识分子把一部分生命交给花骨头和花纸，实在是件可怕和可羞事情。

“怕”与“羞”两个字的意义，在过去时代，或因鬼神迷信与性的禁忌，在年青人情绪上占有一个重要位置。三千年民族生存与之不无关系。目下这两字意义却已大部分失去了。所以使读书人感觉某种行为可怕或可羞，在迷信、禁忌以及法律以外产生这种感觉，实在是一种艰难伟大的工作，要许多有心人共同努力，方有结果。文学艺术，都得由此出发。可是这问题目下说来，正像痴人说梦，正因为所谓有心人的意识上，对许多事也就只是糊糊涂涂，马马虎虎，功利心切，虚荣心大，不敢向深处思索，俨然唯恐如此一来就会溺死在自己思想中。抄抄撮撮，读书教书。轻松写作之余，还是乐意玩三百分数目以至于如一些军官大老玩玩天九牌，散散心。生命相抵相销，末了等于一个零。

我似乎正在同上帝争斗。我明白许多事不可为，努力终究等于白费，口上沉默，我心并不沉默。我幻想在未来读书人中，还能重新用文学艺术激起他们“怕”和“羞”的情感，因远虑而自觉，把玩牌一事看成为唯有某种无用废人（如像老妓女一类人）方能享受的特有娱乐。因为这些人经营的是性的事业，身体到晚年实在相当可悯，已够令人同情了，这些人生活下来，脑子不必多所思索，尽职之余，总得娱乐散心，玩牌便是他最好散心工具。我那么想，简直是在同人类本来惰性争斗，同上帝争斗。

探索“人”的灵魂深处或意识边际

| 节选自《烛虚》，一九四〇年九月十四日《大公报·文艺》。小标题为选编者所加。

生命的悲哀

办事处小楼上隔壁住了个木匠，终日锤子凿子，敲敲打打，声音不息。可是真正吵闹到我不能构思不能休息的，似乎还是些无形的事物，一片颜色，一闪光，在回想中盘旋的一点笑和怨，支吾与矜持，过去与未来。

为了这一切，上帝知道我应当怎么办。

我需要清静，到一个绝对孤独环境里消化消化生命中具体与抽象。最好去处是到个庙宇前小河旁边大石头上坐坐，这石头是被阳光和雨露漂白磨光了的。雨季来时上面长了些绿绒似的苔类。雨季一过，苔已干枯了，在一片未干枯苔上正开着小小蓝花白花，有细脚蜘蛛在旁边爬。河水从石罅间漱流，水中石子蚌壳都分分明明。石头旁长了一株大树，枝干苍青，叶已脱尽。我需要在这种地方，一个月或一天。我必须同外物完全隔绝，方能同“自己”重新接近。

黄昏时闻湖边人家竹园里有画眉鸣啭，使我感觉悲哀。因为这些声音对于我实在极熟习，又似乎完全陌生。二十年前这种声音常常把我灵魂带向高楼大厦灯火辉煌的城市里，事实上那时节我却是个小流氓，正坐在沅水支流一条小河边大石头上，面对一派清波，做白日梦。如今居然已生活在二十年前的梦境里，而且感到厌倦了，我却明白了自己，始终还是个乡下人。但与乡村已离得很远很远了。

生命的美丽

我发现在城市中活下来的我，生命俨然只淘剩一个空壳。譬喻说，正如一个荒凉的原野，一切在社会上具有商业价值的知识种子，或道德意义的观念种子，都不能生根发芽。个人的努力或他人的关心，都无结果。试仔细加以注意，这原野可发现一片水塘泽地，一些瘦小芦苇，一株半枯柽柳，一个死兽的骸骨，一只干田鼠。泽地角隅尚开着一丛丛小小白花紫花（报春花），原野中唯一的春天。生命已被“时间”“人事”剥蚀快尽了。天空中鸟也不再在这原野上飞过投个影子。生存俨然只是烦琐继续烦琐，什么都无意义。

百年后也许会有一个好事者，从我这个记载加以检举，判案似的说道：“这个人在 ×× 年已充分表示厌世精神。”要那么说，就尽管说好了，这于我是不相干的。

事实上我并不厌世。人生实在是一本大书，内容复杂，分量沉重，值得翻到个人所能翻看到的最后一页，而且必须慢慢的翻。我只是翻得太快，看了些不许看的事迹。我得稍稍休息，缓一口气！我过于爱有生一切。爱与死为邻，我因此常常想到死。在有生中我发现了“美”，那本身形与线即代表一种最高的德性，使人乐于受它的统制，受它的处治。人的智慧无不由此影响而来。典雅词令与华美文字，与之相比都见得黯然无光，如细碎星点在朗月照耀下同样黯然无光。它或者是一个人、一件物、一种抽象符号的结集排比，令人都只想低首表示虔敬。阿拉伯人在沙漠中用嘴唇触地，表示皈依真主，情绪和这种情形正复相同，意思是如此一来，虽不曾接近真主，至少已接近上帝造物。

这种美或由上帝造物之手所产生，一片铜，一块石头，一把线，一组声音，其物虽小，可以见世界之大，并见世界之全。或即“造物”，最直接最简便那个“人”。流星闪电刹那即逝，即从此显示一种美丽的圣境，人亦相同。一微笑，一皱眉，无不同样可以显出那种圣境。一个人的手足眉发在此一闪即逝更缥缈的印象中，既无不可以见出造物者手艺之无比精巧。凡知道用各种感觉捕捉住这种美丽神奇光影的，此光影在生命中即终生不灭。但丁、歌德、曹植、李煜便是将这种光影用文字组成形式，保留的比较完整的几个人。这些人写成的作品虽各不相同，所得启示必中外古今如一，即一刹那间被美丽所照耀，所征服，所教育是也。

“如中毒，如受电，当之者必喑哑萎悴，动弹不得，失其所信所守。”美之所以为美，恰恰如此。

我好单独，或许正希望从单独中接近印象里未消失那一点美。温习过去，即依然能令人神智清明，灵魂放光，恢复情感中业已失去甚久之哀乐弹性。

生命的燃熄

宇宙实在是个极复杂的东西，大如太空列宿，小至蚍蜉蝼蚁，一切分裂与分解，一切繁殖与死亡，一切活动与变易，俨然都各有秩序，照固定计划向一个目的进行。然而这种目的，却尚在活人思索观念边际以外，难于说明。人心复杂，似有过之无不及。然而目的却显然明白，即求生命永生。永生意义，或为生命分裂而成子嗣延续，或凭不同材料产生文学艺术。也有人仅仅从抽象产生一种境界，在这种境界中陶醉，于是得到永生快乐的。

我不懂音乐，倒常常想用音乐表现这种境界。正因为这种境界，似乎用文字颜色以及一切坚硬的物质材器通通不易保存（本身极不具体，当然不能用具体之物保存）。如知和声作曲，必可制成比写作十倍深刻完整动人乐章。

表现一抽象美丽印象，文字不如绘画，绘画不如数学，数学似乎又不如音乐。因为大部分所谓“印象动人”，多近于从具体事实感官经验而得到。这印象用文字保存，虽困难尚不十分困难。但由幻想而来的形式流动不居的美，就只有音乐，或宏壮，或柔静，同样在抽象形式中流动，方可望能将它好好保存并加以重现。

试举一例。仿佛某时、某地、某人，微风拂面，山花照眼，河水浑浊而有生气，上浮着菜叶。有小小青蛙在河畔草丛间跳跃，远处母黄牛在豆田阡陌间长声唤子。上游或下游不知谁处有造船人斧斤声，遥度山谷而至。河边有紫花、红花、白花、蓝花，每一种花每一种颜色都包含一种动人的回忆和美丽联想。试摘蓝花一束，抛向河中，让它与菜叶一同逐流而去，再追索这花色香的历史，则长发、清臚、粉脸、素足，都一一于印象中显现。似陌生，似熟习，本来各自分散，不相粘附，这时节忽拼合成一完整形体，美目含睇，手足微动，如闻清歌，似有爱怨。……稍过一时，一切已消失无余，只觉一白鸽在虚空飞翔。在不占据他人视线与其他物质的心的虚空中飞翔，一片白光荡摇不定。无声、无香，只一片白。《法华经》虽有对于这种情绪极美丽形容，尚令人感觉文字大不济事，难于捕捉这种境界。……又稍过一时，明窗绿树已成陈迹。惟窗前尚有小小红花在印象中鲜艳夺目，如焚如烧。这颗心也同样如焚如烧。……唉，上帝。生命之火燃了又熄了，一点蓝焰，一堆灰。谁看到？谁明白？谁相信？

我说的是什么？凡能著于文字的事事物物，不过一个人的幻想之糟粕而已。

天气阴雨，对街瓦沟一片苔，因雨而绿，逼近眼边。心之所注，亦如在虚幻中因雨而绿，且开花似碎锦，一片芬芳，温静美好，不可用言语形容。白日既去，黄昏随来，夜已深静，我尚依然坐在桌边，不知何事必须如此有意挫折自己肉体，求得另外一种解脱。解脱不得，自然困缚转加。直到四点，闻鸡叫声，方把灯一扭熄，眼已润湿。看看窗间横格已有微白。如闻一极熟习语音，带着自得其乐的神气说："荷叶田田，露似银珠。"不知何意。但声音十分柔美，因此又如有秀腰白齿，往来于一巨大梧桐树下。桐荚如小船，中有梧子。思接手牵引，既不可及。忽尔一笑，翻成愁苦。

凡此种种，如由莫扎克[①]用音符排组，自然即可望在人间成一惊心动魄佚神荡志乐章。目前我手中所有，不过一枝破笔，一堆附有各种历史上的霉斑与俗气意义文字而已。用这种文字写出来时，自然好像不免十分陈腐，相当颓废，有些不可解。

①莫扎克，今译作莫扎特，奥地利作曲家，维也纳古典乐派代表人物之一。

生命的深度

上帝吝于人者甚多。人若明白这一点，必求其自取自用。求自取自用，以“人”教育“我”是唯一方法。教育“我”的事照例于“人”无损，扩大自我，不过更明白“人”而已。

天之予人经验，厚薄多方，不可一例。耳目口鼻虽同具一种外形，一种同样能感受吸收外物外事本性，可是生命的深度，人与人实在相去悬远。读万卷书，行万里路，自然有浩浩然雍雍然书卷气和豪爽气。然而识万种人，明白万种人事，从其中求同识差，有此一分知识，似乎也不是坏事。知人方足以论世。知人在大千世界中，虽只占一个极平常地位，而且个体生命又甚短促，然而手脑并用，工具与观念堆积日多，人类因之就日有进步，日趋复杂，直到如今情形。所谓知人，并非认识其复杂，只是归纳万汇，把人认为一单纯不过之“生物”而已。极少人能违反生物原则，换言之，便是极少人能避免自然所派定义务，“爱”与“死”。人既必死，即应在生存时知所以生。故孔子说，“未知生，焉知死？”多数人以为能好好吃喝，生儿育女，即可谓知生。然而尚应当有少数人，知生存意义，不仅仅是吃喝了事！爱就是生的一种方式，知道爱的也并不多。

我实需要“静”，用它来培养“知”，启发“慧”，悟彻“爱”和“怨”等等文字相对的意义。到明白较多后，再用它来重新给“人”好好作一度诠释，超越世俗爱憎哀乐的方式，探索“人”的灵魂深处或意识边际，发现“人”，说明“爱”与“死”可能具有若干新的形式。这工作必然可将那个“我”扩大，占有更大的空间，或更长久的时间。

可是目前问题呢，我仿佛正在从各种努力上将自己生命缩小，似乎必如此方能发现自己，得到自己，认识自己。“吾丧我”，我恰如在找寻中。生命或灵魂，都已破破碎碎，得重新用一种带胶性观念把它粘合起来，或用别一种人格的光和热照耀烘炙，方能有一个新生的我。

可是，这个我的存在，还为的是返照人。正因为一个人的青春是需要装饰的，如不能用智慧来装饰，就用愚騃也无妨。

对生命的美特具敏感

| 原题《潜渊》，首发于一九四一年八月初版《烛虚》。

一

黄昏极美丽悦人。光景清寂，极静，独坐小蒲团上，望窗口微明，欧战从一日起始，至今天为止，已三十天。此三十天中波兰即已灭亡。一国家养兵至一百万，一月中即告灭亡，何况一人心中所信所守，能有几许力量，抗抵某种势力侵入？一九三九之九月，实一值得记忆的月份。人类用双手一头脑创造出一个惊心动魄文明世界，然此文明不旋踵立即由人手毁去。人之十指，所成所毁，亦已多矣。

二

读《人与技术》、《红百合》二书各数章。小楼上阳光甚美，心中茫然，如一战败武士，受伤后独卧荒草间，武器与武力已全失。午后秋阳照铜甲上炙热。手边有小小甲虫爬行，耳畔闻远处尚有落荒战马狂奔，不觉眼湿。心中实充满作战雄心，又似觉一切已成过去，生命中仅残余一种幻念，一种陈迹的温习。

心若翻腾，渴想海边，及海边可能见到的一切。沙滩上为浪潮漂白的一些螺蚌残壳，泥路上一朵小小蓝花，天末一片白帆，一片紫。

房中静极。面对窗上三角形夕阳黄光，如有所悟，亦如有所惑。

三

晴。六时即起。甚愿得在温暖阳光下沉思，使肩背与心同在朝阳炙晒中感到灼热。灼热中回复清凉，生命从疲乏得到新生。久病新瘥一般新生。所思者或为阳光下生长一种造物（精巧而完美，秀与壮并之造物），并非阳光本身。或非造物，仅仅造物所遗留之一种光与影，形与线。

人有为这种光影形线而感兴激动的，世人必称之为“痴汉”。因大多数人都“不痴”，知从“实在”上讨生活，或从“意义”“名分”上讨生活。捕蚊捉虱，玩牌下棋，在小小得失上注意关心，引起哀乐，即可度过一生。生活安适，即已满足。活到末了，倒下完毕。多数人所需要的是“生活”，并非对于“生命”具有何种特殊理解，故亦不必追寻生命如何使用，方觉更有意思。因此若有一人，超越习惯的心与眼，对于美特具敏感，自然即被称为痴汉。此痴汉行为，若与多数人庸俗利害观念相冲突，且成为罪犯，为恶徒，为叛逆。换言之，即一切不吉名词无一不可加诸其身，对此符号，消极意思为“沾惹不得”，积极企图为“与众弃之”。然一切文学美术以及人类思想组织上巨大成就，常惟痴汉有份，与多数无涉，事情显明而易见。

四

金钱对“生活”虽好像是必需的，对“生命”似不必需。生命所需，惟对于现世之光影疯狂而已。因生命本身，从阳光雨露而来，即如火焰，有热有光。

我如有意挫折此奔放生命，故从一切造形小物事上发生嗜好，即不能挫折它，亦可望陶冶它，羁縻它，转变它。不知者以为留心细物，所志甚小。见闻不广，无多大价值物事，亦如宝贝，加以重视，未免可笑。这些人所谓价值，自然不离金钱，意即商业价值。

美固无所不在，凡属造形，如用泛神情感去接近，即无不可以见出其精巧处和完整处。生命之最大意义，能用于对自然或人工巧妙完美而倾心，人之所同。惟宗教与金钱，或归纳，或消灭。因此令多数人生活下来都庸俗呆笨，了无趣味。某种人情感或被世务所阉割，淡漠如一僵尸，或欲扮道学，充绅士，作君子，深深惧怕被任何一种美所袭击，支撑不住，必致误事。又或受佛教“不净观”影响，默会《诃欲经》本意，以爱与欲不可分，惶恐逃避，惟恐不及。像这些人，对于“美”，对于一切美物、美行、美事、美观念，无不漠然处之，竟若毫无反应。

不过试从文学史或美术史（以至于人类史）上加以清查，却可得一结论，即伟人巨匠、千载宗师，无一不对于美特具敏锐感触，或取调和态度，融汇之以成为一种思想，如经典制作者对于经典文学符号排比的准确与关心。或听其撼动，如艺术家之与美对面时从不逃避某种光影形线所感印之痛苦，以及因此产生佚智失理之疯狂行为。举凡所谓活下来“四平八稳”人物，生存时自己无所谓，死去后他人对之亦无所谓。但有一点应当明白，即“社会”一物，是由这种人支持的。

五

饭后倦极。至翠湖土堤上一走。木叶微脱，红花萎悴，水清而草乱。猪耳莲尚开淡紫花，静贴水面。阳光照及大地，随阳光所及，举目临眺，但觉房屋人树及一池清水，无不如相互之间，大有关系。然个人生命，转若甚感单独，无所皈依，亦无附丽。上天下地，粘滞不住。过去生命可追寻处，并非一堆杂著，只是随身记事小册三五本，名为记事，事无可记，即记下亦无可观。惟生命形式，或可于字句间求索得到一二，足供温习。生命随日月交替，而有新陈代谢现象，有变化，有移易。生命者，只前进，不后退，能迈进，难静止。到必需“温习过去”，则目前情形可想而知。沉默甚久，生悲悯心。

我目前俨然因一切官能都十分疲劳，心智神经失去灵明与弹性，只想休息。或如有所规避，即逃脱彼噬心嚼知之“抽象”。由无数造物空间时间综合而成之一种美的抽象。然生命与抽象固不可分，真欲逃避，惟有死亡。是的，我的休息，便是多数人说的死。

六

在阳光下追思过去，俨然整个生命俱在两种以及无数种力量中支撑抗拒，消磨净尽，所得惟一种知识，即由人之双手所完成之无数泥土陶瓷形象，与由上帝双手抟泥所完成之无数造物灵魂有所会心而已。令人痛苦也就在此。人若欲贴近土地，呼吸空气，感受幸福，则不必有如此一份知识。多数人或具有一种浓厚动物本性，如猪如狗，或虽如猪如狗，惟感情被种种名词所阉割，皆可望从日常生活中感到完美与幸福。譬如说“爱”，这些人爱之基础或完全建筑在一种“情欲”事实上，或纯粹建筑在一种“道德”名分上，异途同归，皆可得到安定与快乐。若将它建筑在一抽象的“美”上，结果自然到处见出缺陷和不幸。因美与“神”近，即与“人”远。生命具神性，生活在人间，两相对峙，纠纷随来。情感可轻翥高飞，翱翔天外，肉体实呆滞沉重，不离泥土。

××说：“××××年前死得其所，是其时。”即“人”对“神”的意见，亦即神性必败一个象征。××实死得其时，因为救了一个“人”，一个贴近地面的人。但××若不死，未尝不可以使另外若干人增加其神性。

有些人梦想生翅膀一双，以为若生翅翼，必可轻举，向日飞去。事实上即背上生出翅膀，亦不宜高飞。如×××。有些人从不梦想。惟时时从地面踊跃升腾，作飞起势，飞起计。虽腾空不过三尺，旋即堕地。依然永不断念，信心特坚。如×××。前者是艺术家，后者是革命家。但一个文学作家，似乎必需兼有两种性格。

任何一种骄傲自大都无意义

| 节选自《青岛游记》，写于一九六一年八月。

我到了青岛，和卅年前初来时情形一样，青岛依旧绿而静。微风吹拂中面前大海在微微荡动，焦红山石间大片绿树也在微微荡动，一切给我的印象依旧是绿而静。我说的自然只限于自然景物。这并不使我惊奇，却引起我深思。回复到三十年前面临大海对生命存在意义及如何使用长时期的深思，和这一片土地上人民过去半世纪所受苦难屈辱今昔对照而深思。近五十年中国社会人事变化之大，是历史上空前少有的。青岛发展更经过近半世纪中华民族由酣然沉睡到觉醒奋起反帝斗争艰苦历史的全程。青岛的变化是迅速而剧烈的，青岛动荡的幅度比中国任何一个都市其实都大得多。我想且先从个人对于这里自然景物所体会到部分写下去，看看这个绿而静的海滨山岛，给我的究竟是些什么。

初初来到这个地方，我住在山东大学和第一公园之间福山路转角一所房子里，小院中有一大丛珍珠梅开得正十分茂盛。从楼上窗口望出去，即有一片不同层次的明绿逼近眼底：近处是树木，稍远是大海，更远是天云，几几乎全是绿色。因此卅年来在我记忆和感情中，总忘不了这一树白花和一片明绿。其时公园中加拿大种小叶杨正长日翻动着小小银白叶片，到处有剑兰一簇簇白花，从浓绿剑形叶片中耸起，棣棠花小而黄，更加显得十分妩媚亲人。园林管理处正在计划开辟几条新路供游人散步，准备夹路分别栽种不同花木幼苗，计有海棠、紫薇、银杏、腊梅、木槿、迎春、紫藤……新掘好的土坑充满了一种泥土和腐叶混合的香味。现在看看，银杏路的银杏早已变成大树，有几条较小行人路，花木都交枝连荫，如同长长的绿色甬道。又有些树木且因为枝干过老生虫，管园人正在砍伐供薪炊用。山大文学院同事，连同一次暑期班从北大清华邀来的短期讲学许多熟人，或住到这小楼上，或常到这小楼来谈天的，试屈指数数，大多都已过世，希望在这里找个熟习三十年前青岛的人谈谈旧事，除了到崂山太清宫遇见一个六十三岁的老法师，还记得起好些有关青岛德日前后占领时代人民遭受苦难的事情，和康有为、傅增湘、杨振声等游人的姓名，此外即有中山路一个书店老掌柜，卖了几十年旧书，还知道宋春舫曾经有一楼关于戏剧书籍，如何由聚而散，以及闻一多在山大作文学院长买书旧事，此外即不容易遇到第三个可以谈谈老话的人。可是另外却有一个涵容广大包罗万有十分相熟的旧相识，即面前一碧无际早晚相对的大海。一个从四围是山的小乡城来到三面环海地方的人，初次来到海边所得感受是不可能用文字形容的！我这次也可说正是为要再看看这个大海，和它“温习过去，叙述当前，商量明天”而来的。三十年前约有三年时间它对于我的教育启发实在太多了！

世界上有万千关于描写刻画海上种种壮丽景色传名千载的诗文、绘画和乐章，都各以个人一时所遇所感来加以表现，加以反映，各自得到不同的成就。我看了三年海，印象总括说来实简单之至，海同样是绿而静。但是它对于我一生的影响，好像十分抽象却又极其现实，即或不能说是根本思想，至少是长远感情。它教育我并启发我一种做人素朴不改和童心永在的生存态度，并让我在和它对面时，从长期沉默里有机会能够充分消化融解过去种种书本知识、社会经验和生命理想，用一种明确素朴文字重新加以组织排比，转移重现到纸上来，成为种种不同完整美丽的形式，不仅保存了一部分个人生命的青春幻想和一生所经所遇千百种平常人爱恶哀乐思想情感的式样，也因之从而影响到异时异地其他一部分青年生活的取舍，形成我个人近三十年和社会发展在某种意义上为特殊密切，在某种意义上又相当疏远的关系。我一生读书消化力最强、工作最勤奋、想象力最丰富、创造力最旺盛，也即是在青岛海边这三年。

当大暑天外来万千游人齐集海滨时，我却欢喜爬山，一个人各处跑去。正当年纪青腰腿劲健，上下山头总还像行有馀力。上到山顶即坐在岩石残垒间看海。它俨然像是我当时真正的师友。因为好些在大革命前即和我从事学习写作关系密切的朋友，都各以不同情形在革命几年中牺牲了，多正当卅来岁盛年却死得极惨。还有几个热情奔放、才华出众的朋友，不死于社会变革却在另外偶然不巧中死去的。这些朋友要做的事业都还正好开始，即被骤然而来的时代风雨，把他们对于社会向前的理想，和个人不同的才智聪明，卷扫摧残，弄得个无影无踪。我尽管相信，一个人对于人类前途的热忱和对于工作的虔敬态度，是应当永远存在，且具有一种传染渗透性能，必然能给后来者以极大鼓舞的。可是照当时实际情形看来，不免令人格外感觉沉重。这些死者除了以不同印象给我给人一种认识，一种鼓舞，生存必须有意义，还有谁知道他们，记忆他们？另外我也邀过好几个搞文学的朋友到青岛来一同爬山看海，却极少提过另外那些死者的死在我生命中引起的沉重意义。同样是从事文学创作，照当时情形，各人的要求和从事这个工作的动力，是来自许多不同方面的。然而随同五四文学革命运动要求，又似乎有一个总的方向和共同目标，即用文学作工具，来动摇旧的腐朽社会基础，促成历史的局部或全体新陈代谢，万壑争流，各以不同速度奔赴到海！

每到秋冬之际，是青岛天气最好的季节，爱热闹会花钱的游客，多早已离开了这里。惠泉浴场一带已再无一个游人。那个皇冠式屋顶的音乐亭，也再听不到白俄餐馆乐队演奏柴可夫斯基舞曲了。日本妇人的木屐和粉脸也绝了踪……我能单独接近大海时，照例又总是独自在静静的阳光下沿着浴场沙滩走去，到了尽头还不即转身，居多即翻过炮台前去湛山大路那道山埂子，通过现在的八关路疗养区，原来的一片小松林，一直到太平角石咀子附近才停下来。我觉得，惟有到了这里，大海的脉搏节奏才更加和个人心脏节奏起伏相应。当时八关路一带除了那条直通湛山大路，此外就全是一片低矮的马尾松林，本地人平时不常来，外来游客更较少走得这么远。松林间到处有花草丛生，花草间还随时可见到小小黄麻色野兔奔走跳跃，这些小小可爱动物，事实上就是这地区的唯一主人。每逢见到生人时，对于陌生拜访者还不知如何正当对待，只充满一种天真的好奇，偏着个小头痴痴的望着，随即似乎才发现这么过分亲近有些不大妥当，于是又高高兴兴在花草间蹦跳蹦跳跑开了。如果被人一追，照例不久必钻入到处可以发现的陶制引水管中去隐藏起来。它如会说话，一定将顽皮地自言自语：“好，你有本领你也进来吧。从这头赶来我就从那头跑去，赶不着！我不怕！”这就是这些小小可爱动物的家，到了里边以后即已十分安全，如有同伙就相互挤挨着嚼松子吃，不多一会儿，便把受惊的事情全忘了。

单独面对大海，首先是使人明白个体存在的渺小，和生命能有效使用时间的短暂，以及出于个人任何一种骄傲自大的无意义。由于海给人印象总永远是谦虚而平易的，但是海本身却无为而无不为。其次是回复了些童心幻想，即以我这种拘迂板质中材无学之人而言，仿佛也就聪明朗畅了好些，把“我”从一堆琐琐人事得失爱憎取予束缚中解放开来。对于写作构思布局格外有益。写什么？如何写？试向广和深推扩开去，头绪也像多了好些，照老话说就是“头头是道”。记得十多年前写过一篇小文章，叙述到个人写作所受教育比较深刻部分时，首先即说起一切大小河流对我生命的影响，而最大影响却是海。一个人有一个人生命的遇合，也从而部分或整个影响或决定他较后一时的工作和发展方向。我虽生长于一个万山环绕的小乡城，从小时起，机会凑巧，却有好些时间是在河边或水上船只木筏上度过的。在一条长近千里的沅水上，约五年中我就坐过好几十种船，换了无数码头，在船上过着种种平常城市里人不易设想的生活，上至军阀政客，下至土匪土娼烟贩以致玩猴儿戏的，相熟过许多我自己也万想不到的各种不同职业不同性格的人。特别和弄船的吃水上饭的人长时期在一处建立的友谊，真是一分离奇不经的教育。如把社会当成 本大书，一生工作学习主要部分和水就分不开。水的永远流动而不凝固，即告我万事不宜凝固也无从凝固，生命存在另一意义也就和“动”有密切联系。一切外物的动都有个客观原因存在，生命不可思议即主观能有目的有定向而动。海扩大了我的心胸和视野，刺激我在工作上去作横海扬帆的远梦，和通过劳动作成人世间海市蜃楼的重现。不拘泥于个人在世俗事功上的成败打算和一时物质上的得失计较，引起我充满童心幻念，去接受每个新的一天，并充分使用精力到有意义工作上去。当时所谓意义，自然就是照我能做到的理会到的问题去写作，以及如何使写作和社会发展发生应有的联系。

海另外还对我具有一种不可抗拒的吸引力。鼓舞我去追求千百人劳动和智慧结合，积累下来的无穷无尽的各种文化成果，反映到文学艺术中的一切不同美好结构和造形，让我从其中得到许多力量和知识。海还启发我对于人在不同社会生活中繁复万状的爱恶哀乐情形和彼此关系。这种种看来似虚无飘渺，但转到生活和工作上时，即见出十分现实的意义。特别是能用文字在一定形式中固定下来的，即可望或已经肯定成为另一种现实。另外还有显明支配着我的情感式样或思想方法，反映到后来学习和工作以及对人对事关系上，也是这个大海三年接近的结果。

总之，青岛的海对于我个人的影响是长远而普遍的，比起当时我所读过的其他许多圣经贤传还得益受用。它帮助我消化一切而又通过我个人劳动创造出许多东西。而它支配我感情且更加巨大。有许多日子，我就是这样俨然一事不作面对大海度过，生命却并不白费。海既教育我思索，也教育我行动。海使我生命逐渐成熟，把个人从事的工作推进到一个新的高度上去。我现在又来到这个一碧无际的大海边了。我依旧乐意这样面对大海，检查过去，分析当前，商量未来。

北京鼓励我到青岛休息休息的熟人来信问我，到了青岛，旧地重游印象怎么样？心脏好了些没有？回信告给朋友，第一句话即青岛依旧绿而静。并且让朋友知道，到了这里不多久，心脏也一定跳得比较正常了，因为大海的节奏通常总是正常的。海无时不在动，由于它接纳百川，涵容广大，内部生命充实，外缘又常受日月吸引，风云变态，必然会动荡不止。然而它给人总的印象，却依旧是绿而静。名分上我是来休息，事实上我是来学习的。我还有许多事情可作待作，究竟作些什么对人民更有益？必然将在这里得到许多新的启发，新的认识。

用我自己的尺寸和分量来证实价值

| 原题《水云》，首发于一九四三年一月《文学创作》。

第　一　节

青岛的五月，是个稀奇古怪的时节。自二月起从海上吹来的季候风，饱吹了一季，忽然一息后，阳光热力到达了地面，天气即刻暖和起来。山脚树林深处，便开始有啄木鸟的踪迹和黄鸟的鸣声。公园中分区栽种梅花、桃花、玉兰、郁李、棠棣、海棠和樱花，正像约好日子，都一齐开放了花朵。到处各聚集了些游人，穿起初上身的称身春服，携带酒食和糖果，坐在花木下的草地上赏花取乐。就中还有些从南北大都市官场或商场抽空走出，坐了路局的特别列车，来看樱花作短期旅行的，从外表上一望也可明白。这些人为表示当前被自然解放后的从容和快乐，多仰卧在软草地上，用手枕着头，给天上云影压枝繁花弄得发迷，口中还轻轻吹嘘唿哨，学林中鸣禽唤春。女人多站在草地上和花树前，忙着帮孩子们照相，不受羁勒的孩子们，却在花树间各处乱跑。

就在这种阳春烟景中，我偶然看到一本小书，书上有那么一段话——“地上一切花叶都从阳光挹取生命的芳馥，人在自然秩序中，也只是一种生物，还待从阳光中取得营养和教育。美不能在风光中静止，生命也不能在风光中静止，值得留心！”俨若有会于心，因此常常欢喜孤独伶俜的我，带了几个硬绿苹果，带了两本书，向阳光较多无人注意的海边走去。照习惯我实对准日出方向，沿海岸往东走。夸父追日我却迎赶日头，不担心半道会渴死。我的目的正是让不能静止的生命，从风光中找寻那个不能静止的美。我得寻觅，得发现，得受它的影响或征服，从忘我中重新得到我，证实我。走过了惠泉浴场，走过了炮台，走过了建筑在海湾石岨上俄国什么公爵用黄麻石堆就的堡垒形大房子，一片待开辟的荒地，……一直到太平角凸出海中那个黛色大石堆上，方不再向前进。这个地方前面已是一片碧绿大海，远远可看见多蛇水灵山岛的灰色圆影，和海上船只驶过时在浅紫色天末留下那一缕淡烟。我身背后是一片马尾松林，好像一个一个翠绿扫帚，倒转竖起扫拂天云。矮矮的疏疏的马尾松下，到处有一丛丛淡蓝色和黄白间杂野花正任意开放，花丛里还常常可看到一对对小而伶俐麻褐色野兔，神气天真烂漫，在那里追逐游戏。这地方原有一部分已划作新住宅区，还无一座房子，游人又极稀少，本来应该算是这些小小生物的特别区。所以当它们与陌生人互相发现时，必不免抱有三分好奇，眼珠子骨碌碌的对人望定。望了好一会，似乎从神情间看出了点危险，或猜想到“人”是什么，方憬然惊悟，猛回头于草树间奔窜。逃走时恰恰如一个毛团弹子一样迅速，也如一个弹子那么忽然触着树身而转折，更换一个方向继续奔窜。这聪敏活泼小生物，终于在绿色马尾松和杂花乱草间消失了。我于是好像有点抱歉，来估想它受惊以后跑回窝中的情形。它们照例是用山道间埋在地下的引水陶筩作窝的，因为里面四通八达，合乎传说上的三窟意义。逃进去后，必互相挤得紧紧的，为求安全准备第二次逃奔。（因为有时很可能是被一匹顽皮的小狗所追逐，这小狗却用一种好奇好事心情，徘徊在水道口。）过一会儿心定了些，才小心谨慎从水道口露出那两个毛茸茸的耳朵和光头，听听远近风声，明白天下太平后，才重新出到草丛树根间来游戏。

我坐的地方八尺以外，便是一道陡峻的悬崖，向下直插深入海中，若想自杀，只要稍稍用力向前一跃，就可堕崖而下，掉进海水里喂鱼吃。海水有时平静不波，如一片光滑的玻璃，在阳光下时时刻刻变换颜色。有时又可看到两三丈高的大浪头，戴着绉折的白帽子，排列成行成队，直向岩石下扑撞，结果这浪头即变成一片银白色的水沫，一阵带咸味的雾雨。我一面让和暖阳光烘炙肩背手足，取得生命所需要的热力，一面即用身前这片大海教育我，淘深我的生命。时间长，次数多，天与树与海的形色气味，便静静的溶解到了我绝对单独的灵魂里。我虽寂寞却并不悲伤。因为从默会遐想中，体会到生命中所孕育的智慧和力量。心脏跳跃节奏中，俨然有形式完美韵律清新的诗歌，和调子柔软而充满青春狂想的音乐。

“名誉、金钱，或爱情，什么都没有，那不算什么。我有一颗能为一切现世光影而跳跃的心，就很够了。这颗心不仅能够梦想一切，还可以完全实现它。一切花草既都能从阳光下得到生机，各自于阳春烟景中芳菲一时，我的生命也待发展，待开放，必然有惊人的美丽与芳香！”

我仰卧时那么打量，一起身有另外一种回答出自中心深处。这正是想象碰着边际时所引起的一种回音。回音中杂有一点世故，一点冷嘲，一种受社会长期挫折蹂躏过的记号。

“一个人心情骄傲，性格孤僻，未必就能够作战士！应当时时刻刻记住，得谨慎小心，你到的原是个深海边。身体从不至于掉进海里去，一颗心若掉到梦想荒唐幻异境界中去，也相当危险，挣扎出时并不容易！”

这点世故对于当时环境中的我当然不需要，因此重新躺下去。俨若表示业已心甘情愿受我选定的生活选定的人事所征服。我正等待这种征服。

“为什么要挣扎？倘若那正是我要到的去处，用不着使力挣扎的。我一定放弃任何抵抗愿望，一直向下沉。不管它是带咸味的海水，还是带苦味的人生，我要沉到底为止。这才像是生命。我需要的就是绝对的皈依，从皈依中见到神。我是个乡下人，走向任何一处照例都带了一把尺、一把秤，和普通社会权量不合。一切临近我命运中的事事物物，我有我自己的尺寸和分量，来证实生命的价值与意义。我用不着你们名叫‘社会’为制定的那个东西。我讨厌一般标准，尤其伪‘思想家’为扭曲压扁人性而定下的庸俗乡愿标准。这种思想算是什么？不过是少年时男女欲望受压抑，中年时权势欲望受打击，老年时体力活动受限制，因之用这个来弥补自己并向人们复仇的人病态的行为罢了。这种人照例先是显得极端别扭表示深刻，到后又显得极端和平表示纯粹，本身就是一种矛盾。这种人从来就是不健康的，那能够希望有个都不习惯思想，不惯检讨思想家的思想。一般人都乐意用校医室的磅秤称身体和灵魂。更省事是只称一次。”

“好。你不妨试试看，能不能用你自己那个尺和秤，来到这个广大繁复的人间，量度此后人我的关系。”

“你难道不相信吗？”

“人应当自己有自信，不必担心别人不相信。一个人常常因为对自己缺少自信，总要从别人相信中得到证明。政治上纠纠纷纷，以及在这种纠纷中的广大牺牲，使百万人在面前流血，流血的意义，真正说来，也不过就为的是可增加某种少数人自己那点自信！在普通人事关系上，因有人自信不过，又无从用牺牲他人得到证明，所以一失了恋就自杀的。这种人做了一件其蠢无以复加的行为，还以为是追求生命最高的意义，而且得到了它。”

“我是如你所谓灵魂上的骄傲，也要始终保留那点自信的！”

“那自然极好。因为凡真有自信的人，不问他的自信是从官能健康或观念顽固而来，都可望能够赢得他人相信的。不过你要注意，风不常向一定方向吹。我们生命中到处是‘偶然’，生命中还有比理性更具势力的‘情感’，一个人的一生可说即由偶然和情感乘除而来。你虽不迷信命运，新的偶然和情感，可将形成你明天的命运，还决定后天的命运。”

“我自信能得到我所要的，也能拒绝我不要的。”

“这只限于选购牙刷一类小事情。另外一件小事情，就会发现势不可能。至于在人事上，你不能有意得到那个偶然的凑巧，也无从拒绝那个附于情感上的弱点，由偶然凑巧而作成的碰头。”

辩论到这个时候，仿佛自尊心起始受了点损害，躺卧向天那个我，于是沉默了，坐着望海那个我，因此也沉默了。

试看看面前的大海，海水明蓝而静寂，温厚而蕴藉。虽明知中途必有若干岛屿，可作候鸟迁移时的栖息，鸟类一代接续一代而从不把它的位置记错。且一直向前，终可达到一个绿蕪照眼的彼岸，有一切活泼自由生命存在。但缺少航海经验的人，是无从用想象去证实的。这也正与一个人的生命相似，未来一切无从由他人经验取证，亦无从由书本取证。再试抬头看看天空云影，并温习另外一时同样天空的云影，我便俨若重新有会于心。因为海上的云彩实在华丽异常。有时五色相渲，千变万化，天空如张开一铺活动锦毯。有时又素净纯洁，天空但见一片明莹绿玉，别无它物。这地方一年中有大半年天空中竟完全是一幅神奇的图画，充满青春的嘘息，煽起人狂想和梦想，看来令人起轻快感、温柔感、音乐感、情欲感。海市蜃楼就在这种天空中显现，它虽不常在人眼底，却永远在人心中。秦皇汉武的事业，同样结束在一个长生不死青春常驻的梦境里，不是毫无道理的。然而这应当是偶然和情感乘除，此外是不是还有点别的什么？

我不羡慕神仙，因为我是个从乡下来的凡人。我偶然厌倦了军队中平板生活，撞入都市，因之便来到一个大学教书。在实生活中我还不曾受过任何女人关心，也不曾怎样关心过别的女人。我在缓缓移动云影下，做了些青年人所能做的梦，我明白我这颗心在情分取予得失上，受得住人的冷淡糟蹋，也载得起从人取来的忘我狂欢。我试从新询问我自己：

"什么人能在我生命中如一条虹，一粒星子，记忆中永远忘不了？世界上应当有那么一个人。"

"怎么这样谦虚得小气？这种人并不止一个，行将就要陆续侵入你的生命中，各自保有一点虽脆弱实顽固的势力。这些人名字都叫做'偶然'。名字虽有点俗气，但你并不讨厌它，因它比虹和星还无固定性，还无再现性。它过身，留下一点什么在这个世界上，它消失，当真就消失了。除留在你心上那个痕迹，说不定从此就永远消失了。这消失也不使人悲观，为的是它曾经活在你或他人心上过。凡曾经一度在你心上那个痕迹，说不定从此就永远消失了。这消失也不使人悲观，为的是它曾经活在你或他人心上过。凡曾经一度在你心上活过来的，当你的心还能跳跃时，另外那一个人生命也就依然有他本来的光彩，并未消失。那些偶然的颦笑，明亮的眼目，纤秀的手足，有式样的颈肩，谦退的性格，以及常常附于美丽自觉而来的彼此轻微妒嫉，既侵入你的生命，也即反应在你人格中、文字中，并未消失。世界虽如此广大，这个人的心和那个人的心却容易撞触。况且人间到处是偶然。”

“我是不是也能够在另外一个生命中同样保留一种势力？”

“这应当看你的情感。”

“难道我和人对于自己，都不能照一种预定计划去作一点安排？”

“唉，得了。什么叫做计划？你意思是不是说那个理性可以为你决定一件事情，而这事情又恰恰是上帝从不曾交把任何一个人的？你试想想看：能不能决定三点钟以后，从海边回到你那个住处去，半路上会有些什么事情等待你？这些事影响到一年两年后的生活，又可能有多大？若这一点你猜测失败了，那其他的事情，显然就超过你智力和能力以外更远了。这种测验对于你也不是件坏事情，因为可让你明白偶然和情感将来在你生命中的种种势力，说不定还可以增加你一点忧患来临的容忍力，和饮浊含清的适应力——也就是新的道家思想，在某一点某一事上，你得保留一种信天委命的达观，方不至于……”

我于是靠在一株马尾松旁边，一面随手采摘那些杂色不知名野花，一面试去想象下午回住处时半路上可能发生的一切事情。我知道自然会有些事情。

第　二　节

到下午四点钟左右，我预备回家了。在惠泉浴场潮水退落后的海滩沙地上，看见一把被海水漂成白色和粉红色的小螺蚌，散乱的在地面返漾着珍珠光泽。从螺蚌形色可推测得出这是一个细心人的成绩。我猜想这也许是个小女孩子作的事情，随同家人到海滩上来游玩，用两只小而美丽的手，精心细意把它从砂砾中选出，玩过一阵以后，手中有一点湿汗，怪不受用，又还舍不得抛弃，恰好见家中人在前面休息处从藤提篮里取出苹果，得到理由要把手弄干净一点，就将它塞在随身保姆肥暖暖的掌心里，不再关心这个东西了。保姆把这些螺蚌残骸捏在大手里一会儿，又为另外一个原因，把它随意丢在这里了。因为湿地上一列极长的足印，就中有个是小女孩留下的，我为追踪这个足印，方发现了它。这足印到此为止，随后即斜斜的向可供休息的一个大磐石走去，步法已较宽，可知是跑去的。并且石头上还有些苹果香蕉皮屑。我于是把那些美丽螺蚌一一捡拾到手中，因为这些过去生命，实保留了些别的生命的美丽愿望，活在我当时的想象中，且可能活在我明日的命运中。

再走过去一点，我又追踪另外两个脚迹走去，从形式大小上可看出这是一对青年伴侣留下的。到一个最适宜于看海上风帆的地点，两个脚迹稍深了点，乱了点，似乎曾经停留了一会儿。从男人手杖尖端划在砂上的几条无意义的曲线，和一些三角形与圆圈，和一小个装相片的黄纸盒，推测得出这对年青侣伴，很可能是到了这里，恰好看见海上一片三角形白帆驶过，因为欣赏景致停顿了一会儿，还照了个相。照相的大致是女人，手杖在砂上画的曲线和其他，就代表男子闲适与等待中的厌烦。又可知是一对外来游人，照规矩本地人不会在这个地方照相的。

再走过去一点。近海滩尽头时，我碰到一个趁退潮敲拾牡蛎的穷女孩，竹篮中装了一些牡蛎和一把鲜明照眼的黄花，给我印象特别好。

于是我回转到住处，上楼梯时照样轧轧的响，响声中就可知并无什么意外事发生。从一个同事半开房门间，可看到墙壁上那张有香烟广告的美人画，另外一个同事窗台上，还依然有个鱼肝油空瓶。一切都照样，尤其是楼下厨房中大师傅，在调羹和味时有意将那些碗盏碰撞出的声音，以及那点从楼口上溢的菜蔬扑鼻香味，更增加凡事照常的感觉。我不免对于在海边那个宿命论与不可知论的我，觉得有点相信不过。其时尚未黄昏，住处小院子中十分清寂，远在三里外的海上细浪啮岸声音，也听得很清楚。院子内花坛中一大丛真珠梅，脆弱枝条上繁花如雪。我独自在院中划有方格的水泥道上来回散步，一面走，一面思索些抽象问题，恰恰如歌德传记中说他二十多岁时在一个钟楼上看村景心情，身边手边除了本诗集什么都没有，可是世界俨然为他而存在。用一颗心去为一切光色声音气味而跳跃，比用两条强壮手臂对于一个女人所能作的还更多。可是多多少少却有一点儿难受。好像在有所等待，可不知要来的是什么。

远远的忽然听到一阵女人清朗笑语声，抬头看看，就发现开满攀枝蔷薇短墙外，拉斜下去的山路旁，那一片加拿大的白杨林边，正有个年事极轻身材秀美的女子，穿着件式样称身的黄绸袍子，走过草坪去追赶一个女伴。另外一处却有个“上海人”模样穿旅行装的二号胖子，携带两个孩子，在招呼他们。我心想，怕是什么银行中人来看樱花吧。这些人照例住“第一宾馆”的头等房间。上馆子时必叫“甲鲫鱼”，还要到炮台边去照几个相，一切行为都反映他钱袋的饱满和兴趣的通俗。女的很可能因为从“上海”来的，衣服虽极时髦，头脑却很空洞，除了从电影上追求摹仿女角的头发式样，算是生命中至高的悦乐，此外竟毫无所知。然而这究竟是个美丽生物，那个发育完美的青春肉体，大六月天展览到用碧绿海水作背景的沙滩阳光下时，实在并不使人眼目厌嫌!

过不久，同住的几个专家学者陆续从学校回来了。于是照例开饭，甲乙丙丁戊己庚辛坐满了一桌子。再加上一位陌生女客，一个受过北平高等学校教育上海高等时髦教育的女人。照表面看，这个女人可说是完美无疵，大学教授理想的太太，照言谈看，这个女人并且对于文学艺术竟像是无不当行，若仅仅放在“太太客厅”中，还不免有点委屈，真是兼有了浪子官能上帝与君子灵魂上帝的长处的一种杰作。不凑巧平时吃保肾丸的教授乙，饭后拿了个手卷人物画来欣赏时，这个漂亮女客却特别注意画上的人物数目，反复数了三次。这一来，我就明白女客外表虽很好，精神上还是大观园拿花荷包的人物了。这点发现原本在情理中，实对于我像是种小小嘲弄。因为我这个乡下人总以为一个美观的肉体，应当收容一个透明的灵魂。

到了晚上，我想起“偶然”和“情感”两个名词，不免重新有点不平，好像一个对生命有计划对理性有信心的我，被另外一个宿命论不可知论的我居然战败了，虽战败还不服输，所以总得想方法来证实一下。当时唯一可证实我是能够有理想、照理想活下去的事，即是用手上一枝笔写写什么。先是为一个远在南方千里外女孩子写了些信，预备把白天海滩上无意中拾得螺蚌附在信里寄去。因为叙述这些螺蚌的来源，我便将海上光景仔细描绘一番。信写成后，使我不免难过起来，心俨然沉到一种绝望的泥潭里了。因为这种信照例是无下落的。且仿佛写得太真实动人，所以失去了本来意义的。为自救自解计，才另外来写个故事。我以为由我自己把命运安排得十分美丽，若不可能，由手中一枝笔来安排一个小小故事，应当不太困难。我想试试看能不能用我这枝笔，在空中建造一个式样新奇的楼阁。于是无中生有，就日中所见、所感、所想象种种，重新拼合写下去。我要创造一种可能在世界上存在并未和我碰头的爱情。我应当承认在写到故事一小部分时，情感即已抬了头。我一直写到天明，还不曾离开桌边，且经过二十三点钟，只吃过三个硬苹果。写到一半时，我方在前面加个题目，《八骏图》。第五天后，故事居然写成功了。第二十七天后，故事便在上海一个刊物上发表了。刊物从上海寄到青岛时，同住几个专家学者，都自以为即故事上甲乙丙丁，觉得被我讥讽了一下，感到愤愤不平。完全不想到我写它的用意，只是在组织一个梦境，至于用来表现“人”在各种限制下所见出的性心理错综情感，我从中抽出式样不同的几种人，用言语、行为、联想、比喻以及其他方式来描写它。八个人用八种不同方式从八个角度来摄取断面影像。这些人照样活一世，或者并不以为难受，到被别人如此艺术的处理时，看来反而难受，在我当时实觉得大不可解。这故事虽得来些不必要烦琐，且影响到我后来放弃教书的理想，可是一般读者却因故事和题目巧合，表现方法相当新，处理情感相当美，留下个异常新鲜印象，且以为一定真有那么一回事，那么几个人，因此按照当时上海文坛风气，在报纸副刊上为我故事来作索引，就中男男女女都有名有姓。这种索引自然是不可信的。尤其是说到作品中那个女人，完全近于猜谜。这种猜谜既无关宏旨，所以我只用微笑和沉默作为答覆。

夏天来了，长住青岛伴同外来避暑的人，大家都向海边跑，终日泡在咸水中取乐。我却留在山上。有一天，独自在学校旁一列梧桐树下散步，太阳光从梧桐大叶空隙间滤过，光影铺在地面上，纵横交错。脚步踏到那些荡漾不定日影时，忽若有所契，有所悟，只觉得生命和一切都交互溶解在这个绿色迷离光影中，不可分别。超过了简文帝说的鱼鸟亲人境界，感觉到我只是自然一部分。这时节，我又照例成为两种对立的人格。

我稍稍有点自骄，有点兴奋，“什么是偶然和情感？我要做的事，就可以做。世界上不可能用任何人力材料建筑的宫殿和城堡，原可以用文字作成功的。有人用文字写人类行为的历史，我要写我自己的心和梦的历史。我试验过了，还要从别人一方面作试验。”

那个回音依然是冷冷的，“这不是最好的例。若用前事作例，倒恰好证明前次说的偶然和情感实决定你这个作品的形式和内容。你偶然遇到几件琐碎事情，在情感兴奋中粘合贯串了这些事情，末了就写成那么一个故事。你再写写看，就知道你单是‘要写’，并不成功了。文字虽能建筑想象宫殿和城堡，可是那个图样却是另外一时的偶然和情感决定的。这其中虽有你，可不完全是你的创造。一个人从无相同的两天生命，因此也就从无两回相同的事情。”

“这是一种诡辩。时间将会证明，我要作什么，必能作什么。”

“别说你‘能’作什么，你不知道，就是你‘要’作什么，难道还不是由偶然和情感乘除来决定？人人应当有自信，但不许超越那个限度。而且得分别清楚，自信与偶然或情感是两条河水，一同到海，但分开流到海，并且从发源到终点，永不相混。”

“情感难道不属于我？不由我控制？”

“它属于你，可并不如由知识经验堆积而来的理性，能供你使唤。只能说你属于它。它又属于生理上无固定性的‘性’，性又属于天时阴晴所生的变化，与人事机缘上的那个偶然。总之是外来力量，外来影响。它能使你生命如有光辉，就是它恰恰如一个星体为阳光照及时反映出那点光辉。你能不能知道阳光在地面上产生了多少生命，具有多少不同形式？你能不能知道有多少生命，长得脆弱而美丽，慧敏而善怀，名字应当叫做女人，在什么情形下就使你生命放光，情感发炎？你能不能估计有什么在阳光下生长中的这种脆弱美丽生命，到某一时恰恰会来支配你，成就你，或者毁灭你？这一切你全不知道！”

这似乎太空虚了点，正像一个人在抽象中游泳，这样游来游去，自然不会到达那个理想或事实边际的。如果是海水，还可推测得出本身浮沉和位置。如今只是抽象，一切都超越常识感觉以上。因此我不免有点恐怖起来。我赶忙离开了树下日影，向人群集中处走去，到了熙来攘往的大街上。这一来，两个我照例都消失了。只见陌生人林林总总，在为一切事务而忙。商店和银行，饭馆和理发馆，到处有人的洪流灌注，人与人关系变得复杂到不可思议，然而又异常单纯的一律受“钞票”所控制。到处有人在得失上爱憎，在得失上笑骂，在得失上作伪誓和伪证人。离开了大街，转到市政府和教堂时，就可使人想起这是历史上这种得失竞争的象征。或者或用文字制作庄严堂皇的经典，或用木石造作虽庞大却不雅观的建筑物，共同支撑一部分前人的意见，而照例更支撑了多数后人的衣禄。政治或宗教，二而一，庄严背后都包含了一种私心，无补于过去而有利于当前的……不知如何一来，一切人事在我眼前忽然都变成了漫画，既虚伪，又俗气，而且还将反复继续下去，不知道何时为止，但觉人类一切在进步中，人与人关系实永远停顿在某一点上。人生百年是勤，所得于物虽不少，所得于己实不多。

我俨然就休息到这种对人事的感慨上，虽累还不十分疲倦。

回来时，我想除去那些漫画印象，和不必要的人事感慨，就用碛砂藏中诸经作根据，来把佛经中小故事放大翻新，注入我生命中属于抑压的种种纤细感觉和荒唐想象。我认为人生因追求抽象原则，应超越功利得失和贫富等级，去处理生命与生活。我认为人生至少还容许用文字来重新安排一次。就那么试来用一枝笔重作安排，因此又写成一本《月下小景》。

第 三 节

两年后，《八骏图》和《月下小景》结束了我教书生活，也结束了我海边单独中那种情绪生活。两年前偶然写成的一个小说，损害了他人的尊严，使我无从和甲乙丙丁专家学者同在一处继续共事下去。偶然拾起的一些螺蚌，连同一个短信，寄到南方某地时，却装饰了一个女孩子的青春生命。那个人把他放在小小保险箱里，带过杭州六合塔边一个学校中，沉默而愉快的度了一个暑期。我幻想已证实了一部分，原来我和这个素朴而沉默的女孩子，相互间在生命中都保留一种势力，无从去掉了。可是也许是偶然，我不过南方却到了北平。

有一天，我走入北京城一个人家的阔大华贵客厅里，猩红丝绒垂地的窗帘，猩红丝绒四丈见方的地毯，把我愣住了。我就在一套猩红丝绒旧式大沙发中间，选定靠近屋角一张沙发坐下来。观看对面高大墙壁上的巨幅字画，莫友芝[①]斗大的分隶屏条，赵㧑叔[②]斗大的红桃立轴，事事物物竟像是特意为配合客厅而准备，并且还像是特意为压迫客人而准备。原来这个客厅在十五年前，实接待了中国所有政府要人和大小军阀，因政治上人事上的新陈代谢，成为一个空洞客厅又有了数年。一切都那么壮大，我于是似乎缩得很小了。

来到这地方是替一个亲戚带了份小礼物，应当面把礼物交

①莫友芝，清代学者，善书法。
②赵㧑叔，即赵之谦，清代篆刻家、书画家。

给女主人的。等了一会儿，女主人不曾出来，从客厅一角却出了个“偶然”。问问才知道是这人家的家庭教师，和青岛托带礼物的亲戚相熟，和我好些朋友都相熟。虽不曾见过我，实读过我作的许多故事。因为那女主人出了门，等等方能回来，所以用电话要她先和我谈谈。我们于是谈青岛的四季，才知道两年前她还到青岛看樱花，以为樱花和别的花都并不比北平的花木好，倒是那个海有意思。曾和几个小孩子在沙滩上拾了许多螺蚌，坐在海潮不及的岩石上看海浪扑打岩石。说不定我得到的那些小蚌壳，就是这一位偶然抛弃的！正当我们谈起海边一切，和那个本来俨然海边主人的麻兔时，女主人回来了。我们又谈了些别的事方告辞。偶然给我一个幽雅而脆柔的印象：一张白白的小脸，一堆黑而光柔的头发，一点陌生羞怯的笑。当发后的压发翠花跌落到猩红地毯上，躬身下去寻找时，从净白颈肩间与脆弱腰肢作成的曲度上，我仿佛看到一条素色的虹霓。虹霓失去了彩色，究竟还有什么，我并不知道。总之“偶然”已给我保留一种离奇印象。我却只给了“偶然”一本小书，书上第一篇故事，就是两年前为抵抗偶然而写成的。

一个月以后，我又在一个素朴而美丽的小客厅中，重新见到了“偶然”。她说一点钟前还看过我写的故事，一面说一面微笑。且把一个发光万鑑的头略偏，一双清明无邪眼中带点羞怯之光，想有所探询，可不便启齿。

仿佛有斑鸠唤雨声音，从高墙外远处传来。小庭院一树玉兰正盛开，高摇摇的树枝探出墙头。我们从花鸟上说了些闲话，到后“偶然”方嚅嚅嗫嗫的问我：“你写的可是真事情？”

我说：“什么叫作真？我倒不大明白真和不真在文学上的区别，也不能分辩它在情感上的区别。文学艺术只有美和不美，不能说真和不真，道德的成见，更无从羼杂其间。精卫衔石，杜鹃啼血，情真事不真，并不妨事。你觉得对不对？我的意思自然不是为我故事拙劣要作辩护，只是……”

“我看你写的小说，觉得很美，当真很美。但是，事情怕不真！”

这种大胆惑疑似乎已超过了文学作品的欣赏，所要理解的是作者的人生态度。

我稍稍停了一会儿：“不管是故事还是人生，一切都应当美一些！丑的东西虽不是罪恶，总不能令人愉快。我们活到这个现代社会中，已经被官僚，政客，银行老板和伪君子，理发匠和成衣师傅，种族的自大与无止的贪私，共同弄得到处够丑陋！可是人生应当还有个较理想的标准，至少容许在文学和艺术上创造那个标准。因为不管别的如何，美丽当永远是善的一种形式，文化的向上就是追求善的象征！”

正像是这几句空话说中了“偶然”另外某种嗜好，有会于心，“偶然”轻轻的叹了一口气。“美的有时也令人不愉快！譬如说，一个人刚好订婚，不凑巧又……战争。我觉得这对于读者，也就近乎残忍！”

我为中和那点人我之间的不必要紧张，所以忙带笑说：“是的，我知道了。你看了我写的故事，一定难过起来了。不要难受！我不仅写到订婚又离婚，还写过恋爱就死亡。美丽总使人忧愁，可是还受用。那是我在海上受水云教育产生的一些幻影，并非真有其事。我为的是使人分享我在海上云影阳光中得来的愉快，得来的感应，以及得来的对人生平凡否认和否定的精神，我方写下那个故事。可并不存心虐待读者！”

“偶然”于是笑了。因为心被故事早浸柔软，忽然明白这为古人担忧弱点已给客人发现，自然觉得不大好意思。因此不再说什么，把一双纤而柔的白手拉拉衣角，裹紧了膝头。那天穿的衣服，恰好是件绿地小黄花绸子夹衫，衣角袖口缘了一点紫。也许自己想起这种事，只是不经意的和我那故事巧合。也许又以为客人并不认为这是不经意，且可能已疑心到是成心。“偶然”在应对间不免用较多微笑作为礼貌的装饰，与不安定情绪的盖覆，结果另外又给了我一种印象。我呢，我知道，上次那本小书，给人甘美的忧愁已够多了。我什么都没有给“偶然”。

离开那个素朴小客厅时，我似乎遗失了一点东西。在开满了马樱花和刺槐的长安街大路上，试搜寻每个衣袋，不曾发现失去的是什么。后来转入总统府中南海公园，在柳堤上绕了一个大圈子，看见水中的游移云影，方憬然觉悟，失去的只是三年前独自在青岛大海边向虚空凝眸，作种种辩论时那一点孩子气主张。这点自信主张，若不是遗忘到一堆时间后边，就是前不久不谨慎掉落在那个小客厅中了。

我坐在一株老柳树下休息，想起“偶然”穿的那件夹衫，颜色花朵如何与我故事上景物巧合。当这点秘密被我发现时“偶然”所表示的那种轻微不安，是种什么分量，我想起向“偶然”说的话，这些话在“偶然”生命中，可能发生的那点意义，又是什么分量，我都清清楚楚，我的心似乎稍稍有点搅乱，跳得不大正常。“美丽总使人忧愁，然而还受用。”

一个小小金甲虫落在我的手背上，捉住了它看看时，只见六只小脚全缩敛到带金属光泽的甲壳上面，从这小虫生命完整处，见出自然的巧慧，和生命形式的多方。手轻轻一扬，金甲虫即振翅飞起，消失到广阔的湖面莲叶间去了。我同样保留了一点印象在记忆里。我的心尚空阔得很，为的是过去曾经装过各式各样的梦，把梦腾挪开时，还装得上许多事事物物。然而我想这一个泛神倾向用之与自然对面，很可给我对现世光色声味有更多理解机会，若用之于和人事对面，或不免即成为我一种被征服的弱点。尤其是在当前的情形下，决不能容许这个弱点抬头。

因此有意从“偶然”给我的印象中，搜寻出一些属于生活习惯上的缺点，用作保护我性情上的弱点。

> 生活在一种不易想象的社会中，日子过得充满脂粉气，这脂粉气既成为生活一部门，积久也就会成为生命中不可少的一分。爱好装饰处，原只重在增加对人的效果，毫无自发的较深远的理想。性情上的温雅，和文学爱好，也可说是足为装饰之一种。但脂粉气邻于庸俗，知识也不免邻于虚伪。一切不外乎时髦，然而时髦得多浅多俗气……

我于是觉得安全了，倘若没有在别的时间下发生的事情，我应当说实在是十分安全的。因为我所体会到的“偶然”生活情性上的缺点，一直都还保护着我，任何情形下尚有作用。不过保护得我更周到的，还是另外一种事实，即幸福的婚姻，或幸福婚姻的幻影，我正准备去接受它，证实它。这也可说是种偶然，由于两三年前在海上拾来那点泛白闪光螺蚌，无意中寄到南方时所得到的结果。然而关于这件事，我却认为是意志和埋性作成的。恰恰如我一切用笔写成的故事，内容虽近于传奇，从我个人看来，却产生完成于一种人为计划中。

第 四 节

时间流过去了，带来了梅花，丁香，芍药，和辛夷，玉兰，一切北方色香悦人的花朵，在冰冻渐渐融解风光中逐次开放。另外一种温柔的幻影，则已成为实际生活。我结了婚，一个小小院落中一株槐树和一株枣树，遮蔽了半个长而狭的院子。从细碎树叶间筛下细碎的日影，铺在方砖地上，映照在明净纸窗间，无不给我对于生命或生活一种新的启示。更重要的是一个由异常陌生到完全熟习的人，在日常生活中形成的一种新的习惯，新的适应。当前一切似乎都安排对了，只是还像尚未把一些过去账目完全结清，我心想：

“我要的，已经得到了。名誉，金钱和爱情，全都到了我身边。我从社会和别人证实了存在的意义。可是不成。我还有另外一种幻想，即从个人工作上证实个人希望所能达到的传奇。我准备创造一点纯粹的诗，与生活不相粘附的诗。情感上积压下来的东西，家庭生活并不能完全中和它，消蚀它。我需要一点传奇，一种出于不巧的痛苦经验，一份从我‘过去’负责所必然发生的悲剧。换言之，即爱情生活并不能调整我的生命，还要用一种温柔的笔调来写各式各样爱情，写那种和我目前生活完全相反，然而与我过去情感又十分相近的牧歌，方可望使生命得到平衡。这种平衡，正是新的家庭所不可少的！”

因此每天大清早，就在院落中一个红木八条腿小小方桌上，放下一叠白纸，一面让细碎阳光晒在纸上，一面也将我某种受压抑的梦写在纸上。故事上的人物，一面从一年前在青岛崂山北九水旁所见的一个乡村女子，取得生活的必然，一面就用身边黑脸长眉新妇作范本，取得性格上的素朴良善式样。一切充满了善，充满了完美高尚的希望，然而到处是不凑巧。既然是不凑巧，因之素朴的良善与单纯的希望终难免产生悲剧。故事中浸透了五月中的斜风细雨，以及那点六月中夏雨欲来时闷人的热，和闷热中的静与寂寞。这一切其所以能转移到纸上，依然可说全是从两年间海上阳光得来的能力。这一来，我的过去痛苦的挣扎，受压抑无可安排的乡下人对于爱情的憧憬，在这个不幸故事上，方得到了完全排泄与弥补。主妇噙着眼泪读下去，从故事发展中也依稀照见一点自己影子。

一面写，一面总仿佛有个生活上陌生、情感上相当熟习的声音，在轻轻的招呼我：

“××，这算什么？你这是在逃避一种命定。其实一切努力全是枉然。你的一枝笔虽能把你带向‘过去’，不过是用故事抒情作诗罢了。真正在等待你的却是‘未来’。你敢不敢向更深处想一想，笔下如此温柔的原因？你敢不敢仔仔细细认识一下你自己，是不是个能够在小小得失悲欢传奇故事上满足的人？你敢不敢想你这是在打量逃避一种命定……”

“我用不着作这种分析和追究！我目前的生活很幸福，这就够了。”

“你以为你很幸福，为的是你尊重过去，你以为当前生活是照过去理性或计划安排成功的。但你何尝真正能够在自足中得到幸福？或用他人缺点保护，或用自己的幸福幻影保护，二而一，都可作为你害怕‘偶然’侵入生命中时所能发生的变故。因为‘偶然’能破坏你幸福的幻影。你怕事实，所以自觉宜于用笔捕捉抽象。”

“我怕事实？什么事实使我害怕？杀人放火我看厌了，临到生活中一分我就从不害怕！”

“是的，你害怕明天的事实。你比谁都胆小。或者你厌恶一切影响你目前生活的事实，因之极力想法贴近过去，有时并且不能不贴近那个抽象的过去。”

我好像被说中了，无从继续申辩。我希望从别的事情上找寻找寻我那点业已失去的自信。我支持自信的观念，没有得到，却得到许多容易破碎的古陶旧瓷。由于耐心和爱好换来的经验，使我从一些盘盘碗碗形体和花纹上，认识了这些艺术品的性格和美术上特点，都恰恰如一个老浪子来自各样女人关系上所得的知识一般。久而久之，对于清代瓷器的盘碗，我几几乎闭目用手指去摸抚它底足边缘的曲度，就可判断出作品的时代了。我且预备在这类无商业价值有美术价值的瓷器中，收集到两三千件时，来写一本小书，讨论讨论清瓷中串枝莲青花发展的格式。然而这种新的嗜好，只能增加我耳边另外一种声音的调讽，是很显明的。

“××，你打量用这些容易破碎的东西，稳定平衡你奔放的生命，到头还是无结果的。这消磨不了你三十年从寂寞中孕育的幻想堆积。你只有一件事情可作，即从一种更直接有效的方式上，发现你自己，也发现人。什么地方有些年青温柔的心在等待你，收容你的幻想，这个你明明白白。为的是你谨慎怕事，你于是名字叫作好人。”

只因为这些声音似乎从各方面传来，试去搜寻在我生活上经过的人事时，才发现原来这个那个“偶然”都好像在支配我。因此从新在所有偶然给我的印象下，找出每个偶然的缺点，保护到我自己的弱点。

我的新书《边城》是出了版。这本小书在读者间得到些赞美，在朋友间还得到些极难得的鼓励。可是没有一个人知道我是在什么感情下写成这个作品，也不大明白我写它的意义。即以极细心朋友刘西渭先生的批评说来，就完全得不到我如何用这个故事填补过去生命中一点哀乐的原因。正惟其如此，这个作品在个人抽象感觉上，我却得到一种近乎严厉而讽刺的责备。

“这是一个胆子小而知足且善逃避现实者最大的成就。将热情注入故事中，使他人得到满足，而自己得到安全，并从一种友谊的回声证实生命的意义。可是生命真正意义是什么？是节制还是奔放？是矜持还是疯狂？是一个故事还是一堆人事？……”

“这不是我要回答的问题，他人也不能强迫我答覆。”

不过这件事在我生命中究竟已经成为一个问题。庭院中枣子成熟时，眼看到缀系在细碎枝叶间被太阳晒得透红的小小果实，心中不免有一丝儿对时序迁移的悲伤。一切生命都有个秋天，来到我身边首先却是那个“秋天的感觉”。这种感觉可使一个浪子缩手皈心，也可使一个君子胡涂堕落，为的是衰落感或刺激了他，或恼怒了他。

天气渐渐冷了，我已不能再在院中阳光下写什么。且似乎也并无什么故事可写了。心手两闲的结果，使我起始堕入故事里乡下女孩子那种纷乱情感中。我需要什么？不大明白，又正像不敢去认真思索明白。总之情感在生命中已抬了头。这比我真正去接近某个“偶然”时还觉得害怕。因为他虽不至于损害人，事实上却必然破坏我——我的工作理想和一点自信心，都将为此而毁去。最不妥当处是我还有些预定的计划，这些事与我习惯性情虽不甚相合，对我家庭生活却近于必需。弱点对我若抬了头，让一群偶然听其自由浸入我生命中，各自占据一个位置，就什么都完事了。当时若能写个长篇小说，照《边城》题记中所说，写崩溃了的乡村一切，来消耗它，归纳它，调整它，转移它，也许此后可以去掉许多麻烦困难。但这种题目和当时心境可不相合。我只重新逃避到字帖赏玩中去。我想把写字当成一种工作，这工作俨然如一束草，一片破碎的船板，用它为我在人事纠纷中下沉时有所准备。我要和生命中那种无固定的性能力继续挣扎，尽可能去努力转移自己到一种无碍于人我的生活方式上去。

不过我虽能将生命逃避到艺术中，可无从离开那个生活环境。环境里到处是年青生命，即到处是偶然，而且有些还出奇的勇敢。也许有些是相互逃避于某种问题上，有些又相互逃避到礼貌中，更有些说不定还近于浥彼注此，……因之各人都可得到种安全感。可是这对于我，自然是不相宜的。我的需要在压抑中，更容易见出它的不自然处。在文字运用中，一枝笔见出透明和灵秀处，在人事应对中，却相当拙呆，且若于拙呆上给偶然一个容易俘掳的印象。岁暮年末时，因之偶然中较老实的某一个，重新有机会给了我一种更离奇的印象。依然那么脆弱而羞怯，用少量言语多量微笑或纯粹沉默来装饰我们的晤面。其时向日的阳光虽然稀薄，寒气冻结了空气。可是房中炉火照例极其温暖，火炉边柔和灯光下，是容易生长一切的，尤其是那个名为“情感”或“爱情”的东西。可是防止附于这个名词的纠纷性和是非性，我们却把它叫作“友谊”。总之，偶然之一和我友谊越来越不同了。一年馀以来努力的趋避，在十分钟内即证明等于精力白费。偶然的缺点依旧尚保留在我印象中，而且更加确定，然而这些缺点的印象，却不能保护我什么了。

我于是重新进入到一个激烈战争里，即理性和情感的取舍。但是事极显明，其中那个理性的我终于败北了。当我第一次向“偶然”作一种败北以后的说明时，一定使“偶然”惊喜交集，且不知如何来应付这种新的发展。因为这件事若出于另一偶然，则或者已有相当准备，恐不过是“我早知如此”轻轻的回答，接着也不过是由此必然而来的一些取和予。然而这事情却临到一个无经验无准备的“偶然”手中。在她的年龄和生活上，实都无从处理这个难题，更毫无准备应付这种问题技术的。因此当她感觉到我的命运仿佛在她那双小小白手中时，一时虽惊喜交并，终于不免茫然失措，不知是放下好还是握紧好。

我呢，实在说来，俨然只是在用人教育我。我知道这恰是我生命的两面，用之于编排故事，见出被压抑热情的美丽处，用之于处理人事，即不免见出性情上的劣点，不特苦恼自己，同时也困惑人。我当真好像业已放弃了一切可由常识来应付的种种，一任自己沉陷到一种情感漩涡里去。十年后温习到这种“过去”时，恰恰像在读一本属于病理学的书籍，这本书名实应当题作：

《情感发炎及其治疗》

作者近乎一个疯子，同时又是一个诗人。书中毫无故事，惟有近乎抽象的一堆印象拼合。到小客厅中红梅白梅全已谢落时，偶然的微笑已成为苦笑。因为明白这事得有个终结，就装作为了友谊的完美，和个人理想的证实，带着一点儿好景不常的悲伤，一种出于勉强的充满痛苦的笑，好像很谦虚的说，“我得到的已够多了”，就借故走到别一地方去了。走时的神气，和事前心情上的纷乱，竟与她在某一时写的一个故事完全相同，不同处只是所要去的方向而已。

至于家中那一个呢……

我于是重新得到了用笔的机会。可是我不再写什么传奇故事了。因为生活本身就是一种动人的传奇。我读过一大堆书，再无什么故事比我情感上的哀乐得失经验更加离奇动人。我读过许多故事，好些故事到末后，都结束于“死亡”和一个“走”字上，我却估想这不是我这个故事应有的结局。

第二个偶然因之在我生命里用另外一种形式存在。我用另外一种心情读过了另外一本书。这本书正如出自一个极端谨慎的作者，中间从无一个不端重的句子，从无一段使他人读来受刺激的描写，而且从无离奇的变故与难解纠纷。然而却真是一种传奇。为的是在这故事背后保留了一切故事所必需的回目。书中每一章每一节都是不必要的对话，与前一个故事微笑继续沉默完全相反。故事中无休止的对话与独白，却为的是若一沉默即会将故事组织完全破坏而起。从独白中更可见出这个偶然生命取予的形式。因为预防，相互都明白一沉默即将思索，一思索即将究寻名词，一究寻名词即可能将“友谊”和“爱情”分别其意义。这一来，情形即必然立刻发生变化，不窘人的亦将不免自窘。因此这故事就由对话起始，由独白暂时结束。书中人物俨然是在一种战争中维持了十年友谊，形式上都得到了胜利，事实上也可说都完全败北，因为都明白装饰过去青春的生命，本容许有一点妩媚和爱娇，以及少许有节制的疯狂，目下说来或不甚合理，在十年八年时间中，却将醇化成为一种温柔的记念。但在这个故事中，却用对话或独白代替了。这是一本纯洁故事，可是也是一本使人读来惆怅的故事。

第三个偶然浸入我生命中时，起初即给我一点启示，是上海成衣匠和理发匠等等，在一个年青肉体上所表现的优美技巧。这种技巧在当时是得到许多人赞叹的。我却以为只合给第二等人增加一点风情上的效果，对于偶然实不必要。因此我在极其谨慎情形中，为除去了这些人为的技巧，看出自然所给予一个年青肉体完美处和精细处。最奇异的是这里并没有情欲。竟可说毫无情欲，只有艺术。我所处的地位，完全是一个艺术鉴赏家的地位。我理会的只是一种生命的形式，以及一种自然道德的形式，没有冲突，超越得失，我从一个人的肉体上认识了神。且即此为止，除了在《看虹录》一个短短故事上作小小叙述，我并不曾用任何其他方式破坏这种神的印象。正可说是一本完全图画的传奇，色彩单纯而温雅，线条明净而高贵，就中且无一个文字。唯其如此，这个传奇也庄严到使我无从用普通文字来叙述。唯一可重现人我这种崇高美丽情感，应当是第一等音乐。但是这之间一个轻微的叹息，一种目光莹然如湿的凝注，一点混合爱与怨的谦退，或感谢与皈依的轻微接近，一点象征道德极致的白，一种表示惊讶倾倒的呆，音乐到此亦不免完全失去了意义。这个传奇是结束于偶然回返到上海去作时装表演为止的。若说故事离奇而华美，比我记忆中世界上任何作品还温雅动人多了。

第四个是……说及时，或许会使一些人因妒嫉而疯狂，不提它也好。

我真近于在用人教育我，陆续读了些人类荒唐艳丽传奇。这点因缘大多数却由我先前所写的一堆故事而来的。正好像在故事上我留给人的印象是诚实而细心，且奇特的能辨别人生理解人心，更知道情感上庄严和粗俗的细微分量，不至于错用或滥用，这些偶然为证明这些长处的是否真实，稍稍带点好奇来发现我，我因之能翻阅这些奇书的。

不过这一切自然用的是我从乡下来随身带来的尺和秤作度量。若由一般社会所习惯的权衡来度量我的弱点和我的坦白，则我存在的意义，存在的价值，早已完全失去了。我也许在偶然中还翻阅了些不应道及的篇章，留下些不大宜于重述的印象，然而我知道，这对于“偶然”，是大都以能够将灵魂展览于我这个精细读者面前，为无疚于心，到二十年后生命失去青春光泽时，且会觉得未将那个比灵魂更具体一些的东西在我面前展览为失计的。

正因为弱点和坦白共同在性格或人格上表现，如此单纯而显明，使我在婚姻上便见出了奇迹。在连续而来的挫折中，作主妇的情感经验，比《边城》中的翠翠困难复杂多了。然而始终能保留那个幸福的幻影，而且还从生活其他方式上去证实，这种事由别人看来，将为不可解，恰恰如我为这个问题写个短篇所描写到的情形。或出于一种伟大容忍，或出于一种明知原谅，当两人在熟人面前被人称为“佳偶”时，就用微笑表示“也像冤家”的意思，又或从熟人神气间被目为“冤家”时，仍用微笑表示“实是佳偶”的意思。由主妇自己说来，这情形也极自然。我的行为端谨和想象放荡恰恰形成生命的两极。只因为理解到“长处”和“弱点”原是生命使用方式上的不同，情形必然就会如此。

第　五　节

再过了四年，战争把世界地图和人类历史全改变了过来。同时从极小处，也重造了人与人的关系，以及这个人在那个人心上的位置。

一些偶然又继续在我生命中保存了一点势力。但今昔情形已稍稍不同。

一个聪明善怀的女孩子，年纪大了点时，到了二十五岁以后，不问已婚未婚，或婚后家庭生活幸或不幸，自然都乐意得到一些朋友的信任，更乐意从一两个体己朋友得来一点有分际的关心，混合忧郁和热忱所表示的轻微烦乱，用作当前剩余青春的点缀，以及明日青春消逝温习的凭证。如果过去一时，对某一朋友保留过些美好印象，印象的重现，使人在新的取予上，都不能不变更一种方式，见出在某些情形上的宽容为必然，在某些情形上的禁忌为不必要。无形中会放弃了过去一时那点警惧心和防卫心。因此一来虹和星都若在望中，我俨若可以任意伸手摘取。可是一切既在时间有了变化，我也免不了受一分影响，我所注意摘取的，应当说却是自己生命追求抽象原则的一种形式。我可说常在一种精细而稳重与盲目而任性的交替中，过了许多离奇日子，得到许多离奇经验。我只希望如何来保留这种有传染性的热忱到文字中，对于爱情或友谊本身，已不至于如何惊心动魄来接近它了。我懂得人多了一些，懂得自己也多了些。在偶然之一过去所以自处的“安全”方式上，我发现了节制的美丽。在另外一个偶然目前所以自见的“忘我”方式上，我又发现了忠诚的美丽。在三个偶然所希望于未来“谨慎”方式上，我还发现了谦退中包含勇气与明智的美丽。在第四……由于生命取舍的多方，因之我不免有点“老去方知读书少”的知觉。我还需要学习，从更多陌生的书以及少数熟习的人，好好学习点“人生”。

因此一来，“我”就重新又成为一个毫无意义的字言，因为很快即完全消失到一切偶然的颦笑中，和这类颦笑权衡取舍中了。

失去了“我”后却认识了“人”，体会到“神”，以及人心的曲折，神性的单纯。墙壁上一方黄色阳光，庭院里一点草，蓝天中一粒星子，人人都有机会看见的事事物物，多用平常感情去接近它，对于我，却因为常常和某一个偶然某一时的生命同时嵌入我印象中，它们的光辉和色泽，就都若有了神性，成为一种神迹了。不仅这些与偶然同时浸入我生命中的东西，各有其神性，即对于一切自然景物的素朴，到我单独默会它们本身的存在和宇宙彼此生命微妙关系时，也无一不感觉到生命的庄严。花木为防卫侵犯生长的小刺，为诱惑关心而具有的甜香，我似乎都因此领悟到它的因果。一种由生物的美与爱有所启示，在沉静中生长的宗教情绪，无可归纳，因之一部分生命，就完全消失在对于一些自然的皈依中。这种由复杂转简单的情感，很可能是一切生物在生命和谐时所同具的，且必然是比较高级文化所不能少的，人若保有这种情感时，即可产生伟大的宗教，或一切形式精美而情感深致的艺术品。对于我呢，我实在什么也不写，亦不说。我的一切官能都在一种崭新教育中，经验了些极纤细微妙的感觉。

我不惧怕事实，却需要逃避抽象，因为事实只是一团纠纷，而抽象却为排列得极有秩序的无可奈何苦闷。于是用这种“从深处认识”的情感来写战事，因之产生《长河》，产生《芸庐纪事》，两个作品到后终于被扣留无从出版，不是偶然事件。因为从当前普遍社会要求说来，对战事描写，是不必要如此向人性深处掘发的。其实我那时最宜写的是忠忠实实记述那些偶然行为如何形成一种抽象意象的过程。若能够用文字好好保留下来，毫无可疑，将是一个有光辉的笔录。

我住在一个乡下，因为某种工作，得常常离开了一切人，单独从个宽约八里的广大田坪通过。若跟随引水道曲折走去，可见到长年活鲜鲜的潺湲流水中，有无数小鱼小虾，随流追逐，悠然自得，各尽其性命之理。水流处多生长一簇簇野生慈姑，三箭形叶片虽比田中培育的较小，开的小白花却很有生气。花朵如水仙，白瓣黄蕊连缀成一小串，抽苔从中心挺起。路旁尚有一丛丛刺蓟属野草，开放出翠蓝色小花，比毋忘我草颜色形体尚清雅脱俗，使人眼目明爽，如对无云碧空，花谢后还结成无数小小刺球果子，便于借重野兽和家犬携带繁殖到另一处。若从其他几条较小路上走去，蚕豆麦田沟坎中，照例到处生长浅紫色樱草，花朵细碎而妩媚，还涂上许多白粉。采摘来时不过半小时即已枯萎，正因为生命如此美丽而脆弱，更令人感觉生物中求生存与繁殖的神性。在那两面铺满彩色绚丽花朵细小的田塍上，且随时可看到成对成双躯体异常清洁的鹡鸰，羽毛黑白分明，见人时微带惊诧，一面飞起下面摇颠着小小长尾，在豆麦田中一起一伏，充满了生命自得的快乐。还有那个顶戴大绒冠的戴胜鸟，已过了蹲扰人家茅屋顶上呼朋唤侣的求爱期，披负一身杂毛，睁着一对小眼睛骨碌碌的对人痴看，直到人来近身时，方匆促展翅飞去。本地秧田照习惯不作他用，除三月时种秧，此外长年都浸在一片浅水里。另外几方小田种上慈姑莲藕的，也常是一片水。不问晴雨田中照例有两三只缩肩秃尾白鹭鸶，神情清癯而寂寞，在泥沼中有所等待，有所寻觅。又有种鸥形水鸟，在水田中走动时，肩背羽毛全是一片美丽桃灰色，光滑而带丝绸光泽，有时数百成群在明朗阳光中翻飞游戏，因翅翼下各有一片白，便如一阵光明的星点，在蓝空下动荡。小村子有一道长流水穿过，水面人家土墙边，都用带刺木香花作篱笆，带雨含露成簇成串香味郁馥的小白花，常低垂到人头上，得用手撩拨，方能通过。树下小河沟中，常有小孩子捉鳅拾蚌，或精赤身子相互浇水取乐。村子中老妇人坐在满是土蜂窠的向阳土墙边取暖，屋角隅听到有人用大石杵缓缓的捣米声。将这些景物人事相对照，恰成一希奇动人景象。过小村落后又是一片平田，菜花开时，眼中一片明黄，鼻底一片温馨。土路并不十分宽绰，驮麦粉的小马，和驮烧酒的小马，与迎面来人擦身而过时，赶马押运货物的，远远的在马后喊“让马”，从不在马前拢马以让人，因此人必照规矩下到田里去，等待马走过时再上路。菜花一片黄的平田中，还可见到整齐成行的细枝葫麻，竟像是完全用为装饰田亩，一行一行栽在中间。在瘦小而脆弱的本端，开放一朵朵翠蓝色小花，花头略略向下低垂，张着小嘴如铃兰样子，风姿娟秀而明媚，在阳光下如同向小蜂小虫微笑招手，“来吻我，这里有蜜！”

耳目所及都若有神迹存乎其间，且从这一切都可发现有“偶然”友谊的笑语和爱情芬芳。这在另一方面说来，人事上彼此之间自然也就生长了些看不见的轻微的妒嫉，无端的忧虑，有意的间隔，和那种无边无岸累人而又闷人的白日梦。尤其是一点眼泪，来自爱怨交缚的一方，一点传说，来自得失未明的一方，就在这种人与人、偶然与偶然的取舍分际上，我似乎重新接受了一种人生教育。韩非子说，矢来有向，作铁函以当之，言有所防卫也。在我问题上的种种，矢来有向或矢来无向，我却一例听之直中所欲中心上某点，不逃避，不掩护。我活在一种极端复杂矛盾情形中，然而到用自己那个权量来测检时，却感觉生命实单纯而庄严。尤其是从某个偶然的在眩目景象中离开，走到平静自然下见到一切时，生命的庄严处有时竟全然如一个极诚虔的教士。谁也想象不到我生命是在一种什么形式下燃烧，即以这个那个偶然而言，所知道的似乎也就只是一些片段；不完全的一体。

我写了无数篇章，叙述这种感觉或印象，结果却不曾留下。正因为在各种试验下都证明它无从用充满历史霉斑的文字保存，或只合保存在生命中。且即同一回事，在人我生命中，意义上亦将完全不同。

我这点只用自己尺寸度量人事得失的方式，不可免要反应到对偶然的缺点辨别上。这种细微感觉，在普通人我关系间，决体会不到，在比较特殊的一种情形下时，便自然会发生变化。这恰恰如甲状腺在清水中，分量即或极稀少，依然可以测出。在这个问题上，我明白我泛神的思想，即会损害到这个或那个“偶然”的幽微感觉，是种什么情形。我明知语言行为都无补于事实，便用沉默应付了一些困难，尤其是应付一个偶然轻微的妒嫉，以及伴同那个人类弱点而来的一点怨艾，一点责难，一点不必要的设计。我全当作不知道。我自觉已尽了一个朋友所能尽的力，来在友谊上用最纤细感觉接受纤细反应。对于偶然，我永远是诚实的，专一的。然而专一略转而成为偶然一种责任感时，这个偶然便不免要感到轻微恐惧和烦乱。而且在诚实外还那么谨慎小心，从不曾将“乡下人”实证生命的方式，派给一个城中有教养的朋友。一切有分际的限制，即所以保护到人我情感上和生活上的安全。然而问题也许就正在此："你口口声声说是一个乡下人，从不用乡下人的坦白来说明友谊，却装作一个绅士，拘谨到令人以为是世故，矜持到近乎虚伪。然而在另外一个人面前，我却猜想得出，你可能又会完全如一个乡下人。"我就用沉默将这种询问所应有的回声，逼回到那个"偶然"耳中去，使她从自己回音中听出"对于你，我不愿用轻微损害取得快乐，对于人，我不能作丝毫计较保护安全。这是热情的两种形式，只为的你们原是两种人，两种爱，两种取和予。"于是这个"偶然"走去了。我还必需继续沉默下去，虽然在沉默中，无从将我为保护她的那点好意弄明白。

其次是正在把生活上缺点从习惯中扩大的"偶然"，当这种缺点反应在我感觉上时，她一面即意识到在过去一时某些稍稍过分行为中，失去了些骄傲，无从收回，一面即经验到必需从另外一种信托上，方能收回那点自尊心。或换一个生活方式，始可望产生一点自信心。因为热情原本也是一种教育，既能使人疯狂糊涂，也能使人明澈深思。热情使我对于"偶然"感到惊讶，无物不"神"，却使"偶然"明白自己只是一个"人"，乐意从人的生活上实现个人的理想与个人的梦。到"偶然"思索及一个人的应得种种名分与事实时，当然就有了痛苦。因为发觉自己所得到，虽近于生命中极纯粹的诗，然而个人所期待所需要的，还只是一种较复杂又较具体生活。纯粹的诗虽华美而又有光辉，能作一个女孩子青春的装饰，然而并不能够稳定生命，满足生命。再经过一些时间的澄滤，"偶然"便得到如下的结论："若想在他人生命中保有'神'的势力，即得牺牲自己一切'人'的理想。若希望证实人的理想，即必需放弃当前惟神方能得到的一切。"热情能给人兴奋，也给人一种无可形容的疲倦。尤其是在“纯粹的诗”和“活鲜鲜的人”愿望取舍上，更加累人。“偶然”就如数年前一样，用着无可奈何的微笑，掩盖到心中小小受伤处，离开了我，临走时一句话不说，我却从她沉默中，听到了一种无言申诉：

“我想去想来，终究是个人，并非神，所以我走了。若以为这是我一点私心，这种猜测也不算错误。因为我还有我做一个人的平庸希望。并且我明白离开你后，在你生命中保有个什么印象。若尽那么下去，不说别的，即这种印象在习惯方式上逐渐毁灭，对于我也受不了。若不走，留到这里算什么？在时间交替中，我能得到些什么？我不能尽用诗歌生存下去，恰恰如你说的一个人不能用好空气和好风景活下去一样。我本是个并不十分聪明的女人，不比那个聪敏绝顶的 × ×，这也许正是使我把一首抒情诗当作散文去诵读的真正原因。我当真得走了。我的行为并不求你原谅，因为给予的和得到的已够多。不需用这种泛泛名辞来表示了。说真话，这一走，结论对于你也不十分坏；你有一个幸福完美的家庭，……有一个——应当说有许多的‘偶然’，各在你过去生活中保留一些动人印象。你得到所能得到的，也给予所能给予的，尤其是在给予一切后，你生命反而更丰富更充实的存在！”

于是“偶然”留下一排插在发上的玉簪花，摇摇头，轻轻的开了门，当真就走去了。其时天上落了点微雨，雨后有断虹如杵，悬垂天际。

我并不如一般故事上所说的身心崩毁，反而变得非常沉静。因为失去了“偶然”，我即得回了理性，我试向虹悬处方向走去，到了一个小小山顶上。过一会儿，残虹消失到虚空里去了，而剩余一片在变化明灭中的云影。那条素色的虹霓，若干年来在我心上的形式，重新明明朗朗在我眼前现出。我不由得不为“人”

的弱点，和对于这种弱点挣扎的努力，以及重得自由的不习惯，感到痛苦和悲怆。

“偶然，你们全走了，很好，或为了你们的自觉，或为了你们的自负，又或不过只是为了生活上的必然。既以为一走即可得到一种解放，一些新生的机缘，且可从另外人事关系，收回过去一时在我面前损失的尊严和骄傲，尤其是生命的平衡感和安全感的获得，在你们为必需时，不拘用什么方式走出我生命以外，我觉得都是不可免的。可是时间带走了一切，也带走了生命中光辉的青春，和附于青春间存在的羞怯的笑，优雅的礼貌，微带矜持的应对，有弹性极敏感的情分取予，以及属于官能方面的完整形式，华美色泽，和无比芳香。消失的即完全消失到不可知的‘过去’里了。然而却有一个朋友，能在印象中好好保留它，能在文字中好好重现它……你如想寻觅失去的生命，是只有从这两方面得到，此外别无方法。你也许以为离开了我，即可望得到‘明天’，但不知生命中真正失去了我时，失去了‘昨天’，活下来对于你是种多大的损失！”

第　六　节

自从几个“偶然”离开了我后，云南我只有云可看了。黄昏薄暮时节，天上照例有一抹黑云，那种黑而秀的光景，不免使我想起过去海上的白帆和草地上的黄花，想起种种虹彩和淡色星光，想起灯光下的沉默继续沉默，想起墙上慢慢的移动那一方斜阳，想起瓦沟中的绿苔和细雨微风中轻轻摇头的狗尾草……想起一堆希望和一点疯狂，终于如何于刹那间又变成一片蓝色的火焰，一撮白灰。这一切如何教育我，认识生命最离奇的遇合，与最高尚的意义。

当前在云影中恰恰如过去在海岸边，我获得了我精神上的单独，那个失去了十年的理性，完全回到我身边来了。

“你这个对政治无信仰对生命极关心的乡下人，来到城市中用人教育我，所得经验已经差不多了。你比十年前稳定得多也进步得多了。正好准备你的事业，即用一枝笔，来好好的保留最后一个浪漫派在二十世纪生命挥霍的形式，也结束了这个时代这种情感发炎的症候。你知道你的长处，即如何好好的善用长处，成功在等待你，嘲笑也在等待你，但这两件事对于你都无多大关系。你只要想到你要处理的也是一种历史，属于受时代带走行将消灭的一种人我关系的情绪历史，你就不至于迟疑了。”

“成功与幸福，不是伟人的目的，就是俗人的期望，这与我全不相干。值得歌颂的是青春，以及象征青春的狂热，寄托狂热的脆弱中见神性的笑语与沉思，真正等待我的只有死亡，在死亡未临以前，我也许还可以作点小事，即保留这些‘偶然’势力各以不同方式陆续浸入一个乡下人生命中所具有的冲突与和谐程序。我还得在‘神’之解体的时代，重新给神作一种光明赞颂。在充满古典庄雅的诗歌失去价值和意义时，来谨谨慎慎写最后一首抒情诗。我的妄想在生活中就见得与社会倾向隔阂，在写作上自然更容易与社会需要脱节。不过我还年青！世故虽能给我安全和幸福，一时还似乎不必来到我身边。我已承认你十年前的意见，即将一切交给偶然和情感为得计，我好像还要受另外一种‘偶然’所控制，接近她时，我能从她的微笑和皱眉中发现神，离开她时，又能从一切自然形式色香中发现她。这也许正因为如你所说，我是个对一切无信仰的人，却只信仰‘生命’。这应当是我一生的弱点。但想想附于这个弱点下的坦白与诚实，以及对于人性幽微感觉理解的深至，以及表现这一切文字如何在我手中各得其所各尽所能，我知道，你是第一个就首先对于我这个弱点加以宽容了。我还需要回到海边去，回到‘过去’那个海边。至于偶然呢，我知道她们需要的倒应当是一个‘抽象’的海边。两个海边景物的明丽处相差不多，不同处其一或是一颗孤独的心的归宿上，其一却是热情与梦结合而为一，使偶然由神变人的家。其一是用孤独心情为自己去找寻那些蚌壳，由蚌壳产生想象，其一是带了几个孩子去为孩子找寻那些原来式样的蚌壳，让孩子们把这些小小蚌壳和稚弱情感连接起来。……”

“唉，我的浮士德，你说得很美，或许也说得很对。你还年青，至少当你某一时，被某种黯黄黄灯光所诱惑时，就显得相当年青。我还相信这个广大的世界，尚有许多形体、颜色、声音、气味，都可以刺激你过去灵敏的感觉，使你变得真正十分年青。不过这是不中用的，因为时代过去了。在前一时代，能激你发狂引你入梦的生物，都在时间漂洗中消失了匀称和丰腴，典雅与清芬。能教育你的正是从过去时代培养成功的各式典型。时间在成毁一切，从这种新陈代谢中，凡属于你同一时代中的生物，因为脆弱，都行将消灭。代替而来的将是在无计划无选择随同海上时髦和政治需要繁殖的一种简单范本。新的时代在进展中，不拘如何总之在进展，你是个不必要的人物。你的心即或强健而韧性，也只合为过去跳跃，不宜于用在当前景象上了。你需要休息休息了，因为在这问题上徘徊实在太累。你还有许多事情可作，纵不乐成也得守常，有些责任，即与他人或人类相关的责任。你读过一本题名《情感发炎及其治疗》的奇书，还值得写成这样一本书，且不说别的，即你这种文字的格式，这种处理感觉和联想方法，也行将成为过去，和当前体例不合了！当前是全个人类的命运都交给‘伟人’与‘宿命’

的古怪时代，是个爵士音乐流行的时代，是个美丑换题时代，是个用简单空洞口号支配一切的时代，思想家不是袖手缄口，就是在为伟人贡谀，替宿命辩护。你不济事了！”

“是不是说我当真已经老了？”

没有得到任何回答。

天气冷了些，我一个人坐在桌前，清油灯加了个灯头，两个灯头燃起两朵青色小小火焰，好像还不大亮。灯火还是不大稳定，正如一张怯弱发抖的嘴唇，代替过去生命吻在桌前一张白纸。十年前写《边城》时，从槐树和枣树枝叶间滤过的阳光，如何照在白纸上，恍惚如在目前。灯光照及油瓶、茶杯、书籍、桌面遗留的一小滴清油时，曲度相当处都微微返着一点青光。我心上也依稀返着一点光影，映照过去，又像是为过去所照澈。

我应当在这一张白纸上写点什么？一个月来因为写“人”，已第三回被人责难，证明我对于人事的寻思，文字体例显然当真已与时代不大相合。因此试向“时间”追求，就见到那个过去。然而有些事，温习起来已多少有点不同了。

“时间带走了一切，天上的，或人间的，或失去了颜色，或改变了式样，即或你还自以为有许多事，好好保留在心上。可是，那个时间在你不大注意时，却把你的一颗能感受善跳跃的心变硬了，变钝了，变得连你自己也不大认识自己了。时间在改造一切，重造一切。太空星宿的运行，地面昆虫的触角，你和人，同样都会在时间下慢慢失去了固有位置和形体，真正如诗人所说：‘美不能在风光中静止。’人生究竟可悯！这就是人生！”

“若能温习过去，变硬了的心也会柔软的！到处地方都有个秋风吹上人心的时候，有个灯光不大亮时候，有个想从‘过去’

伸手，若有所攀援，希望因此得到一点助力，似乎方能够生活得下去时候。我或那些偶然，难道不需要向过去伸手……”

“这就更加可悯！因为印象温习，会追究到生活之为物，不过是一种连续的负心。过去的分量若太重，心子是载不住它的，凡事无不说明忘掉比记住好。在过去当前印象和事实取舍上，也正是一种战争。你曾经战争过来，你还得继续战争。”

是的，这的确也是一种战争。我始终对桌前那两个小小火焰望着，灯头不知何时开了花，“在火焰中开放的花，油尽灯熄时，才会谢落的。”

“你比拟得好。可是人不能在美丽比喻中生活下去。热情本来并不是象征，虽抽象，也具体，它燃烧了自己生命时，即可能燃烧别人的生命。到这种情形下，只有一件事可作，即听它燃烧，从燃烧中将有更新生命产生（或为一个孩子，或为一个作品）。那个更新生命方足象征热情。人若思索到这一点，为这一点而痛苦，痛苦到超过忍受能力时，自然就会用手剔剔你所谓要在油尽灯熄时方谢落的灯花，这么一来，灯花就被剔落了。多少女人即如此战胜了自己的弱点，虽若在谦退中救出了自己，也正可见出爱情上的坚贞。因为不是件容易事，虽损失够多，作成功后还将感谢上帝赐给她的那点勇气和决心！至于男子呢，照例是把弱点当成最小的儿子，最长的女儿，特别偏爱。”

“不过，也许在另外一时，还应当感谢上帝，给了另外一些人的弱点，即凭灯光引带他向过去那个弱点。因为在这种弱点上，一切生命即重新得到意义。”

“既然自承是弱点，你自己到某一时，为了安全、省事，或又为了别的理由，也会把灯花剔落的！”

我当真就把灯花剔落了。可是重新添了两个灯头，灯光立刻亮了许多。我要试试看，能否有四朵灯花，在这深夜中偶然同时开放。

灯油慢慢的燃尽时，我手足都如结了冰，还没有离开桌边。灯光却渐渐微弱，还可以照我认识走向过去，并辨识路上所有和所遭遇的一切。情感重新抬了头，我当真变得好像很年青了。不过我知道，这只是那个“过去”发炎的反应，不久就会平复的。

屋角风声渐大时，我担心院中那株在小阳春十月中开放的杏花，会被冷风冻坏。“我关心的是一株杏花，还是几个人？是几个在过去生命中发生影响的人，还是另外更多数未来的生存方式？”等待回答，没有回答。

灯光熄灭时，我的心反而明亮了起来。

一切都沉默了，远处有风吹掠树枝声音轻而柔，仿佛有所询问：“××，你写的可是真事情？”

我答非所问：“美不能在风光中静止。”

怎么说我老不进步，还不快乐工作

| 原题《政治无所不在》，写于一九四九年十二月二十五日。

一　从近事看远景

我对于政治毫无知识，为的是“政治”二字给我的印象，向来就只代表“权力”，与知识结合即成为“政术”，在心里上历来便取个否定态度。只认为是一个压迫异己膨胀自我的法定名词。近四十年的政治现实，前一段军阀争夺割据，此兴彼替，变而不变。尽管说“政治高于一切”，实看不出特别高处。后二十年是四大家族连锁政治专政，自然使我对于它更感到绝望。但是如何改造现实？却离不开本位拘束，总以为国家有个历史担负，卸去它得要时间。流血方式从经验得教训，消耗多而成果少，不能不另想办法。抗日战争八年，人民过于疲累，要生养休息，更不能再用战争来解决矛盾。如把文学艺术作工具，进行广泛而持久的教育和启迪，形成多数人对于国家进步一种新态度、新观念，由矛盾对立到和平团结，是势所必然。既深信文字的效果，且认为凡事能用文字自由讨论，就可望有个逐渐合理的明天，带来些新空气、新理解，足以将这个乱糟糟的统治现实加以改造。既知道现实政治不可望，却不知道另一种理想政治，千万人用三十年摸索教训，和苏联革命成功作榜样，与之作有计划斗争的，多么复杂和庄严，以及比一般艺术更艺术处。也期望能够配上一种进步努力，却照例受个人气质紧紧的缚着，还是在无知的孤立中存在。人离群而思索，生活在一些观念里辗转，那能不病？我的病的发展，即由于这个“无知”而来。

学习了十个月，从小以观大，方上完第一课，即“政治无所不在”。

我家中有两个孩子，都上了中学。

第二孩子虎虎，初中一年级学生，因请求加入少年儿童队，把自传写成给我看时，读到“父亲在解放时神经失常，思想顽固，母亲从学校回来，就和他作思想斗争”。我告他说：“这个措词不大妥。等妈妈回来看看好些。斗争像打架，不是我的长处。正如妈妈，即再进步些，也不相宜。”孩子就说：“大家都要求加入，明天得交去！我一个人若耽误了，下一期还不知什么时候再招，怎么办？”说时大眼泪已挂在眼角，恰像是十个月前到医院来看我情形。我发现孩子眼泪外小嘴上还长了些细汗毛。他已十三岁。“政治”到了孩子生命中。我记起鲁迅“俯首甘为孺子牛”诗句，赶忙说：“好好，把你自传意思写得更具体些，就交给学校中老师吧。希望你得到许可入队，向妈妈哥哥看齐，我再向你们看齐。”就这样，孩子和其他上千中小学生，加入少年儿童队，宣誓日并说：“要作毛泽东的小老虎。”

大孩子龙龙，是初中三学生，一个青年团员。入团以后，五个月中开的会，比我大半生参加的还多。一天总有事忙着。提起工作干部，照例充满尊敬和崇拜，只想学干部忠诚刻苦为人民服务。我知道，政治浸入了孩子生命已更深。

新中国有万千青年，都将这样在中国共产党正确而严肃领导下受教育，成为新社会的健全公民。新的时代原是为年青一代而准备的。前人艰难奋斗开了路，奠下基，却由他们一代来接手，担当历史创造的快乐和幸福。

有天晚上，孩子们从东单劳动服务归来，虽极累还兴奋。上床后，我就坐在旁边，和他们讨论问题。

“爸爸，我看你老不进步，思想搞不通。国家那么好，还不快快乐乐工作？”

“我工作了好些年，并不十分懒惰。也热爱这个国家，明白个人工作和社会能够发生什么关系。也长远在学习，学的已不少。至于进步不进步，表面可看不出。我学的不同，用处不同。”

说进步不同，显然和孩子们所受教育不合。两人都说：“凡是进步一看就明白。你说爱国，过去是什么社会，现在又是什么社会？你得多看看新书，多看看外面世界。你能写文章，怎么不多写些对国家有益的文章？人民要你工作得更多更好，你就得做！”

“我在工作！”

“到博物馆弄古董，有什么意思！”

“那也是历史，是文化！你们不是成天说打倒封建？封建不仅仅是两个字。还有好些东东西西，可让我们明白封建的发展。帝王、官僚、大财主，怎么样糟蹋人民，和劳动人民在被压迫剥削中又还创造了多少文化文明的事实，都值得知道多一些。我那么一面工作，一面学习，正是为人民服务！”

“既然为人民服务，就应该快快乐乐去做！”

“照我个人说来，快乐也要学习的。我在努力学习。这正是不大容易进步处。毛主席文件上不是说起过，学习并不简单，知识分子改造、转变，要有痛苦吗？痛苦能增加人认识……”

于是我们共同演了一幕《父与子》，孩子们凡事由“信”出发，所理解的国家，自然和我由“思”出发明白的国家大不相同。谈下去，两人都落了泪，不多久，又都睡着了。政治在千万万孩子心中脑中如何生根发芽，我懂得很清楚。有了信仰也就有了力量。年青人和年青国家，是逐日在发展壮大的。在病中，在单独中，我体会出当真落后了好一段路。年青人跑得太快了，许多作父母的，大致都落了后，不急起直追，越来越不济事了。

十个月来沉默向现实学习，头脑实依然常在混乱中回复，不大知人我分际，及工作方向。但由近及远，由小到大，由家庭到社会，却明白多了些什么是“现实”，是“政治”，是“人生”。和现实政治接触，我必需承认，即作一个小学生，还是不满分的劣学生。手中一支笔，二十年用来用去，不过是将点点人事印象、书本知识，配合虚妄幻想，加以组织，无拘无束的写去。用笔既久，自然即形成一种病的发展，工作离于群的发展和要求以外，误人兼误己。误人犹不会太多，误己则作成致病因子。恰像是资本主义国家的机器，本来是人制造它，由人支配，到后却是机器生产支配了人。一到我不能自由支配文字，倒受过去文字所形成的气氛支配时，我的病可知已耽误到什么程度！总结工作经验与工作得失，有愧于时代多矣，有负于良师益友期望多矣。

在此大时代中，任何个人都实在渺小之至。正如共产党党纲报告所说，凡属个人工作，都只能完成一小部分。惟人民全体觉醒后长时期的努力，方能使历史面目完全改观，人类关系日益趋于合理。个人工作即用力再多，成就再大，也不值得什么骄傲。打胜仗的将军，固然立过大功，但和马克思、列宁为全人类进步和幸福努力的成就比起来，自然就很渺小了。个人即十分渺小，凡是在参加工作，每个人总能完成自己工作一部分。越作得好越对社会有益。若工作和社会发展游离，或相反，便无意义可言……我记下这点大意，说明虽重在警惕一个党员，培养他对工作的谦虚和虔敬，其实每一个中国新公民，都值得记住。因为如果人人都能随时随事充满谦虚和虔敬心，来生活来工作时，社会进步即必然可以加速，少走许多弯路！

国家正由一群来自农村素朴领导者，小心翼翼，谨慎十分，把它从三千年老封建积成的腐败气氛，和近百年帝国主义的武力、文化两面侵略作成的贫困、屈辱、混乱与种种挫折中，翻转身来，逐渐带入一个崭新历史辉煌荣光里。全国人民都必需从一个新观点、新方式，来快乐参加，共同完成这个人类史上伟大庄严的任务！历史决不会后退，向前瞻，人类关系合理的远景，便如近在目前。中国除旧布新，由死气沉沉的官僚政治，转入新民主主义政治，进而为社会主义国家，将比预想的时间还可提早些时日完成。

二　由自己和他人看知识分子与新社会关系

革命解放战争，已快到全部结束时期。战事虽结束，由于变动太大，每个人在他旧工作旧观念上，求对于新社会新要求作种种适应，当然不容易。就中尤其是知识分子层，习惯了书房中的人生观，这个大包袱既累着自己，也影响社会。历史既决不后退，就需个人先能把自己作个全部检讨，来改造，来重造，忘去了个人小小恩怨得失，来接受新的社会要求。在这个改造过程中，有些工作即无从参加，也应当用个沉默态度衷心来拥护，来接受。即本身由于脆弱，不幸牺牲，也需要从大处看，全局想，不以为意！凡自外于这个共同进步目标，另有企图期望的，容易转成空想，动机即十分纯粹，对现实殊无补，对人民亦无益。人在国内，近于胡涂顽固自弃于进步以外。在国外，则徘徊观望不可久，只有两条路可走：或把国家看成人民共同的国家，荣辱忧患和每一人都相关，放弃旧立场，抛掉旧观点，来为人民服务，在新国家建设中，必有机会充分用出长处，个人也会生活得又尊严，又自由。或尚寄托依附于其他国家势力下，做胡涂梦，妄想用他国军火和中国人民的血，使历史倒退，即容易成为民族罪人。这不仅是个人一点认识，也是在重造自己的知识分子共同的看法。人人都深信国家在一定计划中，将迅速得到进步。领导其事的，实具有充沛精力和坚固信心，用个极端谨慎落实态度在处理。万千少壮干部，正全体齐心，在用一种苦行者学习精神，把握问题，推进工作。年青一代，在这种热情鼓舞下，也无不热心忘我，力求进步，进而和广大人民行动愿望相结合，来参加这个国家新建设。即另一些年近六十的知识分子，在新的学习空气中，也无不改换了旧观念、旧理想，有个新的觉醒，建立了新的劳动观。并认为向人民看齐，向青年学习，实自然而合理。这个时代的进步与变化，是从首都北京一域十个月来每一事每一处景象都可以看出的。

由于这点认识，联系到个人工作，便觉得过去一时对于社会进步的妄想，文学艺术的看法，生活方式的孤立，都实在和社会发展游离。一病几殆，是事理之常。凡事从新学习，来为这个新社会新原则而努力，已不再感觉是对于某种不同主张的屈服，实近于对真理的虚心。这点认识从现实学来一部分，从中共文件学来一部分。一册《毛泽东文选》和党纲报告，实帮助我启发我理解到许多问题。这是三十年中共存在和国家新生的枢纽。虽如由个人执笔，反映的却是基于一种人类向前向上进步理想，在中国和万万觉醒农民单纯素朴人生观的结合，也即是马列主义在中国土地上生长的式样。由整风文献到政协纲领，发展都出于必然。毛延安文艺座谈记录，从基本原则出发，将文学或文化活动，认为泛滥无归是浪费，自由主义近于对社会进步要求的责任规避，很素朴的将一切文化活动引入政治，皈依政治，要求文艺为人民服务，为新政治而服务。措词明确具体，远比一切教条文学合乎实际。这事由个人说来，不免有“闻道稍迟”之感。因为二十年工作离群，对人对事形成隔离既久，由于隔离形成的错误亦多。本身虽来自人民，在都市中厮混既久，已失去归队机会。但对于国内外相熟或陌生，过去和目前，曾经对我个人工作抱有点点好意，他本身又尚在这个新旧时代交替中，陷于彷徨无归的人，希望他们从我这个小报告中，能有个新的觉醒，新的决定。一个老朋友说得好：“从小资产阶级出身旧社会长大的人，照例是个用书房人生观看一切。读了一堆书，说了无数空话，和社会实际总不免脱节。过去即看得到一个上层统治实在毫无希望，还照例是不能面对现实，加入革命斗争。目前国家既已面目改观，如果不希望美国军火再落到多数善良和平的中国人民头上，不希望再见到过去那种无效率政治的回复，就宜于及早把旧包袱抛掉，用一个新态度，来迎接新的时代，新的曙光。国家已由万千人民用流血辛苦打下了个新的基础，在田地里，在工厂中，在一切企业机构内，他们都充满了生产热情，为建设新国家而努力，我们住在都市中，说空话过胡涂日子的知识分子，还有什么理由放不下那些错误思想、拘腐态度，和不健康的人生观？”

这个学习总结，还给我自己另外一点启示，即是新的文学写作，值得重新思索。因为社会全面变化如此迅速，如此广泛，每一个节目的发展性，都和本土五万万人民幸福命运相关，和世界和平相关。旧一辈作家，不论是前进或保守，有过多大成就，于新的社会中，都俨然是在一个运动场里，需要用一种崭新规则，各自来创造他的新记录。也因之都不免要对于新的事物感到完全陌生。明日的优秀作家，必然是从近三十年新旧社会斗争，尤其是和近十年社会变化相关，或特别深入某一部门工作的少壮，方能从笔下反映出历史发展的伟大和真实。这些少壮作家，目下还生活在革命实践中，处理种种不同问题，迟些时日，自会从部队，从农村，从各种工厂和不同企业里，陆续写成他们的作品的。在学校里，习文学的知识青年，求工作有结果、有意义，仅仅解决了一个立场观念还不了事。在向传统有用遗产学习，取得一些处理问题基本知识后，求真正进步，惟有向那些来自人民的作家看齐，直接去新的社会里生活，并学习他们把握工作，处分事件，为人民服务的谨严不苟态度，方宜于用笔。个人的工作已成过去。未来如还要用笔，必然是先作一个读者、一个群众，来看新作品，来学习如何用笔。

三　一点感想，一点希望

又从学习取经验，方懂得许多看来平常意义甚深的话语，即“人不能离群”，离群必病。“人不易知人”，总容易有所蔽，有所偏，且由爱憎不同而形成亲和与游离。“人不能离开政治”，但一个普通人，实不容易如政治家那么理解政治，适应政治。“人难成而易毁”，一毁即不易复。所以古人论处世，必“慎微善始”，时怀履虎尾涉春冰戒惧。治国事，则有“朽索驭六马”

名言。总是提醒人遇事小心。在时代进展变革中，万千善良正直人民，为追求一个进步理想，在每个战场上都有无数牺牲。在其他方面，自然免不了也要有不幸。惟个人如能凡事谨慎，配合集体临事谨慎，在新国家建设中，一定会更容易避免人的浪费，充分使用一切有建设性器材到各方面去，省事而经济。

在土改文献上，在新政协共同纲领上，都特别提起过保卫文物，和评判接受并发扬本有文化。而预期的文化高潮的来临，且是一般进步知识分子对于新国家的向往，为的是可望将半生工作成果献给新的人民时代。文化如仅指电影戏剧、民间音乐和版画木刻，人力物力条件足，即容易达到。至于文学艺术的普及兼提高，尤其是以器物为重心，一部劳动工艺美术史的整理，并用它作媒介，希望新旧接触而发扬，表现到大型方面如建筑雕刻，小型方面如邮票徽章，无一不见出有个开国承家，坚朴完美，民族风格新气象，配得上这个伟大新时代。要达到这一步，恐就还要有好些人看远景不求近功来努力从事。为的是问题多，部门杂，且许许多问题都还无人走上研究工作第一步路。还需要一种素朴艺术史观，辩证的理解建立于造型美术的传统认识，向传统学习，启发更新一代的创造的心。老实承认在革命现实发展中，文学艺术已落于军事政治发展之后，配合不上。但当建设期来临时，却必然需要它鼓励辅助政治向前。且和科学一样，进步的水准，将成为其他国家、其他民族，以及另一时代的中国人民，测验这个国家、这个时代的政治现实的象征。也因此，更令人对于“临事谨慎”感觉言简意思深。

在毛选文章和其他文件中，常提及“知识分子改造的艰难”。这从民九起始，经过大革命，经过二万五千里长征，经过抗日，一段长长曲折道路，才有文艺座谈会记录，将小资产阶级革命文艺论作成素朴的统一，也可以看出。全国解放后，知识分子若尚包含全国性更多方面的综合，谈改造，当然更是一个相当复杂的问题，而且还是一个相对的问题。所以如有人问我一年来学习心得，我想极正确的回答，应当是“我仅仅学习了明白‘改造’二字艰辛的含义”。学马列，从书本文件上虽记下些名词，实不易贯串。但是从实际和抽象学人生，明白了《易经》上六个字：“谦受益，满招损。”对于处世极有用。如把它和新的文件学习联系，到我情绪健康能重新用笔写短篇小说，来讴歌这个新时代人民进步的种种，对人民革命也稍稍有点用处时，大致就完成过改造一小段路了。

伟大时代有的是万千人民作成不同的伟大贡献。我也应当完成我的一部分。即十分渺小，总是在学习下去，慢慢会完成的。我用的是和人稍稍不同的学习，得到些新的启示，新的理性。

应该有“我”还是应该无“我”

| 原题《一个人的自白》，写于一九四九年二月。缺失或未表达充分的用“□”和“……”表示。

第一段　引子

经过了游移、徘徊、极端兴奋和过度颓丧，求生的挣扎与自杀的绝望……反复了三个星期，由沸腾到澄清，我体验了一个“生命”的真实意义。一切过去的重复温习，未来的检讨，我企图由一个在“病理学或变态心理学可作标本参考”目的下，写下这点东西。将来如和我的全部作品同置，或可见出一个“人”的本来。

就我近一月所接触的各方面问题和事实看来，我已完全相信一个新的合理社会，在新的政府政治目标和实验方式下，不久将来必然可以实现。附于过去社会一切，腐败和封建意识形态，且必然远比政治预言还早些日子可以扫除。由于社会人民束缚的解放，和知识分子的觉醒（人力解放和情绪解放），配合了人民革命武力，且比武力赶先一步，向国内各个阴暗处推进，或迟或早，旧的社会分解与圮坍，是意中事。区域性的负隅自固，与个人的固步自封，只是暂时现象。或扑灭，或改造，迟早终要完成。时代历史决不会回复到那个乱糟糟的旧形式上去。决不会回复到那个无计划的维持少数又少数特权存在方面去。“雨雪瀌瀌，见日则消”，明朗阳光到处，凡事将近乎自然。这里若有个人的灭亡，也十分自然。

在这个分解重造过程中，因为一切得重新安排，重新调整，重新计划，于谨慎又谨慎的步骤下，人的牺牲还是万难避免的事。出于个人问题，对现实或承认，或否定，总之随处随事都必然会有广泛消耗与牺牲。一切平时与人民生活隔离的知识分子，既首当其冲，对革命来临以后如何自处，自然感到极大的苦闷与彷徨。这似乎可分两方面说：一是“生活适应”，一为“工作方式”。前者经过十年抗战，生活早渐渐与一般公务员拉平，作更新的分配适应，已不会感到什么困难。换句话说，知识分子如有吃有喝，在一个分配公平政治制度下，能看到社会进步，个人即再困难，也决不会消沉失望。至于次一点，却是一个相当困难的心理疙瘩，如非得政治设计作谨慎处置，这彷徨、痛苦，致工作进步停滞，是必然的。学校方面短时期一个近于无为的“照常”，可以说是最善的安置。负责方面如有自信可以将国家做好，对知识分子莫取压迫态度，实较贤明的措施。因为照近四十年教育方式形成的高级知识分子，应付工作的心理状态，工作的热忱实十分单纯。正因为政府既极端腐败和无能，还自私而贪得，裙带风正浸透全国每一大小机构，一直到学校。将学术当作点缀，影响到这部分公民，已形成“为工作”的单纯态度，“技术人”的态度。习理工的如此，习文法的也如此。社会如日趋于合理，这些人在“照常”方式下，将能得更多鼓励，即可于一个极短时期中，与新政一切设施取得完全合作的步骤。这事在北方尤其容易。换言之，凡保留在学术工作岗位上的知识分子，过去廿年从未和四大家族特别势力有[联系]，思想改造实无多大问题。政治的合理与进步，改造或争取他们，比向其他官僚政客以及……任何工作容易。他们已近于一个“技术人”，只要有个工作环境，即可望进步而前。□□□□北方目下学生的容易运用，他们或多或少都尽了点力。学校的进步思想，虽由于少数所领导，至于客观知识，是这个多数给贡献的。

这些问题到此为止，我要说的也不过是因为自己是个从业员而涉及罢了。可是不过从业员有些不同处，犹如一个科学专家和一个文法部门的某种专家，大相悬绝。前者工作照常，后者则不成。后者在目前触着了一个“思想”问题。既涉思想，即有根深蒂固连续性，顽固排他性，不仅限于“当前”，还要检讨“过去”，防止“未来”。“过去”不免要从各种方式下受清算，办结束。这是个真正问题。极明显，有些人是有问题，从一个新的制度新的尺标衡量下，看得出来的。问题正逼迫着他，不能不寻求明白简单正确的答解，死或生。社会对于他一时或者还来不及注意，他自己却必然要注意找寻答解，死或生。

为寻求答解的正确，一切妄念幻象均得剥除，来看看什么是“自己”。这里即包含了生命过去。由过去释当前，线索或比较容易明白。

照普通说法，把人分成两个类型，内向与外向，相当简单，比阶级划分有时还适用，也省事。有时处理一些小问题，用这个分法，也居然能用得开。内向或外向有必然的限制。一个年龄将及半百，生命已成熟……生命全部发展虽相当复杂，不易从这个解释得具体，但由此追索，也可望如脱解连环，剥茧抽绪。建立一种个别的文学批评，从作品向深处追究探索，得到些新的发现。但决无可望将本质与生活经验共同形成内向或外向的种种，弄个清楚明白。任何忠诚坦白的自传回忆也……因为这实在是倒因为果。我如今要试一试把自己当成一株苹果树，来检讨研究一番。从由发生、接枝，到作种种不同的移植，又由于土壤不同，气候有别，以及偶然因子侵入（如在偶然中，一个枝子被路人攀折或衣服挂着受害），因而如彼如此，在廿年中同一株树结的果子如何不同。假定结的有好有坏，或者阳光充足，根柢营养又充分，结的却全是虫蛀变质的恶果，总有个原因！必然有个比表面问题深些的原因。

这种检讨对个人自然是一种痛苦事，但无碍于真实。因为事实已到决定这个树是自行枯萎，或他人砍伐□□□风雨……时候。一株真的苹果树，到这时节用的必然是“自然主义”或“道”来应付，枯萎或砍伐都好，两样结束只是同一件事情，生命的终结。应付它是顺天而委命。可是这株苹果树如有“思想”，苹果树如是一个“人”，这个人如恰恰又是“我”？新的时代要求于人的是“忘我”“无我”，忘掉或去掉那个小小的、蜗缩的、有限的我，而将“我”溶解于政治进程中，社会要求中，或者说，一个“为下一代合理、进步、幸福”大原则中。这要求虽已形成一种人的能力与精神解放，见于事实，成为国家新的建设基础，不可否认，不会更易，决定历史也产生历史。然而在许多人，尤其是近三十年学校教育造成的知识分子，到处分那个“我”时，少数虽能摆脱一切，而接受新的，毅然独往，或追求预言，用生命去实证，表现忘我无我时信仰或认识之坚强。至于另一个多数，大致还是定向不明，□□有内有外，而外来风雨无时……或由于习染难除，或由于认识不清（从近三十年学校教育分工制看来，学校知识分子不易认清历史的发展必然性，是极平常现象），不免要作一种长期辛苦挣扎与断然抉择。他会受一切新的关系的吸引，也受另外一组旧的关系的束缚。接受“抽象”即十分勇敢、兴奋、激昂，摆脱“事实”可能需要作极大而长久的努力挣扎。照例总比青年慢一点，要比较缓慢，以及迟钝好些，因为……“我持”越强的人，越需要作较大努力。在这一点上，为否定昨日之我，值得作些全部分析检讨，“我”是什么？由何而来？结论不在自饰，时代已不需这种虚伪装饰，更不在自辩开脱，时代已不许用如此方式自脱。要真实，惟有真实，这棵苹果树才有个未来，或被决定既无助于人类生存进步，不如连根拔去，当作柴烧，付之一炬。或被决定还值得保留一时，重新移植，结点对下一代人还有益的果子。这检讨虽出诸自己，决定却属于外缘，“人”与“时”与“事”。我应当完全放弃我之为我处，委生命于人天。我已深深体会到人与人的不可分割性，相关性，连续性。“我”是否重要，在于对将来多数的人是否还有意义或影响。这点检讨本意也即由此认识而来的。

第二段　内向的形成

我是个内向型的人，长处或弱点统统由之而生。

凡说及“内向型”的人格发展时，一般心理学都曾作过种种探讨和说明，有些什么特征，有些什么倾向，长处与弱点，以及在人事关系上又有些什么可能。精神病或神经病学，大致和这个型的人格更多复杂关连。这是一般理论。不过这问题的较深理解，还……即出自专门家，称引过若干实例，能对某一个体说得透彻的可能还是不多。因为人有类型与差别，大多数的群，用类型可以概括，少数的存在，有时却差别十分大。

由于家道中落，长时期贫困，体质孱弱无从补救。生长小乡城社会，若顽童群免不了日有殴斗事点缀于生活间时，败绩纪录用任何勇气总不易抵消。由于私塾制诵书习惯，读到七八岁时，四书五经及杂诗的温习，任何驯善孩子都必然感到担负沉重，而发生反抗。在小城市里，当时最受称道的教师，就是老□□，在一种变态心理支配下，最严格无情，对学生完全如生死冤家，只能拥护孔老二，最狠心虐待学生，用特制楠木板，把触犯□□学生，按倒在孔老二牌位前，□学生伏在……上，任何小事也能激怒到□□□□□二十三十大板，打得个学生杀猪般叫喊，□□□□□。从这时起的我，一个具内向型的主要条件已形成，随同这个类型的特征也即起始见出。脆弱，羞怯，孤独，顽野而富于幻想。与自然景物易亲近，却拙于人与人之间的适应。家道日益贫困，且增加了这个对同年分，同小集团的亲友疏隔。于是永远有“不承认现实”的因子，随生命发展。但本身既拘限于那个小范围现实，自然向幻想作种种发展弥补。尤其是由之而来的屈辱，抵抗报复既无从，即堆积于小小生命中深处，支配到生命，形成一种生命动力来源。从此后使用到求自由工作上的仿佛“永无匮乏”情形说来，就可知这屈辱的积累，影响到个人生命有多大，多深。也由此可知，一切发展必然是防御的，不是进取的。是机智，不是魄力。能由疑而深思，不能由信而勇往。

有谁在旧军阀时代，未成年时由衰落过的旧家庭，转入到一个陌生杂牌部队，作过五年以上的小护兵司书的没有？若你们中有那么一个人，会说得出生活起始，将包含多少酸辛。这也是人生？就是人生。我就充分经验过这种人生。这里包含了一片无从提及的痛苦现实。你们女人中有作过小丫头童养媳的没有？作过□□小商店的小学徒，必须侍候许多人烟茶，并将一切小过失推置于她身上承担的职务没有？若有那么一个人，也会说得出相似不同痛苦生活经验。否定因之在我生命中生长。

我的生命并没有对困辱屈服。我总要想方法抵抗，不受这个传统力量和环境征服或压倒。“旧家世”固然容易使一个纨绔子堕落，却帮助了我个人在困难绝望中挣扎。一面随环境流转，一面从学习上找新机会。

但是真正可学习的，当时实在只有一面认识人的关系的“丑恶”，一面认识军人对社会的“罪恶”。由辛亥以来形成的大小军阀割据……种种罪恶，即小军阀群的内哄，以及势力平分得到小稳定时，各在小小防区内如何无情的兽性扩张来鱼肉人民。三年中只看到一片杀戮，一个区域一个区域上千被屠杀者最后手迹（用墨取下的手掌印结）即由我整理，保存到军法处卷宗里。我看过这种杀戮无数，在待成熟生命中，且居然慢慢当成习惯。一面尽管视成习惯，一面自然即种下永远不承认强权的结子。总觉得现实并不合理。这世界如不改造，实在没有人能审判谁。凡属审判，尽管用的是公理和正义作护符，事实上都只是强权一时得势，而用它摧残无辜。说现实，我所接触的实在太可怕了。一个普通中学生，若在这个情形下受现实教育一年，他不疯狂才真是奇迹！我可受了三年五年这种现实教育。一面是生活屈辱，一面是环境可怕，唯一能救助我的，仅有一点旧小说，和乡村简单生活和自然景物，小小的农家水磨拜访，掘药，捉鸟，捕鱼，猎狐等等小事，冲淡了现实生活一面。两者却同样影响到将来的生命或工作，这就是在我作品中对平静乡村人民生命的理解基础。

体力既未得到好好发展，生活又在这么一个环境中，而且还长时期随同部队无目的的流转，生命——属于“思索”和“生理”的，却在这么情况下逐渐成熟，请想想，这应当是一种什么发展？从现实环境说来，我早应当被困难打倒了。可是没有自杀，因为在“否定”中有力量支住了自己。我也并没有堕落，内向型的胆小而贫穷，在那种生活方式中，实无从堕落。也因此，在十年后作品中出现的一切乡下人，即娼妓，品性无不十分善良，为的是我所见到的那个阶层，本来全是善良的。与外人的关系，甚至于近乎“家庭”的。因为正需要家时，我已没有家，什么时候由军营走入一个乡村土娼家坐坐，怯怯的坐在一旁，看那些人做做家务事，或帮她们烧烧火，切切菜，在当时，对我正是一种如何安恬与舒适。我需要的也就只是那么一点点温暖，属于人情的本来。我得到可说已十分富饶，它把另外一种可怕生活完全冲淡了，调和了。这点印象既在生命成熟时保留下来，到后自然便占了我作品主要题旨，由《丈夫》、《边城》都可见出。里面自然浸润有悲哀，痛苦，在困难中的微笑，到处还有“我”！但是一切都用和平掩盖了，因为这也还有伤处。心身多方面的困苦与屈辱烙印，是去不掉的。如无从变为仇恨，必然是将伤痕包裹起来，用文字包裹起来，不许外露。

这份教育既在无可奈何中承受下来，外面环境又还永远在变，生命于是不能不随同流转。在各种失业情绪经验生活挣扎下，作无定向流转。到处是伤，却并抚治伤处机会也得不到。小客店的寄寓，长时期的落雨，陌生的人，无情的社会，我如一个无固定性的小点置身其间。“否定”在生长中，随“幻想”而生长，因为这是求生存唯一的支柱，二者合并作成一个抽象而强韧支柱，失去其一都不会继续生存，产生“未来”。若仅有前者，将必然早成为小军阀的炮灰，或因作土匪遭人枪决；有好些无辜而失业的年青人，都如此草草结局。若仅有后者，不是疯狂自杀，即早已作庙中和尚。两者既同时存在，我于是活下来了，在自己也不甚明白、他人实更不易设想境况下，飘流转徙活下来了。（这其中自然还有《孟子》上几句话：“苦其心志……饿其体肤，”简单有力鼓励我在绝望中不至于胡涂死去。）

于是一切都在“微笑”中担当下来了。可不是你们生长于城市寄生于家庭，在生活上小小得失上作的那种微笑，完全不是！这微笑有生活全部屈辱痛苦的印记。有对生命或人生无比深刻的悲悯。有否定。有承认。有《旧约》中殉教者被净化后的眼泪。我好好保留了三十年在嘴边，而你们高级知识分子在近几年中，却把这个微笑解释作“世故”。我倘若稍稍学懂了点你们城里人世故，今天不会如此自处。我因之在半世纪不断变换的环境永远在不同教育，不同 ×× 的人中，从不同印象中——却得到一个同一的称呼“神经病”。凡指摘我的，诋毁我的，并以自己生命或道德的完整进步自夸的，是不是也曾经在相同情形，那么一种发展中受过试验，受过教育，并同样挣扎过来？还是因为侥幸生于小资产阶级环境中，得到良好的保护，以及其他更多知识环境的便利，才有机会能够给我以批评，以检讨，以审判？年青朋友都欢喜说人生如战斗，战斗方式自然极多，我很知道。可是可有一个人在十六岁到廿四岁间那么和人生战斗过来，在三十年挣扎中而取得更健康合理发展？或从理论上可得到更健康的结论？我想得到一个回答。

当时既一切俱无，朋友或工作，希望与等待，什么都无。维持生命除空气就只是一点否定精神，不承认精神。一面接受现实试验，一面加以抵抗，不断改造自己。我就用那点仅有机会，仅有空闲，读了一堆书，并消化了它，完全反复消化了它。有老庄和论孟，有韩柳和温李，有传统驳而不纯的叛逆思想，也有传统华而不典的文辞。加上个脆弱生命所遭遇试验，经验和书本知识，却共同在生命中作成一种动力，终于把我挪移离开了那个小小环境，转到了有骆驼、学生、京官和议员的北京了。

初初到这个大都市来，上街见到最多的就是骆驼，所得是充满风沙阅历而目光饱含忧戚，在道上却一步一步走得极稳。每天翻开报纸，照例是有关议员的意见和新闻。至于学生和京官数量虽极多，对于我却似乎是个抽象东西。和我离得极远极远。事实上什么都离得极远！学生中给我印……是三种人。

这是个有一百万人的大都市，由总统府到天桥，由京兆尹到小店员，我没有一处熟习的地方，没有一个熟习的人，没有一件熟习的事。手和心都空空的，寄住在杨梅竹斜街一个小会馆西厢房里。长夏的雨水，小《实报》每日新闻都有坍墙砸人消息，住处房中既然湿霉霉的，墙上也一片水渍斑驳，似乎随时都可完全坍圮。同伴“满伙计”肺病已入第二期，喉头哑沙沙的，一个地主小儿子，即《雪晴》中队长的弟兄，这次同来北京求学读书，到地第四天后，就十分想家，念念家中的菜园和碾坊，老母亲和白狗。我想的却只是“当天”和“明天”，面前过日子就是一种严酷现实教育，没有任何一种方法可以把日子维持下去，由当天到明天。没有一个人可以商量，没有一本书可以指示。

会馆里四合院，住的同乡有卸职候差的科长，报考落第的穷学生，退伍的小军官，领少额干薪的挂名部员。夜里到处房中都有咳嗽声，从声音中即可辨别得出有多少是老病。住正房管会务的叶老表，长年躺卧在烟盘边，从不知经济来源方式下竟躺了十年，小火炉旁还经常炖有猪蹄膀下酒，二太太手上头上金饰也亮灼灼的。长班小二一身瘦瘪瘪如一片干姜，终日在各个房间里串动，即买两个烧饼也会从中取得一点“底子钱”，叫煤球时照例七十斤即抵整数。加上在门前摆个小烟摊，一家三口竟每天可吃蒸馍，还向穷学生放点大加二小债，三元五元出手时从从容容。

生命或生活，既为雨水固定在会馆中，似乎有所等待，其实等待的只是“不可知”。一面茫茫然半天半天站在会馆门前欣赏街景，一面又回到湿霉霉小房子中，看床前绿苔和墙上水渍。和面前世界完全如绝缘。即过去在乡下小河边山坡上太阳下作的梦，也不免受雨水影响弄得模模糊糊了。在这种景况下，回向过去，一片生活印象的重重叠叠，虽充满无可奈何，失业接着失业，各地流转，屈辱和饥饿，在各式不同情形下环境中，如俄国梭古罗卜微笑小说中的主角身份，永远勉强用微笑抵挡一切无可奈何，到第三次微笑，才下决心迈过了桥栏，向水中跃去。事实上却比这一位处境更加倍恶劣，更不知如何是好。然而一面是青春生命力的无比旺盛，即从这一切不同景况中，也仿佛可以得到“学习”的经验。……且日益积累中形成一种比任何书本还有启发鼓舞的力量。另一面又有个多式多方田野自然的背景，和另外生息于其间那一群，尽管生活极端平凡、简陋，本性实在极端善良的兵士和人民，他们的小小得失哀乐，唯其与我已经离开，反而能更加深刻认识。到了北平新环境中，和这一切离远了，即这种痛苦回忆，竟也成为我生存的最大快乐和支柱了。这个发展既酝酿于成熟的生命中，自然会同时影响到后来的写作生活，一看即显然的。作品中的乡土情感，混和了真实和幻念，而把现实生活痛苦印象一部分加以掩饰，使之保留童话的美和静，也即由之而来。历来批评者对于这一点，都忽略了作者生命经验的连续性和不可分割性。唯有一个刘西渭，能稍得其解也还不够。这个老友的文章特点是在……自得其乐较多，而对作者生活作品却无多兴趣。这也就是我对于批评永远不能心服，不感兴趣的原因。如果批评从“思想”着眼，用公式和一定形态加以范围，自然更不会得到要领，毁誉都若并无意义可言！甚至于搔不着痒处的赞美，比有意□□更还难受。这有好处也有坏处。好处是对于工作信心的加强，坏处即个人气氛的抬头，随之而下便不免顽固，坚信思维的庄严，从自由主义者名分下，发展而成为他人政争工具，当作靶子或盾牌。先是不自觉，到后来，则由负气而转增加负隅自固褊持，终于在自己所形成的□□孤立情绪中，完全无从自脱。这是有关思索写作的发展过程。目前来加以检讨，说它是不见阳光的病态结果，并不过分。但这种不见阳光的由来，实有个更深远的背景，是"个人"的也是"社会"的，却不是一般批评指摘所能见到的。

"失业"本是近四十年代军阀封建政治一个普遍现象。先是大小军阀的分区割据，对人民就业根本无所谓计划。不仅教育无计划，利用为狗腿子也不计划。军阀本身及所率领集团，即凡事只是随习惯而拖混下去。在集团以外，从不曾有个好好安排。到兼并时代一过，有个强秦一统后，又还是唯知有己，在极端包庇独占贪污自私情形中，少数分赃而多数无业，所以近四十年"失业"本是现社会万千人民一种普遍经验，不值得一提。不过我却是从小小区域里充分接受这种社会教育多年以后，又转到另一个完全陌生大城市里，来接受相似而不同，更漠然无情的社会教育。唯有相同经验的生命，方能明白这种教育影响到一个人另外一些问题上时，会有些什么不同结果。好或坏，反映到抽象人格具体行为两方面时，可能如何必然又如何。长处和弱点所自来，却由于同一源泉土壤，决非两种雨露阳光。是一个整体，并非零碎枝节。

为求生存，我得挣扎，于一切可能中作种种努力。求学既无可望，求职亦无可望，唯一是手中还有一枝笔，可以自由处理一点印象联想和生活经验，来作求生的准备。但是，这对于□□求□生，□□□□□保持最低健康，不至于饿倒大马路、阴沟边，在同学同乡同什么小集团独占一切情形下，我想用这枝笔突破社会习惯的限制，得到最低生活的需要，当时实毫无希望可言。

明白手中所操纵的工具无多大用处后，想去作作什么小工，依然没有机会。曾到琉璃厂几个小石印店里去，请求收容作一个学徒，几个小字虽还看得去，因为无□□保，交涉就不成功。最多机会是去天桥或前门大街一带，跟随奉军直军什么部队的“招募委员”那支小白旗，明白大都市可以用一些□□骗人一套，把兵招来，向不可知地方走去，目下的伙食和将来的生命，都有了个交代。因为一直到北伐成功前夕，在北平前门外大街上，天桥附近，就时常还可看见那么一两个烟容满面的老军务兵油子，手执一个破旧小小白布三角旗，在路口停顿，旁边照例站了些闲散杂流，听他说话，宣传部队待遇和将来希望。照例还在技术上预先安排了几个大小不一的同伙，作为受感化后陆续站到旗子下来，于是当真也就有三五个面容憔悴、眼神痴呆的年青人，外省前来投奔亲戚进退不……同样归于旗下，表示乐意跟随归营。一会儿，这面小白旗就带领了一小串失业人走去了。至于走到什么地方去，为候补炮灰，或为军□□转卖出关作小工，那就只有天知道了。

我曾有过好几次跟队的经验，茫然漠然走了一小节路，终于又离了群，停顿到路旁，眼看着那个死亡队伍远去。随即从前门大街茶食铺的点心，羊肉铺的羊肉，和一切铺子窗前的陈列，与广告的炫耀，或什么小铺子门前有喇叭的留声机放的《洋人大笑》片子，吸□□忘了一切也忘了腹中空虚，暂时忘了自己的失业和饥饿。眼前的就永远是不属于我的。一切存在和个人都若无关系。我希望即或是吵骂，能参加一份也好，可是前门大街人来人往虽相当多，想得到这点机会就并不多。只合完全游离于生活以外，作一个旁观者。比数年前在辰河流域小县城游荡情形还更单独，更无可奈何，为的是大城市社会背景也如此陌生，凡是大门都关得严严的，没有一处可以进去。全个社会都若对于陌生客人表示拒绝。向前希望远景十分模糊，唯一还是回复过去，把那点过去属于自己的痛苦和寂寞，镶嵌在各不相同自然景物中，一再温习。尤其是儿时无拘束的生活，所保留的新鲜快乐印象，可以把当前的绝望勉强稳住。直到街灯放了光，什么铺子放话匣片，唱马连良《失街亭》，我的求生梦也消失了，才向会馆那个方向走去。

回到会馆里时，即装作业已吃饱的神气，看同院子里人吃饭，也看长班小二一家人吃新出笼的白面蒸馍。不多久前有人批评我说，我“对人生永远像个旁观者。一切作品都反映这个态度，缺少直接深入和迎战勇气”。我曾试假想过，当时如采取非旁观态度，不知应当是种什么情形。我能不能参加任何同住的那顿晚饭？我能不能随意动手去取长班家蒸笼中那个热气腾腾的白馒头？我能不能每天去会长那里靠靠灯，到吃饭时就不客气，起箸说请？很显然这不是一个勇气问题。旁观者其所以永远如在旁观，原有个现实背景缚住。一切作品都缺少对人生深入，只是表面的图绘。原因是人生在我笔下，是综合的，再现的。

雨季过后，在农学院读书的表弟，为想法付清欠账，把我迁入西城一个小公寓里，以为可以照报纸上需要，就近在几个报馆考考校对和书记。花了些报名费，结果自然没有一处成功。只看出这事完全是个骗局，同样是失业人，狡猾一些骗愚蠢一些的，于是报名费便成了学费，向大都市学习另外一种现实的第一课。

又到几个学校去报考，比如中法大学吧，考取后，到时那笔宿膳费廿八元想尽了方法却筹不出，一过期，还得放弃。补习学校更多是当时穷学生开的合伙文化稗贩小铺子，没有钱，那里能随便进出？报上消息常说某某学校学生可以工读自给，到我来请求这个机会，带了自荐信去谒见当局时，想不到他们对于这种事都毫无兴趣，照例率直回答，没有这回事。只有一回在平民中学碰到个中年模样人，直接把信给他看，看过后点了点头，向我客客气气说了几句话，以为千里求学，意思很好，可以为想想办法。过两天居然还回了个信，说是“想过办法，已满额，将来有机会一定留心”。

到平半年唯一古道有情陌生的帮助，还是住西城时一个每到黄昏即摇铃铛串街卖煤油的老头子。因为买油熟习，过年时借过我两百铜子，度过了一个年关。这就是《边城》中的老祖父，我让他为人服务渡了五十年船。并把他的那点善良好意，扩大到我作品中，并且还扩大到我此后生命中，想尽一切方法帮助年青人，一切都作得十分自然原因。凡是曾经在我作品中那只渡船上，稍稍歇过一回脚，把生命由彼到此的，都一定间接得到了一点助力。溯源而上，会发现两百铜子即影响到多少人生命情感这么深。生命的连续性和传染性，实在惊人。但这么一种发展，自然不会是普通人所理解了。

第二辑　精神的浸润将形成未来

少壮军官中，如师长顾家齐、戴季韬辈，虽受近代化训练，面目文弱和易如大学生，精神上多因游侠者的遗风，勇鸷慓悍，好客喜弄，如太史公传记中人。诗人田星六，诗中就充满游侠者霸气。山高水急，地苦雾多，为本地人性格形成之另一面。游侠者精神的浸润，产生过去，且将形成未来。

凤凰：游侠者精神

| 原题《凤凰》，写于一九三八年。

这是从一个作品里摘录出关于凤凰的轮廓。

一个好事的人，若从百年前某种较旧一点的地图上寻找，一定可在黔北、川东、湘西一处极偏僻的角隅上，发现了一个名为“镇筸”的小点。那里同别的小点一样，事实上应有一个城市，在那城市中，安顿了数千户人口的，不过一切城市的存在，大部分皆在交通、物产、经济的情形下面，成为那个城市荣枯的因缘。这一个地方，却以另外意义无所依附而独立存在。将那个用粗糙而坚实巨大石头砌成的圆城作为中心，向四方展开，围绕了这边疆僻地的孤城，约有五百余苗寨，各有千总守备镇守其间。有数十屯仓，每年屯数万石粮食为公家所有。五百左右的碉堡，二百左右的营汛。碉堡各用大石作成，位置在山顶头，随了山岭脉络蜿蜒各处，营汛各位置在驿路上，布置得极有秩序。这些东西是在一百八十年前，按照一种精密的计划，各保持到相当距离，在周围数百里内，平均分配下来，解决了退守一隅常作蠢动的边苗叛变的。两世纪来满清的暴政，以及因这暴政而引起的反抗，血染赤了每一条官道同每一个碉堡。到如今，一切完事了。碉堡多数业已残毁了，营汛多数成为民房了，人民已大半同化了。落日黄昏时节，站到那个巍然独在万山环绕的孤城高处，眺望那些远近残毁碉堡，还可依稀想见当时角鼓火炬传警告急的光景。这地方到今日此时，因为另一军事重心，一切皆以一种迅速的姿势在改变，在进步，同时这种进步，也就正消灭到过去一切。……

地方统治者分数种，最上为天神，其次为官，又其次才为村长同执行巫术的神的侍奉者，人人洁身信神，守法爱官。每家俱有兵役，可按月各到营上领取一点银子，一份米粮，且可从官家领取二百年前被政府所没收的公田播种。

这地方本名镇筸城，后改凤凰厅，入民国后，改名凤凰县。清时辰沅永靖兵备道，镇筸镇，均驻节此地。辛亥革命后，湘西镇守使，辰沅道，仍在此办公。除屯谷外国家每月约用银八万两经营此小小山城。地方居民不过五六千，驻防各处的正规兵士却有七千。由于环境不同，直到现在其地绿营兵役制度尚保存不废，为中国绿营军制唯一残留之物。（引自《凤子》）

苗子放蛊的传说，由这个地方出发。辰州符的实验者，以这个地方为集中地。三楚子弟的游侠气概，这个地方因屯丁子弟兵制度，所以保留得特别多。在宗教仪式上，这个地方有很多特别处，宗教情绪（好鬼信巫的情绪），因社会环境特殊，热烈专诚到不可想象。湘西之所以成为问题，这个地方人应当负较多责任。湘西的将来，不拘好或坏，这个地方人的关系都特别大。湘西的神秘，只有这一个区域不易了解，值得了解。

它的地域已深入苗区，文化比沅水流域任何一县都差得多，然而民国以来湖南的第一流政治家熊希龄先生，却出生在那个小小县城里。地方可说充满了迷信，然而那点迷信却被历史很巧妙的糅合在军人武德里，因此反而增加了军人的勇敢性与团结性。去年在嘉善守兴登堡国防线抗敌时，作战之沉着，牺牲之壮烈，就见出迷信实无碍于它的军人职务。县城一个完全小学也办不好，可是许多青年却在部队中当过一阵兵后，辗转努力，得入正式大学，或陆军大学，成绩都很好。一些由行伍出身的军人，常识且异常丰富；个人的浪漫情绪与历史的宗教情绪结合为一，便成游侠者精神，领导得人，就可成为卫国守土的模范军人。这种游侠精神若用不得其当，自然也可以见出种种短处。或一与领导者离开，即不免在许多事上精力浪费。甚焉者即糜烂地方，尚不自知。总之，这个地方的人格与道德，应当归入另一型范。由于历史环境不同，它的发展也就不同。

凤凰军校阶级不独支配了凤凰，且支配了湘西沅水流域二十县。它的弱点与二十年来中国一般军人弱点相似，即知道管理群众，不大知道教育群众。知道管理群众，因此在统治下社会秩序尚无问题。不大知道教育群众，因此一切进步的理想都难实现。地方边僻，且易受人控制，如数年前领导者陈渠珍被何键压迫离职，外来贪污与本地土劣即打成一片，地方受剥削宰割，毫无办法。民性既刚直，团结性又强，领导者如能将这种优点成为一个教育原则，使湘西群众普遍化，人人各有一种自尊和自信心，认为湘西人可以把湘西弄好，这工作人人有份，是每人责任也是每人权利，能够这样，湘西之明日，就大不相同了。

典籍上关于云贵放蛊的记载，放蛊必与仇怨有关，仇怨又与男女事有关。换言之，就是新欢旧爱得失之际，蛊可以应用作争夺工具或报复工具。中蛊者非狂必死，惟系铃人可以解铃。这倒是蛊字古典的说明，与本意相去不远。看看贵州小乡镇上任何小摊子上都可以公开的买红砒，就可知道蛊并无如何神秘可言了。但蛊在湘西却有另外一种意义，与巫，与此外少女的落洞致死，三者同源而异流，都源于人神错综，一种情绪被压抑后变态的发展。因年龄、社会地位和其他分别，穷而年老的易成为蛊婆，三十岁左右的，易成为巫，十六岁到二十二三岁，美丽爱好而婚姻不遂的，易落洞致死。三者都以神为对象，产生一种变质女性神经病。年老而穷，怨愤郁结，取报复形式方能排泄情感，故蛊婆所作所为，即近于报复。三十岁左右，对神力极端敬信，民间传说如“七仙姐下凡”之类故事又多，结合宗教情绪与浪漫情绪而为一，因此总觉得神对她特别关心，发狂，呓语，天上地下，无往不至，必需作巫，执行人神传递愿望与意见工作，经众人承认其为神之子后，中和其情绪，狂病方不再发。年青貌美的女子，一面为戏文才子佳人故事所启发，一面由于美貌而有才情，婚姻不谐，当地武人出身中产者规矩又严，由压抑转而成为人神错综，以为被神所爱，因此死去。

善蛊的通称“草蛊婆”，蛊人称“放蛊”。放蛊的方法是用蛊类放果物中，毒蛊不外蚂蚁、蜈蚣、长蛇，就本地所有且常见的。中蛊的多小孩子，现象和通常害疳疾腹中生蛔虫差不多，腹胀人瘦，或梦见虫蛇，终于死去。病中若家人疑心是同街某妇人放的，就往去见见她，只作为随便闲话方式，客客气气的说：“伯娘，我孩子害了点小病，总治不好，你知道什么小丹方，告我一个吧。小孩子怪可怜！”那妇人知道人疑心到她了，必说："那不要紧，吃点猪肝（或别的）就好了。"回家照方子一吃，果然就好了。病好的原因是"收蛊"。蛊婆的家中必异常干净，个人眼睛发红。蛊婆放蛊出于被蛊所逼迫，到相当时日必来一次。通常放一小孩子可以经过一年，放一树木（本地凡树木起瘪有蚁穴因而枯死的，多认为被放蛊死去）只抵两月。放自己孩子却可抵三年。蛊婆所在的街上，街邻照例对她都敬而远之的客气，她也就从不会对本街孩子过不去（甚至于不会对全城孩子过不去）。但某一时若迫不得已使同街孩子致死或城中孩子因受蛊死去，好事者激起公愤，必把这个妇人捉去，放在大六月天酷日下晒太阳，名为"晒草蛊"。或用别的更残忍方法惩治。这事官方从不过问。即或这妇人在私刑中死去，也不过问。受处分的妇人，有些极口呼冤，有些又似乎以为罪有应得，默然无语。然情绪相同，即这种妇人必相信自己真有致人于死的魔力。还有些居然招供出有多少魔力，施行过多少次，某时在某处蛊死谁，某地方某大树枯树自焚也是她做的。在招供中且俨然得到一种满足的快乐。这样一来，照习惯必在毒日下晒三天，有些妇人被晒过后病就好了，以为蛊被太阳晒过就离开了，成为一个常态的妇人。有些因此就死掉了，死后众人还以为替地方除了一害。其实呢，这种妇人与其说是罪人，不如说是疯婆子。她根本上就并无如此特别能力蛊人致命。这种妇人是一个悲剧的主角，因为她有点隐性的疯狂，致疯的原因又是穷苦而寂寞。

行巫者其所以行巫，加以分析，也有相似情形。中国其他地方巫术的执行者，同僧道相差不多，已成为一种游民懒妇谋生的职业。视个人的诈伪聪明程度，见出职业成功的多少。他的作为重在引人迷信，自己却清清楚楚。这种行巫，已完全失去了他本来性质，不会当真发疯发狂了。但凤凰情形不同。行巫术多非自愿的职业，近于“迫不得已”的差使。大多数本人平时为人必极老实忠厚，沉默寡言。常忽然发病，卧床不起，如有神附体，语音神气完全变过，或胡唱胡闹，天上地下，无所不谈。且哭笑无常，殴打自己，长日不吃，不喝，不睡觉。过三两天后，仿佛生命中有种东西，把它稳住了，因极度疲乏，要休息了，长长的睡上一天，人就清醒了。醒后对病中事竟毫无所知，别的人谈起她病中情形时，反觉十分羞愧。

可是这种狂病是有周期性的（也许还同经期有关系），约两三个月一次。每次总弄得本人十分疲乏，欲罢不能。按照习惯只有一个方法可以治疗，就是行巫。行巫不必学习，无从传授，只设一神坛，放一平斗，斗内装满谷子，插上一把剪刀。有的什么也不用，就可正式营业。执行巫术的方式，是在神前设一座位，行巫者坐定，用青丝绸巾覆盖脸上。重在关亡，托亡魂说话，用半哼半唱方式，谈别人家事长短，儿女疾病，远行人情形。谈到伤心处，谈者泗涕横溢，听者自然更嘘泣不止。执行巫术后，已成为众人承认的神之子，女人的潜意识，因中和作用，得到解除，因此就不会再发狂病。初初执行巫术时，且照例很灵，至少有些想不到的古怪情形，说来十分巧合。因为有事前狂态作宣传，本城人知道的多，行巫近于不得已，光顾的老妇人必甚多，生意甚好。行巫虽可发财，本人通常倒不以所得多少关心，受神指定为代理人，不作巫即受惩罚，设坛近于不得已。行巫既久，自然就渐渐变成职业，使术时多做作处，世人的好奇心同时又转移到新近设坛的别一妇人方面去，这巫婆若为人老实，便因此撤了坛，依然恢复她原有的生活，或作奶妈，或做小生意，或带孩子。为人世故，就成为三姑六婆之一，利用身分，串当地有身分人家的门子，陪老太太念经，或如《红楼梦》中与赵姨娘合作同谋之流妇女，行使点小法术，埋在地下，放在枕边，使“仇人”吃亏。或更作媒作中，弄一点酬劳脚步钱。小孩子多病，命大，就拜寄她作干儿子。小孩子夜惊，就为“收黑”，用个鸡蛋，咒过一番后，黄昏时拿到街上去，一路喊小孩名字，“八宝回来了吗？”另一个就答“八宝回来了”，一直喊到家。到家后抱着孩子手醮唾沫抹抹孩子头部，事情就算办好了。行巫的本地人称为“仙娘”。她的职务是“人鬼之间的媒介”，她的群众是妇人和孩子，她的工作真正意义是她得到社会承认是神的代理人后，狂病即不再发，当地妇女为实生活所困苦，感情无所归宿，将希望与梦想寄在她的法术上，靠她得到安慰。这种人自然间或也会点小丹方，可以治小儿夜惊，膈食。用通常眼光看来，殊不可解，用现代心理学来分析，它的产生同它在社会上的意义，都有它必然的原因。一知半解的读书人，想破除迷信，要打倒它，否认这种“先知”，正说明另一种人的“无知”。

至于落洞，实在是一种人神错综的悲剧，比上述两种妇女病更多悲剧性。地方习惯是女子在性行为方面的极端压制，成为最高的道德。这种道德观念的形成，由于军人成为地方整个的统治者。军人因职务关系，必时常离开家庭外出，在外面取得对于妇女的经验，必使这种道德观增强，方能维持他的性的独占情绪与事实。因此本地认为最丑的事无过于女子不贞，男子听妇女有外遇，妇女若无家庭任何拘束，自愿解放，毫无关系的旁人亦可把女子捉来光身游街，表示与众共弃。下面故事是另外一个最好的例。

旅长刘某某，夫人是一个女子学校毕业生，平时感情极好。有同学某女士，因同学时要好，在通信中不免常有些女孩子的感情的话。信被这位军官见到后，便引起疑心。后因信中有句话语近于男子说的，“嫁了人你就把我忘了”，这位军官疑心转增。独自驻防某地，有一天忽然要马弁去接太太，并告马弁："你把太太接来，到离这里十里，一枪给我把她打死，我要死的不要活的。我要看看她还有一点热气，不同她说话。你事办得好，一切有我；事办不好，不必回来见我。"马弁当然一切照办。当真把旅长太太接来防地，到要下手时，太太一看情形不对，问马弁是什么意思。马弁就告她这是旅长的意思。太太说："我不能这样冤枉死去，你让我见他去说个明白！"马弁说："旅长命令要这么办，不然我就得死。"末了两人都哭了。太太让马弁把枪口按在心子上一枪打死了。（打心子好让血往腔子里流！）轿夫快快的把这位太太抬到旅部去见旅长，旅长看看后，摸摸脸和手，看看气已绝了，不由自主淌了两滴英雄泪，要马弁看一副五百块钱的棺木，把死者装殓埋了。人一埋，事情也就完结了。

这悲剧多数人就只觉得死者可悯，因误会得到这样结果，可不觉得军官行为成为问题。倘若女的当真过去一时还有一个情人，那这种处置，在当地人看来，简直是英雄行为了。

女子在性行为所受的压制既如此严酷，一个结过婚的妇人，因家事儿女勤劳，终日织布，绩麻，作腌菜，家境好的还玩骨牌，尚可转移她的情绪不至于成为精神病。一个未出嫁的女子，尤其是一个爱美好洁，知书识字，富于情感的聪明女子，或因早熟，或因晚婚，这方面情绪上所受的压抑自然更大，容易转成病态。地方既在边区苗乡，苗族半原人的神怪观影响到一切人，形成一种绝大力量。大树，洞穴，岩石，无处无神。狐，虎，蛇，龟，无物不怪。神或怪在传说中美丑善恶不一，无不赋以人性。因人与人相互爱悦和当前道德观念极端冲突，便产生人和神怪爱悦的传说，女性在性方面的压抑情绪，方藉此得到一条出路。落洞即人神错综之一种形式。背面所隐藏的悲惨，正与表面所见出的美丽，成分相等。

凡属落洞的女子，必眼睛光亮，性情纯和，聪明而美丽。必未婚，必爱好，善修饰。平时贞静自处，情感热烈不外露，转多幻想，间或出门，即自以为某一时无意中从某处洞穴旁经过，为洞神一瞥见到，欢喜了她。因此更加爱独处，爱静坐，爱清洁，有时且会自言自语，常以为那个洞神已驾云乘虹前来看她。这个抽象的神或为传说中的相貌，或为记忆中庙宇里的偶像样子，或为常见的又为女子所畏惧的蛇虎形状。总之这个抽象对手到女人心中时，虽引起女子一点羞怯和恐惧，却必然也感到热烈而兴奋。事实上也就是一种变形的自渎。等待到家中人注意这件事情深为忧虑时，或正是病人在变态情绪中恋爱最满足时。

通常男巫的职务重在和天地，悦人神，对落洞事即付之于职权以外，不能过问。辰州符重在治大伤，对这件事也无可如何。女巫虽可请本家亡灵对于这件事表示意见，或阴魂入洞探询消息，然而结末总似乎凡属爱情，即无罪过。洞神所欲，一切人力都近于白费。虽天王佛菩萨，权力广大，人鬼同尊，亦无从为力。（迷信与实际社会互相映照，可谓相反相成。）事到末了，即是听其慢慢死去。死的迟早，都认为一切由洞神作主。事实上有一半近于女子自己作主。死时女子必觉得洞神已派人前来迎接她，或觉得洞神亲自换了新衣骑了白马来接她，耳中有箫鼓竞奏，眼睛发光，脸色发红，间或在肉体上放散一种奇异香味，含笑死去。死时且显得神气清明，美艳照人。真如诗人所说："她在恋爱之中，含笑死去。"家中人多泪眼莹然相向，无可奈何。只以为女儿被神所眷爱致死。料不到女儿因在人间无可爱悦，却爱上了神，在人神恋与自我恋情形中消耗其如花生命，终于衰弱死去。

凡女子落洞致死的年龄，迟早不等，大致在十六到二十四五左右。病的久暂也不一，大致由两年到五年。落洞女子最正当的治疗是结婚，一种正常美满的婚姻，必然可以把女子从这种可怜的生活中救出。可是照习惯这种为神眷顾的女子，是无人愿意接回家中作媳妇的。家中人更想不到结婚是一种最好的法术和药物。因此末了终是一死。

湘西女性在三种阶段的年龄中，产生蛊婆女巫和落洞女子。三种女性的歇思底里亚，就形成湘西的神秘之一部。这神秘背后隐藏了动人的悲剧，同时也隐藏了动人的诗。至于辰州符，在伤科方面用催眠术和当地效力强不知名草药相辅为治，男巫用广大的戏剧场面，在一年将尽的十冬腊月，杀猪宰羊，击鼓鸣锣，来作人神和乐的工作，集收人民的宗教情绪和浪漫情绪，比较起来，就见得事很平常，不足为异了。

浪漫情绪和宗教情绪两者混而为一，在女子方面，它的排泄方式，有如上所述说的种种。在男子方面，则自然而然成为游侠者精神。这从游侠者的道德规律所表现的宗教性和戏剧性也可看出。妇女道德的形成，与游侠者的规律大有关系。游侠者对同性同道称哥唤弟，彼此不分。故对于同道眷属亦视为家中人，呼为嫂子。子弟儿郎们照规矩与嫂子一床同宿，亦无所忌。但条款必遵守，即“只许开弓，不许放箭”。条款意思就是同住无妨，然不能发生关系。若发生关系，即为犯条款，必受严重处分。这种处分仪式，实充满宗教性和戏剧性。下面一件记载，是一个好例。这故事是一个参加过这种仪式的朋友说的。

在野地排三十六张方桌（象征梁山三十六天罡），用八张方桌重叠为一个高台，桌前掘一见方一丈八尺的土坑，用三十六把尖刀竖立坑中，刀锋向上，疏密不一。预先用浮土掩着，刀尖不外露。所有弟兄哥子都全副戎装到场，当时流行的装束是：青绉绸巾裹头，视耳边下垂巾角长短表示身分。穿纸甲，用棉纸捶炼而成，中夹头发，作成背心式样，轻而柔韧，可以避刀刃。外穿密钮打衣，袖小而紧。佩平时所长武器，多单刀双刀，小牛皮刀鞘上绘有绿云红云，刀环上系彩绸，作为装饰。着青袴，裹腿，腿部必插两把黄鳝尾小尖刀。赤脚，穿麻练鞋。桌上排定酒盏，燃好香烛，发言的必先吃血酒盟心（或咬一公鸡头，将鸡血滴入酒中，或咬破手指，将本人血滴入酒中）。“管事”将事由说明，请众议处。事情是一个作大哥的嫂子有被某“老幺”调戏嫌疑，老幺犯了某条某款。女子年青而貌美，长眉弱肩，身材窈窕，眼光如星子流转。男的不过二十岁左右，黑脸长身，眉目英悍。管事把事由说完后，女子继即陈述经过，那青年男子在旁沉默不语。此后轮到青年开口时，就说一切都出于诬蔑。至于为什么诬蔑，他不便说，嫂子应当清清楚楚。那意思就是说嫂子对他有心，他无意。既经否认，各执一说，“执法”无从执行处分，因此照规矩决之于神。青年男子把麻鞋脱去，把衣甲脱去，光身赤脚爬上那八张方桌顶上去。毫无惧容，理直气壮，奋身向土坑跃下。出坑时，全身丝毫无伤。照规矩即已证实心地光明，一切出于受诬。其时女子头已低下，脸色惨白，知道自己命运不佳，业已失败，不能逃脱。那大哥揪着女的发髻，跪到神桌边去，问她：“还有什么话说？”女的说：“没有什么说的。冤有头，债有主，凡事天知道。”引颈受戮，不求饶也不狡辩。一切沉默。这大哥看看四面八方，无一个人有所表示，于是拔出背上军刀，一刀结果了这个因爱那小兄弟不遂心，反诬他调戏的女子。头放在神桌前，眉目下垂如熟睡。一伙哥子弟兄见事已完，把尸身拖到原来那个土坑里去，用刀掘土，把尸身掩埋了。那个大哥和那个幺兄弟，在情绪上一定都需要流一点眼泪,但身分上的习惯,却不许一个男子为妇人显出弱点,都默然无言，各自走开。

类乎这种事情还很多。都是浪漫与严肃，美丽与残忍，爱与怨，交缚不可分。

游侠者行径在当地也另成一种风格，与国内近代化的青红帮稍稍不同。重在为友报仇，扶弱锄强，挥金如土，有诺必践。尊重读书人，敬事同乡长老。换言之，就是还能保存一点古风。有些人虽能在川黔湘鄂数省边境号召数千人集会，在本乡却谦虚纯良，犹如一乡巴佬，有兵役的且依然按时入衙署当值，听候差遣作小事情，凡事照常。赌博时用小铜钱三枚跌地，名为“板三”，看反覆、数目，决定胜负，一反手间即输黄牛一头，银元一百两百，输后不以为意，扬长而去，从无翻悔放赖情事。决斗时两人用分量相等武器，一人对付一人，虽亲兄弟只能袖手旁观，不许帮忙，仇敌受伤倒下后，即不继续填刀，否则就被人笑话，失去英雄本色，虽胜不武。犯条款时自己处罚自己，割手截脚，脸不变色，口不出声。总之，游侠观念纯是古典的，行为是与太史公所述相去不远的。二十年闻名于川黔鄂湘各边区凤凰人田三怒，可为这种游侠者一个典型。年纪不到十岁，看木傀儡戏时，就携一血梼木短棒，在戏场中向屯恳军子弟不端重的横蛮的挑衅，或把人痛殴一顿，或反而被人打得头破血流，不以为意。十二岁就身怀黄鳝尾小刀，称“小老幺”，三江四海口诀背诵如流。家中老父开米粉馆，凡小朋友照顾的，一例招待，从不接钱。十五岁就为友报仇，走七百里路到常德府去杀一木客镖手，因听人说这个镖手在沅州有意调戏一个妇人，用手触过妇人的乳部，这少年就把镖手的双手砍下，带到沅州去送给那朋友。年纪二十岁，已称“龙头大哥”，名闻边境各处，然在本地每日抱大公鸡往米场斗鸡时，一见长辈或教学先生，必侧身在墙边让路，见女人必低头而过，见作小生意老妇人，必叫伯母，见人相争相吵，必心平气和劝解，且用笑话使大事化为小事。周济逢丧事的孤寡，从不出名露面。各庙宇和尚尼姑行为有不正当的，恐败坏当地风俗，必在短期中想方法把这种不守清规的法门弟子逐出境外。作龙头后身边子弟甚多，龙蛇不一，凡有调戏良家妇女，或赌博撒赖，或倚势强夺，经人告诉的，必招来把事情问明白，照条款处办。执法老幺，被派往六百里外杀人，随时动员，如期带回证据。结怨甚多，积德亦多。身体瘦黑而小，秀弱如一小学教员，不相识的绝不会相信这是湘西一霸。

光棍服软不服硬，白羊岭有一张姓汉子，出门远走云贵二十年，回家时与人谈天，问“本地近来谁有名？”或人说：“田三怒。”姓张的稍露出轻视神气：“田三怒不是正街卖粉的田家小儿子？”当夜就有人去叫张家的门，在门外招呼说：“姓张的，你明天天亮以前走路，不要在这个地方住。不走路后天我们送你回老家。”姓张的不以为意，可是到后天大清早，有人发现他在一个桥头上斜坐着，走近身看看，原来两把刀插在心窝上，人已经死了。另外有个姓王的，卖牛肉讨生活，过节喝了点酒，酒后忘形，当街大骂田三怒不是东西，若有勇气，可以当街和他比比。正闹着，田三怒却从街上过身，一切听得清清楚楚。事后有人赶去告给那醉汉的母亲，老妇人听说吓慌了，赶忙去找他，哭哭啼啼，求他不要见怪。并说只有这个儿子，儿子一死，自己老命也完了。田三怒只是笑，说：“伯母，这是小事情，他喝了酒，乱说玩的。我不会生他的气。谁也不敢挨他，你放心。”事后果然不再追究。还送了老妇人一笔钱，要那儿子开个面馆。

田三怒四十岁后，已豪气稍衰，压倦了风云，把兄弟遣散，洗了手，在家里养马种花过日子。间或骑了马下乡去赶场，买几只斗鸡，或携细尾狗，带长网去草泽地打野鸡，逐鹌鹑，猎猎野猪，人料不到这就是十年前在川黔边境增加了凤凰人光荣的英雄田三怒。本人也似乎忘记自己作了些什么事。一天下午，牵了他那两匹骏健白马出城下河去洗马。城头上有两个懦夫居高临下，用两支匣子炮由他身背后打了约十三发子弹，有两粒子弹打在后颈上，五粒打在腰背上。两匹白马受惊，脱了缰沿城根狂奔而去。老英雄受暗算后，伏在水边石头上，勉强翻过身来，从怀中掏出小勃郎宁拿在手上，默然无声。他知道等等就会有人出城来的。不一会，懦夫之一果然提着匣子炮出城来了，到离身三丈左右时，老英雄手一扬起，枪声响处那懦夫倒下，子弹从左眼进去，即刻死了。城头上那个懦夫在隐蔽处重新打了五枪。田三怒教训他："狗杂种，你做的事丢了镇筸人的丑。在暗中射冷箭，不像个男子。你怎不下来？"懦夫不作声。原来城上来了另外的人，这行刺的就跑了。田三怒知道自己不济事了，在自己太阳穴上打了一枪，便如此完结了自己，也完结了当地最后一个游侠者。

派人作这件事情的，到后才知道是一个姓唐的。这个人也可称为苗乡一霸，辛亥革命领率苗民万人攻城，牺牲苗民将近六千人，北伐时随军下长江，曾任徐海警备司令。卸职还乡后称"司令官"，在离城十里长宁哨新房子中居家纳福。有凑巧，作了这件事后，过后数年，这人居然被一个驻军团长，不知天高地厚，把他捉来放在牢里，到知道这事不妥时，人已病死狱中了。

田三怒子弟极多，十年来或因年事渐长，血气已衰，改业为正经规矩商人。或带剑从军，参加各种内战，牺牲死去。或因犯案离乡，漂流无踪。在日月交替中，地方人物新陈代谢，风俗习惯日有不同。因此到近年来，游侠者精神虽未绝，所有方式已大大有了变化。在那万山环绕的小小石头城中，田三怒的姓名，已逐渐为人忘却，少年子弟中有从图画杂志上知道“飞将军”，“小黑炭”，“美人鱼”，“毛泽东”等人的事业，却不知道田三怒是谁。

当年田三怒得力助手之一，到如今还好好存在，为人依然豪侠好客，待友以义，在苗民中称领袖，这人就是去年使湘西发生问题，迫何键去职，使湖南政治得一转机的龙云飞。二十年前眼目精悍，手脚麻利，勇敢如豹子，轻捷如猿猴，身体由城墙头倒掷而下，落地时尚能作矮马桩姿势。在街头与人决斗，杀人后下河边去洗手时，从从容容如毫不在意。现在虽尚精神矍烁，面目光润，但已白发临头，谦和宽厚如一长者。回首昔日，不免有英雄老去之慨！

这种游侠者精神既浸透了三厅子弟的脑子，所以在本地读书人观念上也发生影响，军人政治家，当前负责收拾湘西的陈老先生[①]，年近六十，体气精神，犹如三十许青年壮健，平时律己之严，驭下之宽，以及处世接物，带兵从政，就大有游侠者风度。少壮军官中，如师长顾家齐、戴季韬辈，虽受近代化训练，面目文弱和易如大学生，精神上多因游侠者的遗风，勇鸷慓悍，好客喜弄，如太史公传记中人。诗人田星六，诗中就充满游侠者霸气。山高水急，地苦雾多，为本地人性格形成之另一面。游侠者精神的浸润，产生过去，且将形成未来。

①陈老先生，即陈渠珍。一九三八年初，复出任沅陵绥靖公署主任。

童心不失·信仰永存

| 原题《青色魇》，发表于一九四六年十一月二十四日天津《益世报·文学周刊》。

青

半夜猛雨，小庭院变成一片水池。孩子们身心两方面的活泼生机，于是有了新的使用处。为储蓄这些雨水，用作他们横海扬帆美梦的根据地，于是大忙特忙起来了。小鹤嘴锄在草地上纵横开了几道沟把积水引到大水沟后，又设法在低处用砖泥砌成一道堤坝。于是半沟黄浊浊泥水中浮泛了各式各样玩意儿：木条子，沙丁鱼空罐头，牙膏盒，硬纸板。凡在水面飘动的，统统就名叫做船，并赋以船的抽象价值和意义。船在小手搅动脏水激起的漩涡里陆续翻沉后，压舱的一切也全落了水。照孩子们的说法，即“实物全沉入海底”。这一来，顽童们可慌了，因为除掉他们自己日常用的小玩具外，还有我书桌上黄杨木刻的摆夷[①]小马，作镇纸用的澳洲大宝贝，刻有蹲狮的流

①摆夷，清代至民国时对傣族的通称。

鎏金古铜印，自然也全部沉入海底。照传说，落到海底的东西即无着落。几只小手于是更兴奋的在脏水中搅动起来。过一会儿，当然即得回了一切，重新分配，各自保有原来的一份。然而同时却有一匹手指大的翠绿色小青蛙，不便处置。这原是一种新的发现，若系平时，未必受重视，如今却好和打捞宝物同时出水，为争夺保有这小生物，几只手又有了新的搅水机会。再过不久，我面前就有了一双大眼睛，黑绒绒的长睫毛下酿了一汪热泪，来申诉委屈了。抓起两只小手看看，还水淋淋的；一只手中是那个刚从大海中救回的小木马，一只手就捏住那匹刚从大海中发现的小青蛙，摊开小手掌时，小生物停在掌中心，恰如一只绿玉琢成的眼睛。

“根本是我发现的，大哥不承认。……于是我们就战争了。他故意浇水到我眼睛里，还说我不讲道理。我呢，只浇一点儿水到他身上，并不多。”

我心想，“一到战争总是有理由的，这世界！”不由得不笑了。我说：“嗨嗨，小虎虎，不要为点点事情就战争！不许他浇脏水到眼睛中去，好看的眼睛自然要好好保护它才对。可是你也不必哭，女孩子的眼泪才有作用！你可听过一个大伙儿女人在一块流眼泪的故事？……”

所有故事都从同一土壤中培养生长，这土壤别名“童心”。一个民族缺少童心时，即无宗教信仰，无文学艺术，无科学思想，无燃烧情感，实证真理的勇气和诚心。童心在人类生命中消失时，一切意义即全部失去其意义。

白

凡冒险事情都使人兴奋，可是最能增加见闻满足幻想的，却只有航海。坐了一只船向远无边际的海洋中驶去时，一点接受不可知命运所需要的勇敢，和寄托于这只船上所应有的荒谬希望，可以说，把每个航海的人都完全变了。那种不能自主的行止，以及与海上陌生事物接触时的心情，都不是生根陆地的人所能想象的。他将完全如睁大两眼做一场白日梦，一直要回到岸上才能觉醒。他的冒险经验，不仅仅将重造他自己的性情和人格，还要影响到别的更多的人兴趣和信仰。

就为的是冒险，有如那么一只海船，从一个近海码头启碇，向一个谁也想象不到的彼岸进发了。这只船行驶到某一天后，海上忽然起了大风。船在大海中被风浪播扬，真像是小水塘中的玩意儿被顽童小手搅动后情景。到后自然是船翻了，船上人千方百计从各处找来的宝物，全部落了水。船上所有人也落了水。可是就中却有一个冒险者，和他特别欢喜的一匹白马，同被偶然而来的一个海浪送到了岛屿的岸边。就岛上种种光景推测，背海向内地走去，必然会和人碰头。必须发现人，这种冒险也才有变化，有结束。唯一的办法，自然就是骑了这匹白马，向内陆进发，完成这种冒险的行程。

这匹马长得多雄骏！骨相和形色，图画上就少见。全身白净，犹如海滩上的贝壳。毛色明净光莹处，犹如碧空无云，天上的满月，如阿耨达池中的白莲花。走动时轻快不费气力，完全像是一阵春天的好风。四脚落地的均匀节奏，使人想起千年前历史上那个第一流鼓手。这鼓手同时还是个富于悲剧性的聪明皇帝，会恋爱又懂音乐，尤其欢喜玩羯鼓。在阳春三月好风光里，鼓声起处，所有含苞欲吐的花树，都在这种节奏微妙鼓声中次第开放。

白马驶过一片广阔平原，向一个城市走去。装饰平原到处是各种花果的树林；花开得如锦绣堆积，红白黄紫，各自竞妍争美。缀在树枝上的果子，并把树枝压得弯弯的，过路人都可随意采摘。大路两旁，用作行路人荫蔽的嘉树，枝叶扶疏，排列整齐，犹如受过极好训练的兵队。平原中到处还有各式各样的私人花园别墅，房屋楼观，款式都各有匠心点缀上清泉小池，茂树奇花。五色雀鸟在水边花下和鸣，完全如奏音乐。耳目接触，使人尽忘行旅疲劳和心上烦忧。城在平原正中，用半透明玉石砌成，五色琉璃作绿饰，峻洁壁立，秀拔出群，犹如一座经过削琢的冰山。城既在平原上，因之从远处望去时，又仿佛一阵镶有彩饰的白云，凭空从地面涌起。城市的伟大和美丽，都已超过一切文学的形容，所以在任何人的眼目中，也就十分陌生。

这城原来就是历史上最著名的阿育王城，这一天且是传说中最动人的一天。这个冒险者骑了他的白马，到得城中心时，恰好正值城中所有年青秀美尚未出嫁女孩子集合到城中心大圆场上，为同一事件而哀哭。各自把眼泪聚集入金、银、玉、贝、珊瑚、玛瑙等等七宝作成的小盒中，再倾入一个紫金钵盂里。

一切见闻都比梦境更荒唐不可思议，然一切却又完全是事实，事实增加冒险者的迷惑，不知从何取证。冒险者更觉得奇异，即问明白，使得这些年青美貌女孩子的哭泣，原来是为了另一个陌生男子一双眼睛。只为的一双眼睛！

黄

阿育王是历史上一个最贤明的国王，既有了做帝王所应有的智慧和仁爱、公正与诚实，因之凡做帝王所需要的一切，权势和尊荣，财富和土地，良善人民和正直大臣，也无不完全得到。但是就中有一点缺陷，即年近半百，还无儿子。一个帝王若没有儿子，在历史上留下的记载，必然是国中有势力的大族，趁这个贤王年龄衰老时，因争夺继承发生叛变和战争，国力由消耗而转弱，使敌国冤家乘隙侵入，终于亡国灭祀。为避免历史悲剧的重演，唯一方式即采用宗教仪式向神求子。阿育王本不信神，但为服从万民希望，不得已和皇后莲花夫人同往国中最大神庙祈祷许愿，并往每一神像前瞻礼致敬。庄严烦琐的仪式完毕，回到别院休息时，忽闻有驹那罗鸟在合欢树上歌呼。阿育王心里想："若生儿子，一双眼睛应当如驹那罗鸟眼俊美有神，方足威临八方。"回宫不久，皇后果然就有了身孕。足月时生产一男孩，满房都有牛头楠檀奇异馥郁香气，长得肥白健壮，有三十二相，八十种好。尤其使阿育王夫妇欢喜的，就是那双眼睛，完全如驹那罗眼睛。因到神庙去还愿酬神，并在神前为太子取名"驹那罗"。总管神庙的卜筮，预知这个太子的眼睛和他一生命运大有关系，能带来无比权势也能带来意外不幸，就为阿育王说，"眼无常相"法，意思是——

"凡美好的都不容易长远存在，具体的且比抽象的还更脆弱。美丽的笑容和动人的歌声，反不如星光虹影持久，这两者又不如某种观念信仰持久。英雄的武功和美人的明艳，欲长远存在，必与诗和宗教情感结合，方有希望。但能否结合，却又出于一种偶然。因人间随时随处，都有异常美好的生命或事物消失，大多数即无从保存。并非事情本身缺少动人悲剧性，缺少的只是一个艺术家或诗人的情绪，恰巧和这个问题接触。必接触，方见功。这里'因缘'二字有它的庄严意义，'信仰'二字也有它的庄严意义。记住这两个名词对人生最庄严的作用，在另外一时就必然发生应有的作用。"

这卜筮说的话，似可解不可解。说过后，即把佛在生时沿门乞食的紫金钵盂送给阿育王，并嘱咐他说："这东西对王子驹那罗明天大有用处。好好留下，将来可以为我说的预言作证！"

金

驹那罗王子在良好教育和谨慎保护下，慢慢长大，到成年时，一切传说中王子的好处，无不具备。一双俊美眼睛实比一切诗歌所赞美的人神眼睛，还更明亮更动人。国中所有年青美丽女孩子因为普遍对于这双眼睛发生了爱情，多迟延了她们的婚姻。驹那罗自己也因这双出奇的眼睛和多少人的希望与着迷，始终未婚。若我们明白那个大城中的年青女孩子数目，是用万来计数的时，会明白这双眼睛所引起的问题，已复杂到什么情形。

按照当时的风俗，阿育王宫中应当有一万妃子，而且每一位妃子入宫因缘，都必然有一种特征和异相。最后一个入宫的妃子，名叫"真金夫人"。全身是紫金色，光华煜煜，且有异香，稀世少见。当时有婆罗门相师为王求妃，找国内名师高手铸就一躯金相，雄伟奇特，举行全国，并高声唱言："若有端正殊妙女人，得见金神礼拜者，将以虔信得神默佑，出嫁必得好婿。"全国士女一闻消息，于是各自妆饰，穿锦绣衣，璎珞被体，结伴同出，礼拜金神。惟有这个女子，志乐闲静，清洁其心，独不出视。经女伴再三怂恿，方穿着日常弊衣，勉强随例参谒。不意一到神前，按照规仪将随身衣服脱去时，一身紫金色光明映夺神座。婆罗门相师一见，即知惟有这个女子堪宜作妃，随即用隆重礼节聘入王宫。这妃子不仅长得华艳绝人，且智意流通，博识今古，明辨时政，兼习术数。就为这种种原因，深得阿育王爱敬信托。然亦因此，即与驹那罗王子势难并存。推其原因，还由于爱。王妃在入宫以前，即和国内其他女子一样，爱上了驹那罗那双眼睛。若两人相爱，可谓佳偶天成。但名分已定，驹那罗王子对之只有尊敬，并无爱情。妃子对之则由爱生妒，由妒生恨，不免孕育一点恶心种子。凡是种子，在雨露阳光中都能长生的。驹那罗有见于此，心怀忧惧，寝食难安，问计于婆罗门相师。婆罗门为出主意，调虎离山，因此向阿育王请求出外就学。

过后不久，阿育王害了一种怪病，国内医生无法医治，宣告绝望。这事情若照国家习惯法律，三个月后，驹那罗王子即将继承王位，当国执政。聪明美慧妃子一听这种消息，心知驹那罗王子若真当国执政，第一件事，即必然是将自己放逐出宫。因此向监国大臣宣称，她能治王怪病，“请用三个月为期。到时若无好转，愿用身殉国王，死而无怨。”一面即派人召集国内良医，并向国内各处探听，凡有和阿育王相同病症的，一律送来疗治，恰好有一女孩，病症相同。妃子即令医士用女孩作试验，吃种种药，最后吃葱，药到虫出，怪病即愈。阿育王经同样治疗，病亦得痊。因向妃子表示感激之忱，以为若有心愿未遂，必可使之如愿。妃子趁此就说：“国王所有，我无不有，锦衣玉食，我无所需！由于好奇我想做七天国王，别无所求！”即得许可，第一件事即假作阿育王一道命令，给驹那罗王子。命令上说：“驹那罗王子，犯大不敬，宜处死刑。今特减等，急将两眼挑出，令到遵行，不许稍缓。限期三日，回复王命。”按照习惯，这种重要文件，必有阿育王齿上印迹才能生效，妃子趁阿育王睡眠，盗取齿印。王在梦中惊醒，向妃子说：“事真希奇，我梦见一只黑色大鸷鹰，啄害驹那罗两只眼睛。”

妃子说："梦和事实，完全相反，王子安乐，何必忧心？"

妃子哄阿育王睡定，欲取齿印时，王又惊醒，向妃子说：

"事实希奇，我又梦见驹那罗头发披散，面容憔悴，坐在地上哭泣，两眼成为空洞，可怕可怕。"

"梦哭必笑，梦忧则吉，卜书早已说过，何用多疑？"

妃子依然用谎话哄王安睡。睡眠熟时，即将齿印盗得，派一亲信仆人，乘日行七百里驿传，赍送命令，到驹那罗王子所在总督处。总督将命令转送给驹那罗王子，验看明白，相信一切真出王意，即便托人传语总督，请求即刻派人前来执行。可是全省没有人肯作这种蠢事。另悬重赏，方来一外省无赖流氓，贪图赏赐，报名应征。人虽无赖，究有人心，因此到执行时，依然迟迟不忍动手。

驹那罗王子恐误王命，鼓励他说："你勇敢点，只管下手，先挑右眼，放我手心！"一眼出后，在场人民都觉痛苦损失，不可堪忍。热泪盈眶，如小孩哭。驹那罗王子忘却本身痛苦，反向众人多方安慰，以为同受试验，亦有缘法。两眼出后，驹那罗王子向人民说："美不常住，物有成毁，失别五色，即得清净；得丧之际，因明本性。破甑不顾，事达人情，拭去热泪，各营本生！"那流氓眼见这种伟大悲剧，异常感动，自觉作了一件愚蠢无以复加事情，随即扼喉自杀死去。妃子亲信即将那双眼睛贮藏于一个小小七宝盒中，带回宫中复命。

"驹那罗，驹那罗，你既不在人间，就应当永远在我心里！"妃子由于爱恨交缚，便把那双眼睛吞下了。

紫

驹那罗既失去双眼成盲人后，不能继续学问，因此弹琴唱歌，自作慰遣。心念父亲年老，国事甚烦，虽有聪明妃子侍侧忠直大臣辅政，究竟情形，实不明白。因辗转而行，沿路乞丐，还归京都。到王宫门外时，不得入宫，即在象坊中暂时寄身，等待机会。半夜中忽听两个象奴陈述国情，以及阿育王一生功德。奇病痊愈，得力于王妃智慧多方。代王执政七天，开历史先例，并认为一年以内，国王从不处罚任何臣民，以德化治，国内平安，真是奇迹。驹那罗就耳中所闻，证本身所受，心中疑问，不能自解，因此中夜弹琴娱心，并寄幽思。阿育王忽闻琴声，十分熟习，似驹那罗平时指法，惟曲增幽愤，如有所诉。即派人四处找寻，才从象坊一角发现这个两眼失明枯瘦如人腊的王子。形容羸弊，衣裳败坏，手足生疮，且作奇臭，完全失去本来隽美。因问驹那罗：

“你是谁人？因何在此？有何怨苦，欲作申诉？”

“我是驹那罗，阿育王独生子。眼既失明，名只空存。我无怨苦，不欲申诉，惟念父母，因此归来！”

阿育王一听这话，譬如猛火烧心，即刻昏倒地下。用水浇洒，苏醒以后，把驹那罗抱在膝上，一面流泪，一面询问：“你眼睛本似驹那罗眼，俊美温柔，明朗若星，才取本名。如今一无所有，应作何等称呼？什么人害你，心之狠毒，到这样子！你颜色这么辛苦憔悴，我实在不忍多看。赶快向我说个明白，我必为你报仇。”

驹那罗说：“爸爸你不必忧恼。事有分定，不能怨人，我自造孽，才到今天！三月前得你命令，齿印分明，说我犯大不敬，于法应诛，将眼挑出，贷免一死。既有王命，何敢违逆？”

阿育王说：“我可发誓，并无这种荒悖命令。此大罪恶，必加追究，得个水落石出，我方罢休！”

一经追究，随即知道本原。真金夫人因爱生妒，因妒生毒，毒害之心，滋长繁荣，于是方有如彼如此不祥事件发生。供证分明，无可辩饰，阿育王一身火发，因向妃子呼骂说：“不吉恶物，何天容汝，何地载汝！你心狠忍，真如蛇蝎，螫人至毒，死有余辜！不自陨灭，天意或正有待！”因此即刻把这妃子督禁起来，准备用胡胶紫火烧杀后，再播扬灰烬，使之在空中消失，表示人天共弃。

阿育王因思往事，想起过去种种，先知所说眼无常相法，即有预言。又想起那个紫金钵盂，及先知所谓“因缘”、“信仰”等等名词意义。当即派一大臣，把那紫金钵盂带到大街通衢人民荟萃热闹处所，向国人宣示驹那罗王子所遭不幸经过。“本身失明，犹可摸索，循墙而走，不至倾跌。一国失明，何以作计？”都人士女闻此消息，多如突闻霹雳，如呆如痴，迷闷怅惘，不知自处。至若年青妇女更觉心软如蜡，难以自持。加之平昔对其爱慕，更增悲酸。日月于人，本非嫡亲，一旦失明，人即如发狂痫，敲锣击缶，图作挽救。今驹那罗王子，两目丧失，日夜不分，对于眉目肢体美丽自信女子，如何能堪？因此齐集广场，一申哀痛。热泪盈把，浥注小盒，盒盒充足，转注紫金钵盂，不一时许，钵盂中清泪满溢。阿育王忧戚沉痛，手捧钵盂，携带驹那罗王子，同登一坛台上，向众宣示：“眼无常相，先知早知，因爱而成，逢妒而毁，由忧生信，从信生缘。我儿驹那罗双眼已瞎，人天共见。今我将用这一钵出自国中最纯洁女子为同情与爱而流的纯洁眼泪，来一洗驹那罗盲眼。若信仰二字犹有意义，我儿驹那罗双眼必重睹光明，亦重放光明；若信仰二字早已失去其应有意义，则盲者自盲，佛之钵盂，正同瓦缶，恰合给我儿驹那罗作叫化子乞讨之用！”

当众一洗之后，四方围观万民，不禁同声欢呼：“驹那罗！”

原来这些年青女子为一种共同信仰，虔诚相信盲者必可得救。愿心既十分单纯真诚，人天相佑，奇迹重生，驹那罗一双眼睛，已在一刹那顷回复本来，彼此互观，感激倍增，全城年青女子，因此连臂踏歌，终宵欢庆。

探险者目睹这回奇迹，第一件事，即将那匹白马献给阿育王，用表尊敬。至于驹那罗王子呢，第一件事，即请求国王赦免那一位美貌非凡、才知聪明用不得其正的妃子，从胡胶柴火中把她救出。……

黑

我那小木马，重新又放到书桌边，成为案头装饰品之一了。房室尽头远近水塘，正有千百小青蛙鸣声聒耳。试数数我桌上杂书，从书页上摺角估计，才知道我看过了《百缘经》、《鸡尸马王经》、《阿育王经》、《付法藏经》[①]……

跟前一片黑，天已垂暮。天末有一片紫云在燃烧。一切都近于象征。情感原出于一种生命的象征，离奇处是它在人生偶然中的结合，以及结合后的完整而离奇形式。它的存在实无固定性，亦少再现性。然而若附于一个抽象名词上去求实证时，"信仰"却有它永远的意义。信仰永存。我们需要的是一种明确而单纯的新的信仰，去实证同样明确而单纯的新的共同愿望。人间缺少的，是一种广博伟大悲悯真诚的爱，用童心重现童心。而当前个人过多的，却是企图用抽象重铸抽象，那种无结果的冒险。社会过多的，却是企图由事实重造事实，那种无情感的世故。情感凝固，冤毒缠绕，以及由之而生的切齿憎恨与相互

①《百缘经》、《鸡尸马王经》、《阿育王经》、《付法藏经》均为佛经名。

仇杀。

有一点想象的紫火在燃烧中，在有信仰的生命里继续燃烧中；在我生命里也在许多人生命里，我明白，我知道。但是待毁灭的是什么？是个人不纯粹的爱和恨，还是多数的愚蠢和困惑？我问你读者。

正直而有信仰，始终相信善

| 原题《黑魇》，发表于一九四四年五月十五日重庆《时与潮文艺》。

昆明市空袭威胁，因同盟国飞机数量逐渐增多后，空战由防御转为进攻，城中空袭俨然成为过去一种噩梦，大家已不甚在意。两年前被炸被焚的瓦砾堆上，大多数有壮大美观的建筑矗起。疏散乡下的市民，于是陆续离开了静寂的乡村，从新变作“城里人”。当进城风气影响到我住的滇池边那个小乡村时，家中会诅咒猫儿打喷嚏的张嫂，正受了梁山伯恋爱故事刺激，情绪不大稳定，就借故说：

“太太，大家都搬进城里住去了，我们怎么不搬？城里电灯方便，自来水方便，先生上课方便，小弟读书方便，还有你，太太，要教书更方便！我看你一天来回五龙埠跑十里路，心都疼了。”

主妇不作声，只笑笑。这种建议自然不会成为事实，因为我们实在还无做城里人资格。真正需要方便的是张嫂。

过了两个月，张嫂变更了个谈话方式。

“太太，我想进城去看看我大姑妈，一个全头全尾的好人，心真好！总不说谎，除非万不得已，不赌咒！

“五年不见面，托人带了信来，想得我害病！我陪她去住住，两个月就回来。我舍不得太太和小弟，一定会回来的！你借我一个月薪水，我发誓……小弟真好！”

平时既只对于梁山伯婚事关心，从不提起过这位大姑妈。不过叙述到另外一个女用人进城后，如何嫁了个穿黑洋服的“上海人”，直充满羡慕神气。我们如看什么象征派新诗一样，有了个长长的注解，好坏虽不大懂，内容已全然明白。昆明穿洋服的文明人可真多，我们不好意思不让她试试机会，自然一切同意。于是不多久，张嫂就换上那件灰线呢短袖旗袍，半高跟旧皮鞋，带上那个生锈的洋金手表，扁扁脸上还敷了好些白粉，打扮得香喷喷的，兴奋而快乐，骑马进城看她的抽象姑妈去了。

我依然在乡下不动，若房东好意无变化，即住到战争结束亦未可知。温和阳光与清爽空气，对于孩子们健康既有好处，寄居了将近 × 年，两个相连接的雕花绘彩大院落，院落中的人事新陈代谢，也使我觉得在乡村中住下来，比城里还有意义。户外看长脚蜘蛛于仙人掌篱笆间往来结网，捕捉蝇蛾，辛苦经营，不惮烦劳，还装饰那个彩色斑驳的身体，吸引异性，可见出简单生命求生的庄严与巧慧。回到住处时，看着几个乡下妇人，在石臼边为唱本故事上的姻缘不偶，从眼眶中浸出诚实热泪，又如何用发誓诅愿方式，解脱自己小小过失，并随时说点谎话，增加他人对于一己信托与尊重，更可悟出人类生命取予形式的多方，我事实上也在学习一切，不过和别人所学的大不相同罢了。

在腹大头小的一群官商合作争夺钞票局面中，物价既越来越高，学校收入照例不敷日用。我还不大考虑到“兼职兼差”

问题，主妇也不会和乡下人打交道作“聚草屯粮”计划，为节约计，用人走后大小杂务都自己动手。磨刀扛物是我二十年老本行，作来自然方便容易。烧饭洗衣就归主妇，这类工作通常还与校课衔接。遇挑水拾树叶，即动员全家人丁，九岁大的龙龙，六岁大的虎虎，一律参加。来去传递，竞争奔赴。一面工作一面也就训练孩子，使他们从合作服务中得到劳动愉快和做人尊严。干的湿的有什么吃什么，没有时包谷红薯也当饭吃，有时尽量，有时又听小的饱吃，大人稍稍节制。孩子们欢笑歌呼，于家庭中带来无限生机与活力。主妇的身心既健康而朴素，接受生活应付生活俱见出无比的勇气和耐心，尤其是共同对于生命有个新态度，过下去似乎再困难，即过三五年也担当得住并不如何灰心。一般人要生活，从普通比较见优劣，或多有件新衣和双鞋子，照例即可感到幸福。日子稍微窘迫，或发现有些方面不如人，设法从社交方式弥补，依然还不大济事时，因之许多高尚脑子，到某一时自不免又会悄悄的作些不大高尚的打算；许多人的聪明智巧，倒常常表现成为可笑行为。环境中的种种见闻，恰作成我们另外一种教育，既不重视也并不轻视。正好让我们明白，同样是人生，可相当复杂，具体的猥琐与抽象的庄严，它的分歧虽极明显，实同源于求生，各自想从生活中证实存在意义。生命受物欲控制，或随理想发展，只因取舍有异，结果自不相同。

我凑巧拣了那么一个古怪事业，照近二十年社会习惯称为“作家”。工作对社会国家也若有些微作用，社会国家对本人可并无多大作用。虽早已名为“职业”，然无从靠它“生活”。情形最古怪处，便是这个工作虽不与生活发生关系，却缚住了我的生命，且将终其一生，无从改弦易辙。另一方面又必然迫得我超越通常个人爱憎，充满兴趣鼓足勇气去明白“人”，理解

“事”，分析人事中那个常与变，偶然与凑巧，相左或相仇，将种种情形所产生的哀乐得失式样，用它来教育我，折磨我，营养我，方能继续工作。

千载前的高士，常抱着个单纯信念，因天下事不屑为而避世，或弹琴赋诗，或披裘负薪，隐居山林，自得其乐。虽说不以得失荣利攖心，却依然保留一种愿望，即天下有道，由高士转而为朝士的愿望。作当前的候补高士，可完全活在一个不同心情状态中。生活简单而平凡，在家事中尽手足勤劳之力打点小杂，义务尽过后，就带了些纸和书籍，到有和风与阳光的草地上，来温习温习人事，并思索思索人生。先从天光云影草木荣枯中有所会心，随即由大好河山的丰腴与美好，和人事上无章次处两相对照，慢慢的从这个不剪裁的人生中，发现了“堕落”二字真正的意义。又慢慢的从一切书本上，看出那个堕落因子。又慢慢的从各阶层间，看出那个堕落传染浸润现象；尤其是读书人倦于思索、怯于惑疑、苟安于现状的种种，加上一点为贤内助谋出路的打算，如何即对武力和权势形成一种阿谀不自重风气。这种失去自己可能为民族带来一种什么形式的奴役，仿佛十分清楚。我于是渐渐失去原来与自然对面时应得的谧静。我想呼喊，可不知向谁呼喊。

“这不成！这不成！人虽是个动物，希望活得幸福，但是人究竟和别的动物不同，还需要活得尊贵！如果当前少数人的幸福，原来完全奠基于一种不义的习惯，这个习惯的继续，不仅使多数人活得卑屈而痛苦，死得胡涂而悲惨，还有更可怕的，是这个现实将使下一代堕落的更加堕落，困难越发困难，我们怎么办？如果真正的多数幸福，实决定于一个民族劳动与知识的结合，从极合理方式中将它的成果重作分配，在这个情形下，民族中一切优秀分子，方可得到更多自由发展的机会。在争取这种幸福过程时，我们实希望人先要活得尊贵些！我们当前便需要一种‘清洁运动’，必将现在政治的特殊包庇性，和现代文化的驵侩气，以及三五无出息的知识分子所提倡的变相鬼神迷信，于年青生命中所形成的势利、依赖、狡猾、自私诸倾向，完全洗刷干净，恢复了二十岁左右头脑应有的纯正与清朗，认识出这个世界，并在人类驾驭钢铁征服自然才智竞争中，接受这个民族一种新的命运。我们得一切从新起始：从新想，从新做，从新爱和恨，从新信仰和惑疑。……”

我似乎为自己所提出的荒谬问题愣住了。试左右回顾，身边只有一片明朗阳光，漂浮于泛白枯草上。更远一点，在阳光下各种层次的绿色，正若向我包围越来越近。虽然一切生命无不取给于绿色，这里却不见一个人。一个有勇气将社会人生如一副牌摊散在面前，一一从新捡起试来排列一下的人。

到我从新来检讨影响到这个民族正当发展的一切抽象原则以及目前还在运用它作工具的思想家或统治者被它所囚缚的知识分子和普通群众时，顷刻间便俨若陷溺到一个无边无际的海洋里，把方向完全迷失了。只到处看出用各式各样材料作成装载“理想”的船舶，数千年来永远于同一方式中，被一种卑鄙自私形成的力量所摧毁，剩下些破帆碎浆在海面漂浮。到处见出同样取生命于阳光，繁殖大海洋中的简单绿色荇藻，正唯其异常单纯，随浪起伏动荡，适应现实，便得到生命悦乐。还有那个寄生息于荇藻中的小鱼小虾，亦无不成群结伴，悠然自得，各适其性。海洋较深处，便有一群群种类不同的鲨鱼，皮韧而滑，能顺波浪，狡狠敏捷，锐齿如锯，于同类异类中有所争逐，十分猛烈。还有一只只黑色鲸鱼，张大嘴时万千细小蚧蛤和乌贼海星，即随同巨口张阖作成的潮流，消失于那个深渊无底洞口，庞大如山的鱼身，转折之际本来已极感困难，躯体各部门，尚可看见万千有吸盘的大小鱼类，用它吸盘紧紧贴住，随同升沉于洪波巨浪中。这一切生物在海面所产生的漩涡与波涛，加上世界上另外一隅寒流温暖所作成变化，卷没了我的小小身子，复把我从白浪顶上抛起。试伸手有所攀援时，方明白那些破碎板片，正如同经典中的抽象原则，已腐朽到全不适用。但见远处彷徉有十来个衣冠人物，正在那里收拾海面残余，扎成一个简陋筏子。仔细看看，原来载的是一群两千年前未坑尽腐儒，只因为活得寂寞无聊，所以用儒家名分，附会谶纬星象征兆，预备作一个遥远跋涉，去找寻矿产镕铸九鼎。这个筏子向我慢慢飘来，又慢慢远去，终于消失到烟波浩淼中不见了。

试由海面向上望，忽然发现蓝穹中一把细碎星子，闪灼着细碎光明。从冷静星光中，我看出一种永恒，一点力量，一点意志。诗人或哲人为这个启示，反映于纯洁心灵中即成为一切崇高理想。过去诗人受牵引迷惑，对远景泼眸过久，失去条理如何即成为疯狂，得到平衡如何即成为法则：简单法则与多数人心会合时如何产生宗教，由迷惑、疯狂到个人平衡过程中，又如何产生艺术。一切真实伟大艺术，都无不可见出这个发展过程和终结目的。然而这目的，说起来，和随地可见蚊蚋集团的翁翁营营要求的效果终点，距离未免相去太远了。

微风掠过面前的绿原，似乎有一阵新的波浪从我身边推过。我攀住了一样东西，于是浮起来了。我攀住的是这个民族在忧患中受试验时一切活人素朴的心；年青男女入社会以前对于人生的坦白与热诚，未恋爱以前对于爱情的腼腆与纯粹，还有那个在城市，在乡村，在一切边陬僻壤，埋没无闻卑贱简单工作中，低下头来的正直公民，小学教师或农民，从习惯中受侮辱，受挫折，受牺牲的广泛沉默。沉默中所保有的民族善良品性，如何适宜培养爱和恨的种子！

强烈照眼阳光下，蚕豆小麦作成的新绿，已掩盖远近赭色田亩。面对这个广大的绿原，一端衔接于泛银光的滇池，一端却逐渐消失于蓝与灰融合而成的珠色天际，我仿佛看到一些种子，从我手中撒去，用另外一种方式，在另外一时同样一片蓝天下形成的繁荣。

有个脆弱而充满快乐情感的声音，在高大仙人掌丛后锐声呼唤：

“爸爸，爸爸，快回来，不要走得太远，大家提水去！”我知道，我的心确实走得太远，应当回家了。我似乎也快迷路了。

原来那个六岁大的虎虎，已从学校归来，准备为家事服务了。

孩子们取水的溪沟边，另外一时，每当晚饭前后，必有个善于弹琴唱歌聪明活泼的女子，带了他到那个松柏成行的长堤上去散步，看滇池上空一带如焚如烧的晚云，和镶嵌于明净天空中梳子形淡白新月，共同笑乐。这个亲戚走后，过不久又来了一个生活孤独性情淳厚的朋友，依然每天带了他到那里去散步。脚印践踏脚印，取同一方向来回。朋友为娱乐自己并娱乐孩子，常把绿竹叶折成的小船，装上一点红白野花，一点玛瑙石子，以及一点单纯忧郁隐晦的希望，和孩子对于这个行为的痴愿与祝福，乘流而去。小船去不多远，必为溪中洑流或岸旁下垂树枝作成的洑涡搅翻。在诗人和孩子心中，却同样以为终有一天会直达彼岸。生命愿望凡从星光虹影中取决方向的，正若随同一去不复返的时间，渐去渐远，纵想从星光虹影中寻觅归路，已不可能。在另一方面，朋友走了，有所寻觅的远远走去，可是过不久，孩子们或许又可以和那个远行归来的姨姨，共同到溪边提水了。玩味及这种人事倏忽相差相左无可奈何光景时，不由得人不轻轻的叹一口气。

晚饭时，从主妇口中才知道家中半天内已来过好些客人。甲先生叙述一阵贤明太太们用变相高利贷“投资”的故事，尽了广播义务，就走了。乙太太叙述一阵家庭小纠纷问题，为自己丈夫作个不美观画相也走了。丙小姐和丁博士又报告……

主妇笑着说：“他们让我知道许多事情，可无一个人知道我们今天卖了一升麦子一家四人才能过年。”

我说：“我们就活到那么一个世界中，也是教育，也是战争！”

“我倒觉得人各有好处，从性情上看来，这些朋友都各有各的好处。……”

“这个话从你口中说出时，很可以增加他们一点自尊心，若果由我笔下写出，可就会以为是讽刺了。许多人平常过日子的方法，一生的打算，以至于从自己口中说出的话语，都若十分自然毫不以为不美不合式，且会觉得在你面前如此表现，还可见出友谊的信托和那点本性上的坦白天真。可是一到由另一人照实写下来，就不可免成为不美观的讽刺画了。我容易得罪人在此。这也就是我这支笔常常避开当前社会，去写传奇故事的原因。一切场面上的庄严，从深处看，将隐饰部分略作对照，必然都成为漫画。我并不乐意作个漫画家！实在说来，对于一切人的行为和动机，我比你更多同情。我从不想到过用某一种道德标准去度量一般人，因为我明白人太不相同。不幸是它和我的工作关系又太密切，所以间或提及这个差别时，终不免有点痛苦，企图中和这点痛苦，反而因之会使这些可爱灵魂痛苦。我总以为做人和写文章一样，包含不断的修正，可以从学习得到进步。尤其是读书人，从一切好书取法，慢慢的会转好。事实上可不大容易。真如 × 说的‘蝗虫集团从海外飞来，还是蝗虫’。如果是虎豹呢，即或只剩上一牙一爪，也可见出这种山中猛兽的特有精力和雄强气魄！不幸的是现代文化便培养了许多蝗虫。在都市高级知识分子中，特别容易发现蝗虫，贪得而自私，有个华美外表，比蝗虫更多一种自足的高贵。”

主妇一遇到涉及人的问题时，照例只是微笑。从微笑中依稀可见出“察渊鱼者不祥”一句格言的反光，或如另一时论起的，“我即觉得他人和我理想不同，从不说；你一说，就糟了。在自以为深刻的，可不想在人家容易成苛刻，为的是人总是人，是异于兽和神之间的东西，他们从我沉默中，比由你文章中可以领会更多的同情。每个人既都有不同的弱点，同情却覆盖了那个不愉快！”

我想起先前一时在田野中感觉到的广大沉默，因此又说：“沉默也是一种难得品德，在许多方面可以看得出来。因为它在同情之外，还包含容忍，保留否定。可是这种品德是无望于某些人的。说真话，有些人不能沉默的表现上，我倒时常可以发现一种爱娇，即稍微混和一点儿做作亦无关系。因为大都本源于求好，求好心太切，又缺少自信自知，有时就不免适得其反。许多人在求好行为上摔跤，你亲眼看到，不作声，就称为忠厚；我看到，充满善意想用手扶一扶，反而不成！虎虎摔跤也不欢喜人扶的！因为这伤害了他的做人自尊心。”

主妇说：“你知道那么多，却自己作不到把这不难得品德得到！你即不扶也成，可是事实上你有时却说我恐怕伤你自尊心，虽然你并不十分自尊，人家怎么不难受！”孩子们见提到本问题，龙龙插嘴说：“姆妈，奇怪，我昨天做了个梦，梦到张嫂已和一个人结婚，还请我们吃酒。新郎好像是个洋人。她是不是和 × 伯母一样，都欢喜洋人？”

小虎虎说：“可是洋人说她身体长得好看，用尺量过？洋人要哄张嫂，一定也去做官。× 伯母答应借巴老伯大床结婚，借不借张嫂？张嫂是只煮不烂的小鸡，皮毛厚厚的，费火费水。做梦只想金钏子，×× 太太就有一双金钏子。”

小龙的好奇心转到报纸上：“报上说大嘴笑匠到昆明来了，是个什么人？是不是在联大演讲逗人发笑的林语堂？”

虎虎还想有所自见：“我也做了个怪梦，梦见四姨坐只大船从溪里回来，划船的是个顶熟的人。船比小河大。诗人舅舅在堤上，拍拍手，口说好好，就走开了。我正在提水，水桶上那个米老鼠也看见。当真的。”

虎虎的作风是打趣争强，使龙龙急了起来：“唉咦，小弟，你又乱说。你就只会捣乱，青天白日也睁了双大眼睛做梦，不分真假自己相信！”

“一切愿望都神圣庄严，一切梦想都可能会实现。”我想起许多事情。好像面前有一幅涂满各种彩色的七巧板，排定了个式子，方的叫什么，长的象征什么，都已十分熟习。忽然被孩子们四只小手一搅，所有板片虽照样存在，部位秩序可给这种恶作剧完全弄乱了。原来情形只有板片自己知道，可是板片却无从说明。

小虎虎果然正睁起一双大眼睛，向虚空看得很远，海上复杂和星空壮丽，既影响我一生，也会影响他将来命运，为这双美丽眼睛，我不免稍稍有点忧愁。因此为他说了个佛经上驹那罗王子的故事。

……那王子一双极好看的眼睛，瞎了又亮了，就和你眼睛一样，黑亮亮的，看什么都清清楚楚；白天看日头不眏眼，夜间在这种灯光下还看得见屋顶上小疟蚊。为的是作人正直而有信仰，始终相信善。他的爸爸就把那个紫金钵盂，拿到全国各处去。全国各地年青美丽的女孩子，听说王子瞎了眼睛，为同情他受的委屈，都流了眼泪。接了大半钵这种清洁眼泪，带回来一洗，那双眼睛就依旧亮光光的了！”

主妇笑着不作声，清明目光中仿佛流注一种温柔回答：“从前故事上说，王子眼睛被恶人弄瞎后，要用美貌女孩子的纯洁眼泪来洗，方可重见光明。现在的人呢，要从勇敢正直的眼光中得救。”

我因此补充说：“小弟，一个人从美丽温柔眼光中，也能得救！譬如说……”

孩子的心被故事完全征服了，张大着眼睛，对他母亲十分温驯的望着：

“姆妈，你眼睛也亮得很，比我的还亮！”

教育出青年女子的自信心与自尊心

| 节选自《烛虚》，首发于一九四〇年四月一日《战国策》。

察明人类之狂妄和愚昧，与思索个人的老死病苦，一样是伟大的事业，积极的可以当成一种重大的工作，在消极的也不失为一种有趣的消遣。

女人教育在个人印象上，可以引起三种古怪联想：一是《汉书·艺文志》小说部门，有本谈胎教的书，名《青史子》，《玉函山房》辑佚书还保留了一鳞半爪。这部书当秦汉时或者因为篇章完整，不曾被《吕氏春秋》和《淮南子》两部杂书引用。因此小说部门多了这样一部书名，俨然特意用它来讽刺近代人，生儿育女事原来是小说戏剧！二是现藏大英博物院，成为世界珍品之一，相传是晋人顾恺之画的《女史箴图》卷。那个图画的用意，当时本重在注释文辞，教育女子。现在想不到仅仅对于我一个朋友特别有意义。朋友 × 先生，正从图画上服饰器物研究两晋文物制度以及起居服用生活方式，凭借它方能有些发现与了解。三是帝王时代劝农教民的《耕织图》，用意本在“往民间去”，可是它在皇后妃宫室中的地位，恰如《老鼠嫁女图》

在一个平常农民家中的地位，只是有趣而好玩。但到了一些毛子手中时，忽然一变而成中国艺术品，非常重视。这可见一切事物在“时间”下都无固定性。存在的意义，有些是偶然的，存在的价值，多与原来情形不合。

现在四十岁左右的读书人，要他称引两部有关女子教育的固有书籍时，他大致会举出三十年前上层妇女必读的《列女传》和普通女子应读的《女儿经》。五四运动谈解放，被解放了的新式女子，由小学到大学，若问问什么是她们必读的书，必不知从何说起。正因为没有一本书特别为她们写的。即或在普通大学习历史或教育，能有机会把《列女传》看完，且明白它从汉代到晚清社会具有何种价值与意义，一百人中恐不会到五个人。新的没有，旧的不读，这个现象说明一件事情，即大学教育设计中，对于女子教育的无计划。这无计划的现象，实由于缺乏了解不关心而来。在教育设计上俨然只尊重一个空洞名词“男女平等”，从不曾稍稍从身心两方面对社会适应上加以注意“男女有别”。因此教育出的女子，很容易成为一种庸俗平凡的类型；类型的特点是生命无性格，生活无目的，生存无幻想。一切都表示生物学上的退化现象。在上层社会妇女中，这个表示退化现象的类型尤其显著触目。下面是随手可拾的例子，代表这一类型的三种样式。

某太太，是一个欧美留学生，她的出国是因为对妇女解放运动热心“活动”成功的。但为人似乎善忘，回国数年以后，她学的是什么，不特别人不知道，即她自己也仿佛不知道。她就用“太太”名分在社会上讨生活。依然继续两种方式“活动”，即出外与人谈妇女运动，在家与客人玩麻雀牌。她有几个同志，都是从麻雀牌桌上认识的。她生存下来既无任何高尚理想，也无什么美丽目的。不仅对“国家”与“人”并无多大兴趣，即她自己应当如何就活得更有生趣，她也从不曾思索过。大家都以为她是一个有荣誉、有地位而且有道德的上层妇女，事实上她只配说是一个代表上层阶级莫名其妙活下来的女人。

某名媛，家世教育都很好，无可疵议。战争后尚因事南去北来。她的事也许“经济”关系比“政治”关系密切。为人爱国，至少是她在与银行界中人物玩扑克时，曾努力给人造成一个爱国印象。每到南行时，就千方百计将许多金票放在袜子中、书本中、地图中，以及一切可以瞒过税官眼目的隐蔽处。可是这种对于金钱的癖好，处置这个阿堵物的小心处，若与使用它时的方式两相对照，便反映出这个上流妇女愚而贪得与愚而无知到如何惊人程度。她主要的兴趣在玩牌，她的教育与门阀，却使她作了国选代表。她虽代表妇女向社会要求应有的权利，她的兴趣倒集中在如何从昆明带点洋货过重庆，又如何由重庆带点金子到昆明。

某贵妇人，她的丈夫在社会上素称中坚分子，居领导地位。她毕业于欧洲一个最著名女子学校，嫁后即只作“贵妇”。到昆明来住在用外国钱币计值的上等旅馆，生活方能习惯。应某官僚宴会时，一席值百五十元，一瓶酒值两百元，散席后还照例玩牌到半夜。事后却向熟人说，云南什么都不能吃，玩牌时，输赢不到三千块钱，小气鬼。住云南两个小孩子的衣食用品，利用丈夫服务机关便利，无不从香港买来。可是依然觉得云南对她实在太不方便，且担心孩子无美国桔子吃，会患贫血病，因此住不久，一家人又乘飞机往香港去了。中国当前是个什么情形，她不明白，她是不是中国人，也似乎不很明白。她只明白她是一个“上等人”，一个“阔人”，如此而已。

这三个上等身分的妇女，在战争期有一个相同人生态度，即消磨生命的方式，唯一只是赌博。竟若命运已给她们注定，除玩牌外生命无可娱乐，亦无可作为。这种现象我们如不能说是“命定”，想寻出一个原因，就应当说这是五四以来国家当局对于女子教育无计划的表现。学校只教她们读书，并不曾教过她们做人。家庭既不能用何种方式训练她们，学校对她们生活也从不过问，一离开学校，嫁人后，丈夫若是小公务员，两夫妇都有机会成为赌鬼，丈夫成了新贵以后，她们自然很容易变成那样一个类型——软体动物。

五四运动在中国读书人思想观念上，解放了一些束缚，这是人人知道的一件事情。当初争取这种新的人生观时，表现在文字上行为上都很激烈，很兴奋，都觉得世界或社会，既因人而产生，道德和风俗，也因人而存在，“重新做人”的意识极强，“人的文学”于是成为一个动人的名词。“重新做人”虽已成为一个口号，具尽符咒的魔力，可是，如何重新做人，重新做什么样人，似乎被主持这个运动的人，把范围限制在“争自由”一面，含义太泛，把趋势放在“求性的自由”一方面，要求太窄。初期白话文学中的诗歌、小说、戏剧，大多数只反映出两性问题的重新认识，重新建设一个新观念，这新观念就侧重在“平等”，末了可以说，女人已被解放了。可是表示解放只是大学校可以男女同学，自由恋爱。政治上负责者，俨然应用下面观点轻轻松松对付了这个问题：

“要自由平等吧，如果男女同学你们看来就是自由平等，好，照你们意思办。”

于是开放了千年禁例，男女同学。正因为等于在无可奈何情形中放弃固有见解，取不干涉主义，因此对于男女同学教育上各问题，便不再过问。就是说在生理上，社会业务习惯上，家庭组织上，为女子设想能引起注意值得讨论的各种问题，从不作任何计划。换言之，即是在一种无目的的状况中，混了八年，由民八到民十六。我们若对过去稍加分析，自然会明白这八年中不仅女子教育如此，整个教育事实上都在拖混情形之中度过这八年，正是中国近三十年内政最黑暗糊涂时代。内战不息，军阀割据，贿选卖官，贪赃纳贿，一切都视为极其自然，负责者毫无羞耻感和责任感。北京政府的内政部不发薪，部员就撤卖故宫皇城作生活费用。教育部不发薪，部员就主张将京师图书馆藏书封存抵押。一切国家机关都俨然和官产处取同一态度，凡经手保管的都可自由处理变卖，不受任何限制。因此雍和宫喇嘛就卖法宝，天坛经管人就卖祭器。故宫有一群太监，民国以后留在京中侍候溥仪，因偷卖东西太多，恐被查出，索性一把火烧去大殿两幢灭迹，据估计损失至少值五千万！（后来故宫博物院长易培基的监守自盗，不过说明这个“北京风气”在革命成功后还未去尽罢了。比较起来，是最小一次偷偷摸摸案件，算不得一回事！）当时京畿驻军荒唐跋扈处更不可以想象，驻防颐和园西苑的奉军长官，竟随意把附近小山丘上几千棵合抱古柏和沿马路上万株风景树一齐砍伐，给北京城里木行作棺木，充劈柴。到后且异想天开，把圆明园废基的大石狮，大石华表，拱形石桥和白石栏杆，甚至于铺辇道的大石条，一律挖掘出卖，给燕京大学盖房子装点风景！大臣卖国，可说是异途同归，目的只在弄几个钱。大家卖来卖去，把屋里摆的，路上砌的，地面长的，地下放的，可卖的无一不卖，北京政府因此也就卖倒了。

北伐成功，中国统一后，政府对于高等教育虽定下了一些新章则，并学校，划学区，注意点似乎只重在分配地盘，调整人事，依然不曾注意到一个根本问题，即大学教育有个什么目的，男女同学同教，在十年试验中有些什么得失将待修正。主持教育的最高当局，至多从统计上知道受高等教育的男女人数比较，此外竟似乎别无兴趣可言。直到战前为止，二十年来的男女同学同教，这一段试验时间不为不长，在社会家庭各方面，已发生了些什么影响？两性问题从生理心理两方面研究认识，其他国家又有了些什么新的发现，可以用作参考？关于教学问题上，课程编排上，以及课外生活训练上，实在事事都需要用一个比较细心客观比较科学的态度来处理。尤其是现在，国内各地正有数百万壮丁参加战争，沿江沿海且有数千万民众向西南西北各省迁移，战时的适应，与战后的适应，对于女子无一不有个空前的变化，也就无一不需要教育负责人，给它一种最大的关心，看出一些问题，重新有个态度，且用极大勇气来试验，来处理。

这个时代像那种既已放弃了好好做人权利的妇人，在她们身分或生活上虽还很尊贵舒适，在历史意义上，实在只是一个废物，一种沉淀，民族新陈代谢工作，已经毫无意义，不足注意。所谓女子教育的对象，无妨把她们抛开。目前国内各处，至少有五千二十岁年青女子，五万十五岁年青女子，离开了家庭，在学校作学生，十年后必然还要到社会作主妇，作母亲，都需要一些比当前更进步更自重的作人知识，和更美丽更勇敢的人生观。有计划的在受教育时，应用各种训练方法，输入这种知识和人生观，实在是最高教育当局不能避免的责任。

此外凡是对于妇女运动具有热诚的人，也应当承认“改造运动”必较“解放运动”重要，“做人运动”必较“做事运动”重要。我们需要一个新的妇女运动，以“改造”与“做人”为目的。十六岁到二十岁的青年女子，若还有做人的自信心与自尊心，不愿意在十年后堕落到社会常见的以玩牌消磨生命的妇人类型中去，必对于这个改造与做人运动，感觉同情，热烈拥护。

我们还希望对于中层社会怀有兴趣的作家，能用一个比较新也比较健康的态度，用青年女子作对象，来写几部新式《青史子》或《列女传》。更希望对通俗文学充满信心的作家，以平常妇女为对象，用同样态度来写几部新式女儿经。从去年起始，“民族文学”成为一个应时的口号，若说民族文学有个广泛的含义，主要的是这个民族战胜后要建国，战败后想翻身。那么，这种作品必然成为民族文学最根本的形式或主题。

放大女性的生命与人格

| 节选自《烛虚》，首发于一九四〇年四月一日《战国策》。

自然既极博大，也极残忍，战胜一切，孕育众生。蝼蚁蚍蜉，伟人巨匠，一样在它怀抱中，和光同尘。因新陈代谢，有华屋山丘。智者明白“现象”，不为困缚，所以能用文字，在一切有生陆续失去意义，本身亦因死亡毫无意义时，使生命之光煜煜照人，如烛如金。作烛虚二。

上星期下午，我过呈贡去看孩子，下车时将近黄昏，骑上了一匹栗色瘦马，向西南田埂走去。见西部天边，日头落处，天云明黄媚人，山色凝翠堆蓝。东部长山尚反照夕阳余光，剩下一片深紫。豆田中微风过处，绿浪翻银，萝卜花和油菜花黄白相间，一切景象庄严而兼华丽，实在令人感动。正在马上凝思时空，生命与自然，历史或文化，种种意义，俨然用当前一片光色作媒触剂，引起了许多奇异感想。忽然有两匹马从身后赶上，超过我马头不远，又依然慢下来了。马上两个二十岁左右大学生模样女子，很快乐的一面咬嚼酸梨，一面谈笑。说的是你吃三个她吃五个一类的话语。末后在前面一个较胖一点的，忽回头把个水淋淋的梨骨猛然向同伴抛去。同伴笑着一闪，那梨骨就不偏不正打在我的身上。两个女学生一声不响，却笑嘻嘻的勒马赶先跑了。那马夫好像嘲笑又好像安慰我，“那是学生”。我知道，这是学生——把眼前自然景物和人事情形两相对照，使我感觉一种极其痛苦的印象，许多日以来不能去掉。一个人天生两只眼睛一张嘴，意思正似乎要我们多看少吃。这些近代女子做的事，竟恰恰像有意在违反自然的恩惠!

××也是一个大学生，年纪二十二岁，在国立大学二年级。关于读书事，连她自己也不大明白，为什么就入了大学英文系。功课还能及格，有一两门学科教员特别认真，就借同学笔记抄抄，写报告时也能勉强及格。家庭经济情况和爱好性情说来，她属于中产阶级的近代型女子。样子还相当好看，衣服又能够追随风气，所以在学校就常有男同学称她为“美人”。用“时代轮子转动了，我们一同飘流到这山国来”一类庸俗句子起始，写一些虽带做作气还不失去青春的热与香的信件。可是学校的书本和同学的殷勤都并不引起她多少兴趣。她需要的只是玩一玩，此外都不大关心。出门时也欢喜穿几件比较好看时新的衣服，打扮得体体面面，虽给人一个漂亮印象，宿舍中衣被可零乱而无秩序。金钱大部分用在吃食，最小部分方用来买书。她也学美术、历史、生物学，这一切知识都似乎只能同考试发生关系，决不能同生活发生关系。也努力学外国文，最大目的，只是能说话同洋人一样，得人赞美，并不想把它当成一个向人类崇高生命追求探索工具。做人无信心、无目的、无理想，正好像二十年前有人为她们争求解放，已解放了，但事实上她并不知道真正要解放的是什么。因此在年龄相差不多的女同学中，最先解放了一个胃口，随时都需要吃，随处都可以吃。俨若每天任何一时都能够用食物填塞到胃囊中，表示消化力之强。同时象征生命正是需要最少最少的想象，需要最多最多实际事物的年龄。想起她们那个还待解放或已解放的“性”，以及并无机会也好像不大需要解放的“头脑”，使人默然了。若想起这种青年女子，在另一时社会上还称她们为“摩登女郎”，能煽起有教养绅士青春的热，找回童年的梦，会觉得这个社会退化的可怕。

这正是另外一种类型，大凡家中有三五个子侄亲友的，总可以在其中发现那么一个女孩子。引起感想是这些女人旧知识学不了，新知识说不上。一眼看去还好，可不许人想想好到那里。

从这种类型女子说来，上帝真像有点草率处，使人想要询问，“老天爷，你究竟拿的是个什么主意，你是在有计划故意来试验训练男子？还是在无目的而任性情形中改造女人？”如果我们不宜把这问题牵引到“上帝”方面去，那就得承认这是“现代教育”的特点，只要她们读书，照二十年前习惯读书，读什么书？有什么用？谁都不大明白。作教育部长或大学教授的，作家长的，且似乎也永远不必须对这问题明白，或提出一些明智有益的意见。科学工作方面，我们虽然已经承认了豆类栽培可以发现遗传定律，稻棉可以有用杂交法育种，即在犬与鸽子禽兽身上，也知道采取一个较新观点，加以训练。对于人的教育，尤其是与民族最有关系的女子教育，却一直到如今还脱不了在因习的自然状态下进行。这并不是人的蠢笨，实在是负责者懒惰与无知的表现！

这种现代教育的特点，如果不能引起当局的关心，有计划的来勇敢改造，我们就得自己想办法。这同许多问题差不多，总得有个办法，方能应付“明天”和“未来”！对妇女本身幸福快乐言，若知道关心明天和未来，也方能够把生命有个更合理更有意思的安排。

现代教育特点事实上应当称为弱点，改造运动必需从修正这个弱点而着手。修正方法消极方面是用礼貌节制她们的“胃部”，积极方面是用书本训练她们的“脑子”。一个“摩登女郎”的新的含义，应当是在饮食方面明白自制，在自然美方面还能够有兴致欣赏。且知道把从书本吸收一切人类广泛知识，看成是生命存在的特别权利，不仅仅当作学校或爸爸派定义务。扩大母性爱，对人类崇高美丽观念或现象充满敬慕与倾心，对是非好恶反应特别强，对现社会妇女堕落与腐败能认识又能免避，对作人兴趣特别浓厚也特别热诚，换言之，就是她既已从旧社会不良习惯观念中解放了出来，便能为新社会建立一个新的人格的标准。她不再是“自然”物，于人类社会关系上，仅仅在性的注定工作方面尽生育义务，从这种义务上讨取生活，以得人怜爱为已足。她还可以单为作一个“人”，用人的资格，好好处理她的头脑，运用到较高文化各方面去，放大她的生命与人格，从书本上吸收，同时也就创造，在生活上学习，同时也就享受。

我们是不是可以希望这种新女性，在这个新社会大学校学生群中陆续发现？形成这个五光十色的人生，若决定于人的意志力，也许我们需要的倒是一种“哲学”，一种表现这个优美理想的人生哲学，用它来作土壤，培植中国的未来新女性。

重建民族的自尊心和自信心

| 节选自《绿·黑·灰》，首发于一九四三年《当代评论》。

我躺在一个小小山地上，四围是草木蒙茸枝叶交错的绿荫，强烈阳光从枝叶间滤过，洒在我手上和身前一片带白色的枯草间。松树和柏树作成一朵朵墨绿色，在十丈远近河堤边排成长长的行列。同一方向距离稍近些，枝柯疏朗的柿子树，正挂着无数玩具一样明黄照眼的果实。在左边，更远一些公路上，和较近人家屋后，尤加利树摇摇的树身，向天直矗，狭长叶片扬条鱼一般在微风中泛闪银光。近身园地中那个石榴树丛，每丛相去丈许各自在阳光下立定，叶子细碎绿中还夹杂些鲜黄，阳光照及各处都若纯粹透明。仙人掌的堆积物，在园坎边一直向前延展，若不受小河限制，俨然即可延展到天际，肥大叶片绿得异常哑静，对于阳光竟若特有情感，吸收极多，生命力因之亦异常饱满。最动人的还是身后高地那一片待收获下的高粱，枝叶在阳光雨露中已由青泛黄，各顶着一丛丛紫色颗粒，在微风中特有萧瑟感。同时也可从成熟状态中看出这一年来人的劳力与希望结合的庄严。从松柏树的行列罅隙间，还可看到远处

浅淡的绿原，和那些刚由闪光锄头翻过褐色的田亩，相互交错，以及镶在这个背景中的村落，村落尽头那一线银色湖光。在我手脚可及处，却可从银白光泽的狗尾草细长枯干和黄茸茸杂草间，发现各式各样绿得等级完全不同的小草。

我努力想来捉捕这个绿芜照眼的光景，和在这个清洁明朗空气相衬，从平田间传来的锄地声，从村落中传来的舂米声，从山坡下一角传来的连枷扑击声，从空中传来的虫鸟搏翅声；以及由于这些声音共同形成的特殊静境，手中一支笔，竟若丝毫无可为力。只觉得这一片绿色，一组声音，一点无可形容的气味，综合所作成的境界，使我视听诸官觉沉浸到这个境界中后，已转成单纯到不可思议。企图用充满历史霉斑的文字来写它时，竟是完全的徒劳。

地方对于我虽并不完全陌生，可是这个时节耳目所接触，却是个比梦境更荒唐的实在。

强烈的午后阳光，在云上、在树上、在草上、在每个山头黑石和黄土上，在一枚爬着的飞动的虫蚁触角和小脚上，在我手足颈肩上，都恰像一双温暖的大手，到处给以同样充满温情的抚摩。但想到这只手却是从千万里外向所有生命伸来的时候，想象便若消失在天地边际，使我觉得生命在阳光下，已完全失去了旧有意义了。

其时松树顶梢有白云驰逐，正若自然无目的游戏。阳光返照中，天上云影聚拢复散开，那些大小不等云彩的阴影，便若匆匆忙忙的如奔如赴从那些刚过割期不久的远近田地上一一掠过，引起我一点新的注意。我方从那些灰白色残余禾株间，发现了银绿色点子。原来十天半月前，庄稼人趁收割时嵌在禾株间的每一粒蚕豆种子，在润湿泥土与暖和阳光中，已普遍从薄而韧的壳层里，解放了生命，茁起了小小芽梗，有些下种较早的，且已变成绿芜一片。小溪上这里那里到处有白色蜉蝣蚊蠓，在阳光下旋成一个柱子，队形忽上忽下，表示对于暂短生命的悦乐。阳光下还有些红黑对照色彩鲜明的瓢虫，各自从枯草间找寻可攀高的白草，本意俨若就只是玩玩，到了尽头时，便常常从草端从容堕下，毫不在意，使人对于这个小小生命所具有的完整性，感到无限惊奇。忽然间，有个细腰大头黑蚂蚁，爬上了我的手背，仿佛有所搜索，随后便停顿在中指关节间，偏着个头，缓慢舞动两个小小触须，好像带点怀疑神气，向阳光提出询问：

“这是个什么东西？有什么用处？”

我于是试在这个纸上，开始写出我的回答：

古怪东西名叫手爪，和这个动物的生存发展大有关系。最先它和猴子不同处，就是这东西除攀树走路以外，偶然发现了些别的用途。其次是服从那个名叫脑子的妄想，试作种种活动，把石头敲成武器，用木头磨擦生火，因此这类动物中慢慢的就有了文化和文明，以及代表文化文明的一切事事物物。这一处动物和那一处动物，既生存在气候不同物产不同迷信不同环境中，脑子的妄想以及由于妄想所产生的一切，发展当然就不大一致，到两方面失去平衡时，因此就有了战争。战争的意义，简单一点说来，便是这类动物的手爪，暂时各自返回原始的用途，用它来撕碎身边真实或假想的仇敌，并用若干年来手爪和脑子相结合产生的精巧工具，在一种多少有点疯狂恐怖情绪中，毁灭那个妄想与勤劳的堆积物，以及一部分年青生命。必需重新得到平衡后，这个手爪方有机会重新转用到有意义方面去。那就是说生命的本来，除战争外有助于人类高尚情操的种种发展。战争的好处，凡是这类动物都异常清楚，我向你可说的也许是另外一件事，是因动物所住区域和皮肤色泽产生的成见，与各种历史上的荒谬迷信，可能会因之而消失，代替来的虽无从完全合理，总希望可能比较合理。正因为战争像是永远去不掉的一种活动，所以这些动物中具妄想天赋也常常阿谀势力号称“哲人”的，还有对于你们中群的组织，加以特别赞美，认为这个动物的明日，会从你们组织中取法，来作一切法规和社会设计的。关于这一点你也许不会相信。可是凡是属于这个动物的问题，照例有许多事，他们自己也就不会相信！他们的心和手结合为一形成的知识，已能够驾驭物质，征服自然，用来测量在太空中飞转星球的重量，好像都十分有把握，可始终就不大能够处理名为“情感”这个名词，以及属于这个名词所产生的种种悲剧。大至于人类大规模的屠杀，小至于个人家庭纠纠纷纷，一切“哲人”和这个问题碰头时，理性的光辉都不免失去，乐意转而将它交给“伟人”或“宿命”来处理。这也就是这个动物无可奈何处。到现在为止，我们还缺少一种哲人，有勇气敢将这个问题放到脑子中向深处追究。也有人无章次的梦想，对伟人宿命所能成就的事功怀疑，可惜使用的工具却已太旧，因之名为“诗人”，同时还有个更相宜的名称，就是“疯子”。

那只蚂蚁似乎并未完全相信我的种种胡说，重新在我手指间慢慢爬行，忽若有所悟，又若深怕触犯忌讳，急匆匆的向枯草间奔去，即刻消失了。它的行为使我想起十多年前一个同船上路的大学生，当我把脑子想到的一小部分事情向他道及时，他那种带着谨慎怕事惶恐逃走的神情，正若向我表示：“一个人思索太荒谬不近人情。我是个规矩公民，要的是份可靠工作，有了它我可以养家活口。我的理想只是无事时玩玩牌，说点笑话，买个储蓄奖券。这世界一切都是假的，相信不得，尤其关于人类向上书呆子的理想。我只见到这种理想和那份理想冲突时的纠纷混乱，把我做公民的信仰动摇，把我找出路的计划妨碍。我在大学读过四年书,所得的好结论,就是绝对不做书呆子,也不受任何好书本影响！”快二十年了，这个公民微带嘶哑充满自信的声音，还在我耳际萦回。这个朋友和许多知分定的知识阶级一样，这时节说不定已作了委员厅长主任。在世界上也活得好像很尊严，很幸福。一双灰色斑鸠从头上飞过，消失到我身后斜坡上那片高粱林中去了，我于是继续写下去，试来询问我自己：

我这个手爪，这时节有些什么用处？将来还能够作些什么用处？是顺水浮船，放乎江潭？是哺糟啜醨，掩掩混混？是打拱作揖，找寻出路？是卜课拈卦，遣有涯生？

自然是无结论可得。一片绿色早把我征服了。我的心这个时节就毫无用处，没有取予，缺少爱憎，失去应有的意义。在阳光变化中，我竟有点怀疑，我比其他绿色生物，究竟是否还有什么不同处。很显明，即有点分别，也不会比那生着桃灰色翅膀，颈臂上围条花带子的斑鸠，与树木区别还来得大。我仿佛触着了生命的本体。在阳光下包围于我身边的绿色，也正可用来象征人生。虽同一是个绿色，却有各种层次。绿与绿的重叠，分量比例略微不同时，便产生各式差异。这片绿色既在阳光下不断流动，因此恰如一个伟大乐曲的章节，在时间交替下进行，比乐律更精微处，是它所产生的效果，并不引起人对于生命的痛苦与悦乐，也不表现出人生的绝望和希望，它有的只是一种境界，在这个境界中时，似乎人与自然完全趋于谐和，在谐和中又若还具有一分突出自然的明悟。必需稍次一个等级，才能和音乐所煽起的情绪相邻，再次一个等级，才能和诗歌所传递的感觉相邻。然而这个层次的降落原只是一种比拟，因为阳光转斜时，空气已更加温柔，那片绿原中渐渐染上一层薄薄灰雾，远处山头有由绿色变成黄色的，也有由淡紫色变成深蓝色的。正若一个人从壮年移渡到中年，由中年复转成老年，先是鬓毛微斑，随即满头如雪，生命虽日趋衰老，一时可不曾见出齿牙摇落的日暮景象，其时生命中杂念与妄想，为岁月漂洗而去尽，一种清净纯粹之气，却形于眉宇神情间。人到这个状况下时，自然比诗歌和音乐更见得素朴而完整。

我需要一点欲念，因为欲念若与那个社会限制发生冲突，将使我因此而痛苦。我需要一点狂妄，因为若扩大它的作用，即可使我从这个现实光景中感到孤单，不拘痛苦或孤单，都可将我重新带进这个乱糟糟的人间，让固执的爱与热烈的恨，抽象或具体的交替来折磨我这颗心，于是我会从这个绿色次第与变化中，发现象征生命所表现的种种意志。如何形成一个小小花蕊，创造出一根刺，以及那个在微风摇荡凭藉草木银白色茸毛飞扬旅行的种子，成熟时自然轻轻爆裂弹出种子的豆荚，这里那里还无不可发现一切有生为生存与繁殖所具有的不同德性。这种种德性，又无不本源于一种坚强而韧性的试验，在长时期挫折与选择中方能形成。我将大声叫嚷："这不成！这不成！我们人类的意志是个什么形式？在长期试验中有了些什么变化？它存在，究在何处？它消失，究竟为什么而消失？一个民族或一种阶级，它的逐渐堕落，是不是纯由宿命，一到某种情形下即无可挽救？会不会只是偶然事实，还可能用一种观念一种态度而将它重造？我们是不是还需要些人，将这个民族的自尊心和自信心，用一些新的抽象原则，重建起来？对于自然美的热烈赞诵，传统世故的极端轻蔑，是否即可从更年青一代见出新的希望？"

不知为什么，我的眼睛却被这个离奇想象弄得迷蒙潮润了。

我的心，从这个绿荫四合所作成的奇迹中，和斑鸠一样，向绿荫边际飞去，消失在黄昏来临以前一片灰白雾气中，不见了。

……一切生命无不出自绿色，无不取给于绿色，最终亦无不被绿色所困惑。头上一片光明的蔚蓝，若无助于解脱时，试从黑处去搜寻，或者还会有些不同的景象；一点淡绿色的磷光，照及范围极小的区域，一点单纯的人性，在得失哀乐间形成奇异的式样。由于它的复杂或单纯，将证明生命于绿色以外，依然能存在，能发展。

将生命贴近土地，单纯而庄严

| 节选自《绿·黑·灰》，首发于一九四三年《当代评论》。

同样是强烈阳光中，长大院坪里正晒了一堆堆黑色的高粱，几只白母鸡在旁边啄食。一切寂静，院子一端草垛后的侧屋中，有木工的斧斤削砍声，和低沉人语声，更增加这个乡村大宅的静境。

当我第一次用“城里人”身分，进到这个乡户人家广阔院中，站在高粱堆垛间，为迎面长廊承尘梁柱间的繁复眩目金漆彩绘呆住时，引路的马夫，便在院中用他那个为烟草所毁发沙带哑的嗓子嚷叫起来：

“二奶奶，二奶奶，有人来看你房子！”

那几只白母鸡起始带点惊惶神气，奔窜到长廊上去。二奶奶于是从大院左侧断续斧斤声中厢屋走了出来。六十岁左右，一身的穿戴，一切都是三十年前老辈式样，额间玄青缎勒正中镶上一片绿玉，耳边两个玉镶大金镮，阔边的袖口和衣襟，脸上手上象征勤劳的色泽和粗线条皱纹，端正的鼻梁，微带忧郁的温和眼神，以及从相貌中即可发现一颗厚道单纯的心。我心想：

“房子好，环境好，更难得的也许还是这个主人，一个本世纪行将消失，前一世纪的正直农民范本。”

我稍微有点担心，即这房子未必有希望来由我处分。可是一分钟后，我就明白这点忧虑为不必要了。

于是照一般习惯，我开始随同这个肩背微偻的老太太，各处慢慢走去。从那个充满繁复雕饰涂金绘彩的长廊，走进靠右的院落。在门廊间小小停顿时，我不由得不带着诚实赞美口气说：“老太太，你这房子真好！木材多整齐，工夫多讲究！”

正像这种赞美是必然的，二奶奶便带着客气的微笑，指点第一间空房给我看，一面说：“不好，不好，好那样！城里好房子多也多！”

我们在雕花扇槅间，在镂空贴金拼嵌福寿字样的过道窗口下，在厅子里，在楼梯边，在一切分量沉重式样古拙朱漆烂然的家具旁，在连两院低如船厅的长方形客厅中，在宽阔楼梯上，在后楼套房小小窗口那一缕阳光前，在供神木座一堆黝黑放光的铜像左右，到处都停顿了一会儿。这其间，或是二奶奶听我对于这个房子所作的颂扬，或是我听二奶奶对于这个房子种种说明。最后终于从靠右一个院落走出，回到前面大院子中，在那个六方边沿满是浮雕故事的青石水缸旁站定，一面看木工拼合寿材，一面讨论房子问题。

“先生看可好？好就搬来住！楼上、楼下、你要的我就打扫出来。那边院子归我作主，这边归三房，都好商量。可要带朋友来看看？”

“老太太，房子太好了。不用再带我那些朋友看也成。我们这时节就说好，不许翻悔。后楼连佛堂算六间，前楼三间，楼下长厅子算两间。全都归我。下月初我们一定会搬来。老太太你可不能翻悔，又另外答应别人，这是不成的！”

“好啰，好啰，就是那么说，只管来好了。我们不是城里那些租房子的。乡下人心直口直，说一是一，你放心就是。”

走出了这个人家大门，预备上马回到小县城里去看看时，已不见原来那匹马和马夫，门前路坎边，有个乡下公务员模样的中年人，正把一匹小小枣骝马系在那一株高大仙人掌树干上。当真的，一匹马系在一丈五六高的仙人掌树干上。那树上还正开放酒杯大黄花！景象自然也是我这个城里人少见的。转过河堤前时，才看到马和马夫共同在那道小河边饮水。

这房子第一回给我的印象，竟简直像做个荒唐的梦。那个寂静的院落，那青石作成的雕花大水缸，那些充满东方人幻想将巧思织在对称图案上的金漆槅扇，那些大小笨重的家具，尤其是后楼那几间小套房，房间小小的，窗口小小的，下午三点左右一缕阳光斜斜从窗口流进，由暗朱色桌面逼回，徘徊在那些或黑或灰庞大的瓶罂间，所形成的那种特别空气，那种希有情调，说陌生可并不吓怕，虽不吓怕可依然不易习惯，真使人不大相信是一个房间，这房间且宜于普通人住下！可是事实上，再过三五天，这些房间便将有大部分归我随意处分，我和几个朋友，就会用这些房间来作家了！

在马上时，我就试把这些房间一一分配朋友：画画的宜在楼下那个长厅中，虽比较低矮，可相当宽阔光亮。弄音乐的宜住后楼，虽然光线不足，有的是僻静，人我两不相妨，至于那个特殊情调，对于习乐的心理也许还更相宜。前楼那几间单纯光亮房子，自然就归给我了，因为由窗口望出去，远山近树的绿色，对于我的工作当有帮助：早晚由窗口射进来的阳光，对于孩子们健康实真需要。正当我猜想到房东生活时，那个肩背微伛的马夫，像明白我的问题所在，便插口说：

“先生，可看中那房子？这是我们县里顶好一所房。不多不少，一共作了十二年，椽子柱子亏老爹下山一根一根找来！你试留心看看，那些窗格子雕的菜蔬瓜果，蛤蟆和兔子，样子全不同，是一个木匠主事，用他的斧头凿子作成功的！还有那些大门和门闩，扣门锁门定打的大铁老鸹拌，那些承柱子的雕花石鼓，那些搬不出房门的大木床，那一样不是我们县里第一！往年老当家的在世时，看过房子的人翘起大拇指说：'老爹，呈贡县唯有你这栋房子顶顶好！'老爹就笑起来说：'好那样，你说得好。'其实老爹累了十二年，造成这栋大房子，最快乐的事，就是人说这句话，他有空儿回答这句话。相貌活像个土地公公见人就笑。修路搭桥，一生做了多少好事！在老房子住时，看坎上有匹白马，长得好膘头，看了八年，才把地买来，动工一挖，原来是四水缸白银元宝，先生你算算值多少！可是老爹为人脾气怪，房子好了不让小伙子住，说免得耗折福分。房子造好后好些房间都空着，老爹就又在那个房子里找木匠做寿木，自己监工，四个木匠整整做了一年，油漆了几十次，阴宅好后，他自己也就死了。新二房大爹接手当家，爱热闹要大家迁进来住，谁知年青小伙子又另有想头，读书的，做事的，有了新媳妇儿的，都乐意在省上租房子住。到老的讨了个小太太后，和二奶奶合不来，老的自己也就搬回老房子，不再在新房子里住，所以如今就只二奶奶守房子，好大栋房子，拿来收庄稼当仓屋用！省下有人来看房子时，二奶奶高高兴兴带人楼上楼下打圈子，听人说房子好时，一定和那老爹一样，会说'好那样'。二奶奶人好心好，今年快近七十了。大爹嘎，别的学不到，只把过世老爹没有的古怪脾气接过了手，家里人大小全都合不来。这几天听说二奶奶正请了可乐村的木匠做寿材，两副大四合寿木，要好几千中央票子！老夫老妇在生合不来，死后可还得埋在一个坑里去。……家里如今已不大成。老当家在时，有十二个号口，十二个大管事来来去去都坐软兜轿子，不肯骑马。老爹过去后减成三个号口。民国十二年，土匪看中了这房子，来住了几天，挑去了两担首饰银器，十几担现银元宝，十几担烟土。省里队伍来清乡，打走土匪后，说是这房子窝藏过土匪，又把剩下的东东西西扫括搬走。这一来一往，家里也就差不多了，如今想发旺，恐怕要看小的一代去了。……先生，你可当真要预备来疏散？房子清爽好住，不会有鬼的！”

从饶舌的马夫口里，无意中得到了许多关于这个房子的历史传说，恰恰补足了我所要知道的一切。

我觉得什么都好，最难得的还是和这个房子有密切关系的老主人，完全贴近土地的素朴的心，素朴的人生观。不提别的，单就将近半个世纪生存于这个单纯背景中所有的哀乐式样，就简直是一个宝藏，一本值得用三百五十页篇幅来写出的动人故事！我心想，这个房子，因为一种新的变动，会有个新的未来，房东主人在这个未来中，将是一个最动人的角色。

一个月后，我看过的一些房间，就已如我所估想的住下了人，此外在其他房间中，也住了些别的人。大房子忽然热闹了起来。四五个灶房都升了火，廊下到处牵上了晒衣裳的绳子，在强烈阳光下，各式各样衣物被单如彩色旗帜飘动。小孩子已发现了几个花钵中的蓓蕾，二奶奶也发现了小孩子在悄悄的掐折花朵，人类机心似乎亦已起始在二奶奶衰老生命和几个天真无邪孩子间，有了些微影响。后楼几个房间和那两个佛堂，更完全景象一新，一种稀有的清洁，一种年青女人代表青春欢乐的空气。佛堂既作了客厅，且作了工作室，因此壁上的大小乐器，以及这些乐器转入手中时伴同年青歌喉所作成的嘈杂，自然无一不使屋主人感到新的变化。

过不久，这个后楼佛堂的客厅中，就有了大学教授和大学生，成为谦虚而随事服务的客人。起始陪同年青女孩子作饭后散步，带了点心食物上后山去野餐，还常常到三里外长松林间去玩赏白鹭群。不过故事发展虽慢，结束得却突然。有一回，一个女孩赞美白鹭时，本意以为这些俊美生物与田野景致相映成趣。习社会学的大学教授，却充满男性的勇敢，向女孩子表示，若有枝猎枪，就可把松树顶上这些白鹭一只一只打下来。这一来白鹭并未打下，倒把结婚希望打落，于是留下个笑话，仿佛失恋似的走了。大学生呢，读《红楼梦》十分熟习，欢喜背诵点旧诗，可惜几个女孩却不大欣赏这种多情才调。二奶奶依然每天早晚洗过手后，就到佛堂前来敬香，点燃香，作个揖，在北斗七星灯盏中加些油，笑笑的走开了。遇到女孩子们在玩乐器时，间或也用手试摸摸那些能发不同音响的筝笛琵琶，好像对于一个陌生孩子的慈爱。也坐下来喝杯茶，听听这些古怪乐器在灵巧手指间发出的新奇声音。这一切虽十分新奇，对于她内部的生命，却并无丝毫影响，对于她日常生活，也无何等影响。

随后楼下年青画家，也留下些传说于几个年青女孩子口中，独自往滇西大雪山下工作去了。住处便换了一对艺术家夫妇，和一个有天才称誉的小女孩子。壁上悬挂了些中画和西画，床前供奉了观音和耶稣，房中常有檀香山洋琵琶弹出的热情歌曲，间或还夹杂点充满中国情调新式家庭的小小拌嘴，正因为这两种生活交互替换，所以二奶奶即或从窗边走过，也决不能想象得出这一家有些什么问题发生。去了一个女仆，又换来一个女仆，这之间自然不可免还有了些小事情，影响到一家人的意识形态。先生为人极谦虚有礼，太太为人极爱美好客，想不到两种好处放在一处反多周章。小女孩在这种家庭空气中，性情发展得也就不大正常，应当知道的不知道，不知道的偏知道。且不明白如何一来，当家的大爹，忽然又起了回家兴趣。回来时就坐在厅子中，一面随地吐痰，一面打鸡骂狗。以为这个家原是他的产业，不许放鸡到处屙屎，妨碍卫生。艺术家夫妇恰好就养了几只鸡，不大能体会大爹脾气，也不大讲究卫生，因之主客之间不免冲突起来。于是有一个时节，这个院子便可听到很热烈的辩论争吵声。大爹一面吵骂不许鸡随便拉屎，一面依然把黄痰向各处远远唾去，那些鸡就不分彼此的来竞争啄食。后楼客厅中，又来了个全国闻名的女客人，为人有道德，能文章，二十年前写出的作品，温暖美好的文字，装饰的情感，无不可放在第一流作家中间。更难得的是未结婚前，决不在文章中或生活上涉及恋爱问题，结了婚后推己及人，却极乐意在婚姻上成人之美。家中有个极好的床铺，常常借给新婚夫妇使用。虔诚的信仰基督教，生平不说谎，不过在写文章时，间或用用男人名义，男人口气，自然无伤大雅。平时对于中国文学美术并不怎么有兴趣，却乐意请千古艺术家和艺术鉴赏家来作客，同作畅谈，可不知谈些什么。这个知名客人来了又走了，而且走得辉辉煌煌。正当找寻交通工具极端困难，许多人无从上路时，那个柔软宽大床铺也居然为公家的汽车运往新都，另有新的用途去了。二奶奶还给人介绍认识过。这些目前或俗或雅或美或丑的事件，对她可毫无影响。依然每早上打扫打扫院了，推推磨石，扛个小小鸦咀锄下田，晚饭时便坐在屋侧檐下石臼边，听乡下人说说本地米粮新闻。

随后是军队来了，楼下大厅正房作了团长的办公室和寝室，房中装了电话，门前有了卫兵，全房子都被兵士打扫得干干净净。屋前林子里且停了近百辆灰色的机器脚踏车，村子里屋角墙边，到处有装甲炮车搁下。这些部队不久且即开拔进了缅甸，再不久，就有了失利消息传来，且知道那几个高级长官，大都死亡了。住在这个房子里的华侨中的中学生，因随军入缅，也有好些死亡了。住在楼下某个人家，带了三个孩子返广西，半路上翻车，两个孩子摔死的消息也来了。二奶奶虽照例分享了同住人得到这些不幸消息时一点惊异与惋惜，且为此变化谈起这个那个，提出些近于琐事的回忆，可是还依然在平静中送走每一个日子。

美术家夫妇走后，楼下厅子换了个商人，在滇缅公路上往返发了点财。每个月得吃几千块纸烟的太太，业已为生育了四个孩子，到生育第五个时，因失血过多，便在医院死去了。住在隔院一个卸任县长，家中四岁大女孩，又因积食死去。住在外院侧屋一个卖陶器的，不甘寂寞，在公路上抢劫别人，业已经捉去证明处决。三分死亡影响到这个大院子：商人想要赶快续婚，带了一群孤雏搬走了。卸任县长事母极孝，恐老太太思念殇女成病，也迁走了。卖陶器的剩下的寡妇幼儿，在一种无从设想的情形下，抛弃了那几担破破烂烂的瓶罐，忽然也离开了。于是房子又换了一批新的寄居者，一个后方勤务部的办事处，和一些家属。过不到一月，办事处即迁走，留下那些家眷不动。几乎像是演戏一样，这些家眷中，就听到了有新作孤儿寡妇的，原来保山局势紧张时，有些守仓库的匆促中毁去汽油不少，一到追究责任时，黠诈的见机逃亡，忠厚的就不免受军事处分。这些孤儿寡妇过不久自然又走了，向不可知一个地方过日子去了。

习音乐的一群年青孩子，随同机关迁过四川去了。

后来又迁来一群监修飞机场的工程师，几位太太，一群孩子，一种新的空气亦随之而来。卖陶器的住处换了一家卖糖的，用修飞机场工人作对象，从外县赶来做生意。到由于人类妄想所产生的那些飞机发动机怒吼声，二十三十日夜在这个房子上空响着时，卖糖的却已发了一笔小财，回转家乡买田开杂货铺去了。年前霍乱的流行，一个村子一个村子的乡民，老少死亡相继。山上成熟的桃李，听他在树上地上腐烂，也不许在县中出卖。一个从四川开来的补充团，碰巧恰到这个地方，在极凄惨情形中死去了一大半，多浅葬在公路两旁，露出土外翘起的瘦脚，常常不免将行路人绊倒。一些人的生命，虽若受一种来自时代的大力所转动，无从自主。然而这土院子中，却又迁来一个寄居者，一个从爱情得失中产生伟大感和伟大自觉的诗人，住在那个善于唱歌吹笛的聪敏女孩子原来所住的小房中，想从窗口间一霎微光，或书本中一点偶然留下的花朵微香，以及一个消失在时间后业已多日的微笑影子，返回过去，稳定目前，创造未来。或在绝对孤寂中，用少量精美文字，来排比个人梦的形式与联想的微妙发展。每到小溪边去散步时，必携同我那个五岁大的孩子，用竹箬叶折成小船，装载上一朵野花，一个泛白的螺蚌，一点美丽的希望，并加上出于那个小孩子口中的痴而黠的祝福，让小船顺流而去。虽眼看去不多远，就会被一个树枝绊着，为急流冲翻，或在水流转折所激起的漩涡中消失，诗人却必然眼睛湿蒙蒙的，心中以为这个五寸长的船儿，终会有一天流到两千里外那个女孩子身边。而且那些憔悴的花朵，那点诚实的希望，以及出自孩子口中的天真祝福，会为那个女孩子含笑接受。有时正当落日衔山，天上云影红红紫紫如焚如烧，落日一方的群山黯淡成一片墨蓝，东西远处群山，在落照中光影陆离仪态万千时，这个诗人却充满象征意味，独自去屋后经过风化的一个山冈上，眺望天上云彩的变幻，和两面山色的倏忽。或偶然从山凹石罅间有所发现，必扳着那些摇摇欲坠的石块，努力去攀折那个野生带茨花卉，摘回来交给朋友，好像说："你看，我还是把他弄回来了，多险！"情绪中不自觉的充满成功的自足。诗人所住的小房间，既是那个善于吹笛唱歌女孩子住过的，到一切象征意味的爱情，依然填不满生命的空虚，也耗不尽受抑制的充沛热情时，因之抱一宏愿，用个五十万言小说，来表现自己，扩大自己。两年来，这个作品居然完成了。有人问及作品如何发表时，诗人便带着不自然的微笑，十分慎重的说："这不忙发表，需要她先看过，许可发表时再想办法。"决不想到作品的发表与否，对于那个女孩子是不能成为如何重要问题的。就因为他还完全不明白他所爱慕的女孩子，几年来正如何生存在另外一个风雨飘摇事实巨浪中。怨爱交缚之际，生命的新生复消失，人我间情感与负气作成的无可奈何环境，所受的压力更如何沉重。这种种不仅为诗人梦想所不及，她自己也还不及料，一切变故都若完全在一种离奇宿命中，对于她加以种种试验。这个试验到最近，且更加离奇，使之对于生命的存在与发展，幸或不幸，都若不是个人能有所取舍。为希望从这个梦魇似的人生中逃出，得到稍稍休息，过不久或且居然又会回到这个梦魇初起处的旧居来，然而这方面，人虽若有机会回到这个唱歌吹笛的小楼上来，另一方面，诗人的小小箬叶船儿，却把他的欢欣的梦，和孤独的忧愁，载向想象所及的一方，一直向前，终于消失在过去时间里。淡了，远了，即或可以从星光虹影中回来，也早把方向迷失了。新的实现还可能有多少新的哀乐，当事者或旁观者对之都全无所知。当有人告给二奶奶，说三年前在后楼住的最活泼的一位小姐，要回到这个房子来住住时，二奶奶快乐异常的说："那很好。住久了，和自己家里人一样，大家相安。× 小姐人好心好，住在这里我们都欢喜她！"正若一个管理码头的，听说某一只船儿从海外归来神气一样自然，全不曾想到这只美丽小船三年来在海上连天巨浪中挣扎，是种什么经验。为得来这个经验，又如何弄得帆碎橹折，如今的小小休息，还是行将准备向另外一个更不可知的陌生航线驶去！

……日月运行，毫无休息，生命流转，似异实同。惟人生另有其庄严处，即因贤愚不等，取舍异趣，入渊升天，半由习染，半出偶然；所以兰桂未必齐芳，萧艾转易敷荣。动者常动，便若下坡转丸，无从自休，多得多患，多思多虑，有时无从用“劳我以生”自解，便觉“得天独全”可羡。静者常静，虽不为人生琐细所激发，无失亦无得，然而“其生若浮，其死则休”，虽近生命本来，单调又终若不可忍受。因之人生转趋复杂，彼此相慕，彼此相妒，彼此相争，彼此相学，相差相左，随事而生。凡此一切，智者得之，则生知识，仁者得之，则生悲悯，愚而好自用者得之，必又另有所成就。不信夙命的，固可从生命变易可惊异处，增加一分得失哀乐，正若对于明日犹可望凭知识或理性，将这个世界近于传奇部分去掉，人生便日趋于合理。信仰夙命的，又一反此种人能胜天的见解，正若认为“思索”非人性本来，倦人而且恼人，明日事不若付之偶然，生命亦比较从容自由，不信一切惟将生命贴近土地，与自然相邻，亦如自然一部分的，生命单纯庄严处，有时竟不可仿佛。至于相信一切的，到末了却将俨若得到一切，惟必然失去了用为认识一切的那个自己。

年青生命倾心于实际事业，便可见国家将来

| 节选自《绿·黑·灰》，首发于一九四三年《当代评论》。

在一堆具体的事实和无数抽象的法则上，我不免有点茫然自失，有点疲倦，有点不知如何是好。打量重新用我的手和想象，攀援住一种现象，即或属于过去业已消逝的，属于过去即未真实存在的……必需得到它方能稳定自己。

我似乎适从一个辽远的长途归来，带着一点混和在疲倦中的淡淡悲伤，站在这个绿荫四合的草地上，向淡绿与浓赭相交错成的原野，原野尽头那个淡黄色村落，伸出手去。

"给我一点点好的音乐，巴哈[①]或莫札克，只要给我一点点，就已够了。我要休息在这个乐曲作成的情境中，不过一会儿，再让它带回到人间来，到都市或村落，钻入官吏颟顸贪得的灵魂里，中年知识阶级倦于思索怯于惑疑的灵魂里，年青男女青春热情被腐败势力虚伪观念所阉割后的灵魂里，来寻觅，来探索，来从这个那个剪取可望重新生长好种芽，即或他是有毒的，更能增加组织上的糜烂，可能使一种善良的本性发展有妨碍的，我依然要得到它，设法好好使用它。"

---

①巴哈，今译巴赫。

当我发现我所能得到的，只是一种思索继续思索，以及将这个无尽长链环绕自己、束缚自己时，我不能不回到二奶奶给我寄居五年那个家里了，这个房子去我当前所在地，真正的距离，原来还不到两百步远近。

大院中犹如五年前第一回看房子光景，晒了一地黑色高粱，二奶奶和另外三个女工，正站成一排，用木连枷击打地面高粱，且从均匀节奏中缓缓的移动脚步，让连枷各处可打到。三个女工都头裹白帕，使得记起五年前那几只从容自在啄食高粱的白母鸡。女工中有一位好像十分面善，可想不起这个乡下妇人会引起我注意的原因，直到听二奶奶叫那女工说：

“小香，小香，你看看饭去，你让先生来试试，会不会打。”

我才知道这是小香，我一面拿起握手处还温暖的连枷，一面想起小香的问题，竟始终不能合拍，使得二奶奶和女工都笑将起来，真应了先前一时向蚂蚁表示的意见，这个手爪的用处，已离开自然对于五个指头的设计甚远，完全不中用了。可是令我分心的，还是那个身材瘦小说话声哑的农家妇人小香。原来去年当收成时，小香正在发疯。她的妈是个寡妇，住在离城十里的一个村子中，小小房子被一把天火烧了，事后除从灰里找出几把烧得失形的农具和镰刀，已一无所有。于是趁收割季带了两个女孩子，到街子来找工作。大女孩七岁，小女孩两岁，向二奶奶说好借住在大院子装谷壳的侧屋中，有什么吃什么，无工可作母女就去田里收拾残穗和土豆，一面用它充饥，一面且储蓄起来，预备过冬。小香是大女儿，已出嫁过三年，丈夫出去当兵打仗，三年不来信，那人家想把她再嫁给一个人，收回一笔财礼。小香并不识字，只因为想起两句故事上的话语，“好马不配双鞍，烈女不嫁二夫”，为这个做人的抽象原则所困住，怕丢脸，不愿意再嫁，待赶回家去和她妈商量，才知道房子已烧去，许久又才找到二奶奶家里来。一看两个妹妹都嚼生高粱当饭吃，帮人无人要，因此就疯了。疯后整天大唱大嚷各处走去，乡下小孩子摘下仙人掌追着她打闹，她倒像十分快乐。过一阵，生命力和积压在心中的委屈耗去了后，人安静了些，晚上就坐在二奶奶大门前，向人说自己的故事。到了夜里才偷悄悄进到二奶奶家装糠壳的屋子里睡睡，这事有一天无意中被另一房东骨都嘴嫂子发现了，就说："嗐，嗐，这还了得！疯子要放火烧房子，什么人敢保险！"半夜里把小香赶了出去，听她在空地里过夜。并说："疯子冷冷就会好。"房子既是几房合有的，二奶奶不能自作主张，却只好悄悄的送了些东西给小香的妈，过了冬天，这一家人扛了两口袋杂粮，携儿带女走到不知何处去了，大家对于小香也就渐渐忘记了。

我回到房中时，才知道小香原来已在一个地方做工，这回是特意来看看二奶奶，还带了些栗子送礼，因为母女去年在这里时，我们常送她饭吃，也送我们一些栗子，表示谢意。真应了平常一句俗话："礼轻仁义重。"

到我家来吃晚饭的一个青年朋友，正和孩子们充满兴趣用小刀小锯作小木车，重新引起我对于自己这双手感到使用方式的惑疑。吃过饭后，朋友说起他的织袜厂最近所遭遇的困难，因原料缺少，无从和出纱方面接头，得不到救济，不能不停工。完全停工会影响到一百三十多个乡下妇人的生计，因此又勉强让部分工作继续下去。照袜厂发展说来，三千块钱作起，四年来已扩大到一百多万。这个小小事业且供给了一百多乡村妇女一种工作机会，每月可得到千元左右收入。照这个朋友计划说来，不仅已让这些乡下女人无用的手变为有用，且希望那个无用的心变为有用，因此一天到处为这个事业奔走，晚上还亲自来教这些女工认字读书，凡所触及的问题，都若无可如何，换取原料既无从直接着手，教育这些乡村女子，想她们慢慢的，在能好好的用她们的手以后还能好好的用她们的心，更将是个如何麻烦无望的课题！然而朋友对于工作的信心和热诚，竟若毫无困难不可克服，而且那种精力饱满对事乐观的态度，使我隐约看出另一代的希望，将可望如何重建起来，一颗素朴简单的心，如二奶奶本来所具有的，如何加以改造，即可成为一颗同样素朴简单的心，如这个朋友当前所表现的，当这个改造底幻想无章次的从我脑中掠过时，朋友走了，赶回厂中教那些女工夜课去了。

孩子们平时晚间欢喜我说一切荒唐故事，故事中一个年青正直的好人，如何从星光接来一个火，又如何被另外一种不义的贪欲所作成的风吹熄，使得这个正直的人想把正直的心送给他的爱人时，竟迷路失足到脏水池淹死，这类故事就常常把孩子们光光的眼睛挤出同情的热泪。今夜里却把那年青朋友和他们共同做成的木车子，玩得非常专心，既不想听故事，也不愿上床睡觉。我不仅发现了孩子们的将来，也仿佛看出了这个国家的将来。传奇故事在年青生命中已行将失去意义，代替而来的必然是完全实际的事业，这种实际不仅能缚住他们的幻想，还可能引起他们分外的神往倾心！

大院子里，连枷声还在继续拍打地面。月光薄薄的，淡云微月中一切犹如江南四月光景。我离开了家中人，出了大门，走向白天到的那个地方去找寻一样东西。我想明白那个蚂蚁是否还在草间奔走。我当真那么想，因为只要在草地上有一匹蚂蚁被我发现，就会从这个小小生物活动上，追究起另外一个题目。不仅蚂蚁不曾发现，即白日里那片奇异绿色，在美丽而温柔的月光下也完全失去了。目光所及到处是一片银灰。这个灰色且把远近土地的界限，和草木色泽的等级，全失去了意义，只从远处闪烁摇曳微光中，知道那个处所有村落，有人。站了一会儿，我不免恐怖起来。因为这个灰色正像一个人生命的形式。一个人使用他的手有所写作时，从文字中所表现的形式。“这个人是谁？是死去的还是生存的？是你还是我？”从远处缓慢舂米声中，听出相似口气的质问。我应当试作回答可不知如何回答，因之一直向家中逃去。

二奶奶见个黑影子猛然窜进大门时，停下了她的工作。

“疯子，可是你？”

我说：“是我！”

二奶奶笑了：“沈先生，是你！我还以为你是小香，正经事不作，来吓人。”

从二奶奶话语中，我好像方重新发现那个在绿色黑色和灰色中失去了的我。

上楼见主妇时，问我到什么地方去了那么久。

“你是说刚才，还是说从白天起始？我从外边回来，二奶奶以为我是小香疯子，说我一天正经事不作，只吓人，知道是我，她笑了，大家都笑了，她倒并没有说错。你看我一天作了些什么正经事，和小香有什么不同。不过我从不吓人，只欢喜吓吓我自己罢了。”

主妇完全不明白我所说的意义，只是莞尔而笑。然而这个笑又像平时是了解与宽容、亲切和同情的象征，这时对我却成为一种排斥的力量，陷我到完全孤立无助情境中。在我面前的是一颗希有素朴善良的心。十年来从我性情上的必然，所加于她的各种挫折，任何情形下，还都不曾将她那个出自内心代表真诚的微笑夺去。生命的健全与完整，不仅表现于对人性情对事责任感上，且同时表现于体力精力饱满与兴趣活泼上。岁月加于她的限制，竟若毫无作用。家事孩子们的麻烦，反而更激起她的温柔母性的扩大。温习到她这些得天独厚长处时，我竟真像是有点不平，所以又说：

“我需要一点音乐，来洗洗我这个脑子，也休息休息它。普通人用脚走路，我用的是脑子。我觉得很累。音乐不仅能恢复我的精力，还可缚住我的幻想，比家庭中的你和孩子重要！”这还是我今天第一回真正把音乐对于我意义说出口，末后一句话且故意加重一些语气。

主妇依然微笑，意思正像说：“这个怎么能激起我的妒嫉？别人用美丽辞藻征服读者和听众，你照例先用这个征服自己，为想象弄得自己十分软弱，或过分刚强。全不必要！你比两个孩子的心实在还幼稚，因为你说出了从星光中取火的故事，便自己去试验它。说不定还自觉如故事中人一样，在得到了火以后，又陷溺到另一个想象的泥潭中，无从挣扎，终于死了。在习惯方式中吓你自己，为故事中悲剧而感动万分！不仅扮作想象中的君子，还扮作想象成的恶棍。结果什么都不成，当然会觉得很累！这种观念飞跃纵不是天生的毛病，从整个发展看也几几乎近于天生的。弱点同时也就是长处。这时节你觉得吓怕，更多时候很显然你是少不了它的！”

我如一个离奇星云被一个新数学家从什么第五度空间公式所捉住一样，简直完全输给主妇了。

从她的微笑中，从当前孩子们浓厚游戏心情所作成的家庭温暖空气中，我于是逐渐由一组抽象观念变成一个具体的人。“音乐对于我的效果，或者正是不让我的心在生活上凝固，却容许在一组声音上，保留我被捉住以前的自由！”我不敢继续想下去，因为我想象已近乎一个疯子所有。我也笑了。两种笑融解于灯光下时，我的梦已醒了。我做了个新黄粱梦。

将精力和信心粘附到民族发展需要上去

| 原题《白魇》，首发于一九四四年五月十五日重庆《时与潮文艺》。

我需要清静与单独，因此长住在乡下。

乡下居住一久，和场面社会都隔绝了，一家便在极端简单生活中，送走连续而来的每个日子。简单生活中又似乎还有个并不十分简单的人事关系存在。即从一切书本中，接近两千年来人类为求发展争生存种种哀乐得失。他们的理想与愿望，如何受事实束缚挫折，再从束缚挫折中突出，转而成为有生命的文字，扩大加强那个向往与趋赴，这个艰苦困难过程，也仿佛可以接触。其次就是从各方面通信上，还可和另外环境背景中的熟人谈谈过去，和陌生朋友谈谈未来，当前的生活一与过去未来连接时，生命便重新获得一种深刻而丰富意义。再其次即从少数过往客人中，见出这些本性善良可爱人物的灵魂，被生活压力所及，影响到义利取舍时，欲望贴近地面，是个什么样子，同样对于幽微曲折人性若有会于心。

这时节，我面前桌上正放一堆待复的信件，和几包刚从邮局取回的书籍。信中提到的，不外战争带来的亲友死亡消息，或青年朋友与实生活迎面时，对于社会所感到的绝望，以及人近中年，从诚实工作接受寂寞报酬，一面忍受这种寂寞，一面总不免有点郁郁不平。因之精神慢慢分解，失去本来的自主形成一种悲剧的迸发。从这种通信上，我俨然便看到当前社会一个断面。明白这个民族在如何痛苦中，接受时代所加于他们身上的严酷试验，社会动力既决定于感情与意志，新的信仰且如何在逐渐生长中。倒下去的生命，已无可补救。我得从复信中给活下的他们一点希望，也从复信中认识认识自己。

二十六岁的小表弟黄育照，在洞庭湖边谷仓争夺战中，于华容为掩护部属抢渡，救了他人救不了自己，阵亡了。同时阵亡的还有个聂清。为写文章讨经验，随同部队转战各处已六年。还有个作军需的子昭，在嘉善作战不死却在这一次牺牲。这种牺牲其实还包含有一个小小山城五千孤儿寡妇的饮泣，一朝上每家门前多一小小白木牌子。然而这是战争！

……人既死了，为做人责任和理想而死，活下去的徒然悲痛，实在无多意义。既然是战争，就不免有死亡！死去的万千年青人，谁不对国家前途或个人事业，有种光明希望和美丽的梦？可是在接受分定上，希望和梦总不可免会破灭。或死于敌人无情炮火，或死于国家组织上的弱点，二而一，同样完事。这个国家因为前一辈不大振作，自私而贪得，愚昧而残忍，使我们这一代为历史担负那么一个沉重担子，活时如此卑屈而痛苦，死时如此胡涂而悲惨。更青年一辈，可有权利向我们要求，活得应当像个人样子！我们尽这一生努力，来让他们活得比较公正合理些，幸福尊贵些，不是不可能的！

一个朋友离开了学校将近五年，想重新回学校来，被传说中昆明生活愣住了。因此回个信告他一点情况。

……这是一个古怪地方，天时地利人和条件具备，然而乡村本来的素朴单纯，与城市习气作成的贪污复杂，却产生一个强烈明显对照，使人十分痛苦。湖山如此美丽，人事上却贫富悬殊到不可想象程度。到处是钞票在膨胀，在活动，大多数人的作人兴趣，即维持在这个钞票数量争夺过程中。钞票越来越多，因之一切责任上的尊严，与作人良心的标尺，都被压扁扭屈，慢慢失去应有的完整。正当公务员过日子都不大容易对付，普通绅商宴客，却时常有熊掌、鱼翅、鹿筋、象鼻子点缀席面。奇特现象中最不可解处，即社会习气且培养到这个堕落现象的扩大。大家都好像明白战时战后决定这个民族百年荣枯命运的，主要的还是学识，教部照例将会考优秀学生保送来这里升学，有钱人子弟想入学校肄业，恐考试不中，且乐意出极大报酬代价找替考人，可是公私各方面，就似乎从不曾想到这些教书十年二十年的书呆子，过的是种什么紧张日子。雨季中许多人家半浸在水里，也似乎是应分的。本地小学教员已到有 ×× 收入，大学校长收入却小些；大学教授收入在一半法币上盘旋，完全近于玩戏法的，要一条大蛇从一根细小绳子上爬过。这是当前有理性的知识分子活在无能力的统治机构下必然的悲处，战争如果是个广义形容词，大多数同事，就可说是在和一种风气习惯而战争！情形虽已够艰苦，实并不气馁！日光多，自由多，在日光之下能自由思索，培养惑疑和否定的种子，这是支持我们情绪唯一的撑柱，也是重造这个民族品德的一点转机！缺少适应现实能力的，却在追求抽象，这里要的是真正勇敢！

一个习文学的朋友，写了近百万字作品，搁在手提箱中待出路。译了一大堆作品，勉强可以生活下去。从自修俄文到将托尔斯泰《战争与和平》译毕，再一字一句重抄三次，印出后大家尚不知译书的人是谁。

……国家在忧患中受试验，个人也免不了有一分。一切事似乎都若无可为，一切事总又若于黯淡湿雾中，还透露出一线光明。因为从各种工作各种事业，都可看出正有人将精力和信心粘附到这个民族发展需要上去。且有人充满否定勇气，想从事实泥淖中挣扎而出。这点信心和希望，目前虽尚若十分散漫，到某一时必有个方式可以归纳成为一个目的。合理的进步，终是可望的！我们在这里日子过得虽如黔娄[①]先生，情绪却很好。尤其是作主妇的，在家事与校课两忙中，直到把一个主妇最高效率用尽后，还不至于累倒，尚能从从容容的把你译的一切书仔细读完！（试想想，到处都有这种读者，你工作并不寂寞！）自以为能够把握现实深谋远虑的人，都各在想方设法用变相高利贷方式，向乡下人囤购粮食杂物，我们却正讨论到使用生命向什么方面比较有意义。你说的……极平常自然。近二十年来习文史多侧重章句知识，因之乡愿陋儒点缀思想家间，本身尚难脱离圆光算命鬼神迷信，领导他人时当然不外如彼如此。阿谀情趣若与热中打算相会合，即不免有类乎现代群儒铸九鼎行为发生。这是必然的结果，并非偶然的表现。这也正可提供后来者作参考，让我们明白读书若在求知识以外，还有点意义，应当是从书本上接受一个健康坚实的做人原则，目下有些人是谈不到这个的。若一切经典所建

①黔娄，战国时代齐国著名隐士，安贫乐道。

设的抽象原则，已失去其应有尊严作用，而显得腐霉败坏时，我们此时就得来从文学上重新努力。

这种信照例写不完，乡下虽清静无从长远清静，客人来了，主妇温和诚朴的微笑，在任何生活狼狈情形中从未失去。微笑中不仅表示对于生活的乐观，且可给客人发现一种纯挚同情；对人对事无机心的同情，使得间或从家庭中小小拌嘴过来的女客人，更容易当成个知己，以倾吐腹心为快。这一来，我工作自然就得停顿了。

凑巧来的是白胖胖的何太太，善于用演戏时兴奋情感说话，叙述琐事能委曲尽致，表现自己有时又若故意居于不利地位，增加点比本人年龄略小的爱娇。女孩儿家喉咙响，声音分外大，一上楼时就嚷：

“从文先生，我又来了。一来总见你坐在桌子边，工作好忙！我们谈话一定吵闹了你，是不是？我坐坐就走！真不好意思，一来就妨碍你，你可想要出去做文章？太阳好，晒晒太阳也有好处。有人说，晒晒太阳灵感会来，让我晒太阳，就只会出油出汗！我又加重了十一磅！你试说咋个了？”

我不免稍微有点受窘，忙用笑话自救：“若想找灵感，依我想，最好倒是听你们谈谈天，一定有许多故事可听！”

“从文先生你说笑话……可别骂我，千万别把我写到你那文章中！他们说我是座活动广播电台，长短波都有，性能灵敏，修理简单，材质结实，这是仿单上的说明。其实！唉，我不过是……”

我赶忙为补充：“一个心直口快的好人罢了。你若不疑心我是骂人，我常觉得你实有天才，真正的天才，观察事情极仔细，描画人物兴趣又特别好。对人对事都充满热忱。往年王敦吃人家澡豆，前不多久我的弟弟在印度王公府上聚餐，金盏中洗手水也只想喝去。”

“这不是骂我是什么！”

我心想，好聪敏，你一定又联想到大观园中那一位傻大姐了。我并没有这个意思！不成不成，这不是议会和讲堂，决非口舌奋斗可以找出结论。因此，忽略一个作主人的应有礼貌，在主妇微笑示意中，离开了家，离开了客人，来到半月前发现“绿魇”的枯草地上了。

我重新得到了清静与单独。

我面前是个小小四方朱红茶几，茶几上有个好像必需写点什么的本子。强烈阳光照在身上和手上，照在草地上和那个小小本子上。阳光下空气十分暖和，间或吹来一阵微风，空气中便可感觉到一点从滇池送来冰凉的水汽，和一点枯草香气。四围景象和半月前已大不同：小坡上那一片发黑垂头的高粱，大约带到人家屋檐下，象征财富之一部去了。待翻腾的土地上，有几只呆呆的戴胜鸟在寻觅虫蚁吃食。那个石榴树园，小小蜡黄色的透明叶片，早已完全落尽，只剩下一簇簇银色带刺细枝，点缀在一片长满萝卜秧子新绿中。河堤前那个连接滇池的大田原，极目绿芜照眼，再分辨不出被犁头划过的纵横赭色条纹。河堤上那些成行列的松柏，也若在三五回严霜中，失去了固有的优美，见出一点萧瑟。在暖和明朗阳光下，结队旋飞自得其乐的蜉蝣，更已不知死到何处去了。

我于是从面前这一片枯草地上，试来仔细搜寻，看看是不是还可发现那些绿色斑驳金光灿烂的小小甲虫，依然能在阳光下保留本来的从容闲适，带着轻快神情，于草梗间无目的漫游，并充满游戏心情，从弯垂草梗尖端突然下坠？结果完全失望，一片泛白的枯草间，即那个半月前爬上我手背若有所询问的小小黑蚂蚁，也不知归宿到何处去了。

阳光依旧如一只温暖的大手，从数千万里外向一切生命伸来。除却我和面前土地，接受这种同情时，还感到一点反应，其余生命都若在“大块息我以死”态度中，各人都在思索边际以外结束休息了。枯草间有着放光细劲枝梗带曳长穗的狗尾草类植物。种子散尽后，尚依旧在微风中轻轻摇头，假装在光下表示生命虽已完结，责任犹未完结神气。

天还是那么蓝，深沉而安静，有灰白的云彩从树林尽头慢慢涌起；如有所企图的填去了那个蓝穹一角。随即又被一种不可知的力量所抑制，在无可奈何情形下，转而成为无目的的驰逐。驰逐复驰逐，终于又重新消失在蓝与灰相融合作成的珠母色天际。

大院子同住的人，只有逃避空袭方来到这个空地上。我需要逃避的，却是地面上一种永远带点突如其来的袭击。我虽是一个写故事的，照例不会拒绝一切与人性有关的见闻，可是从性情可爱的客人方面所表现的故事，居多都像太真实了一点，待要把它写到纸上时，给人印象不是混乱荒谬，便反而近于虚幻想象了。

……另一时，正当我们和朋友商量到一个严重问题时，一位爱美而热忱，长于用本人生活抒情的温太太，如一个风暴突然侵入房中。

“×× 先生（向一位陌生客人说），你多大年纪了，怎么总不见老？十年前你是这个样子，现在还是一模一样，吃了多少赐保命！我从四川回来，人都说我老了，不像从前那么一切合标准了（抚抚丰腴的脸颊），我真老了，我要和我 ×× 离婚，让他去和年青女人小羚羊小梅花鹿恋爱，我不管（她补充说私下看过先生日记）。我喝咖啡多了睡不好觉，会失眠（用银匙子搅和咖啡)。这墙上的字写得真好，写得多软和（用手胡乱画那些不大容易认识的草字)。人老了真无意思，我要走了。明早又还得进城，……真气人。”温太太话一说完，当真气走了。只留下一个飓风来临的空气在一群朋友间，虽并不见毁屋拔木，可把人弄得胡胡涂涂。

那种人为的飓风去后许久，主客之间还不免带点剩余惊悸，都猜想：也要当真会有什么重大变故要发生了。至少是这变故业已在温太太灵魂上发生？结果还亏主妇用微笑打破了这种沉闷。

“温太太为人极可爱，有什么说什么。只因为太爱好，事不能尽如人意，琐琐家务更多烦心，所以总是去向朋友说到家庭问题。其实刚才说起的事，不仅你们不明白，过一会儿她自己也就忘记了，我猜想，明天进城一定是去吃酒，不是有什么别的问题的！”大家才觉得这事原可以笑笑，把空气改变过来。

主妇还有话不曾说明，即另外一时本来有客人来乡下代温太太要处理大问题，结果却只是吃了杯酒，调解无事。

温习到这个骤然而来的可爱风暴时，我心便若失去了原有的谧静，再也不能集中于一种意见或一组观念上。

我因此想起许多事情。如彼或如此，在人生中十分真实，但各有它存在的道理，巴尔扎克或高尔基，笔下都不会放过。可是这些事在我脑子中，却只作成一种混乱印象，假若一页用失去了时效的颜色，胡乱涂成的漫画，这漫画尽管异常逼真，但实在并不动人。这算个什么？我们作人的兴趣或理想，难道都必然得奠基于这种猥琐粗俗现象上，且分享活在这种事实中的小小人物悲欢得失，方能称为活人？一面想起这个眼前身边无剪裁的人生，虽无章次，却又俨然有物各遂其生的神气，一面想起另外一些人所抱的崇高理想，以及理想在事实中遭遇的限制、挫折、毁灭，正若某种稀有高级生物受自然苛刻特别多，不能适应反而容易夭折，不免苦痛起来。我还得逃避，逃避到一种抽象中，方可突出这个人事印象的困惑。

我耳边有发动机在高空搏击空气的声响。这不是一种简单音乐，单纯调子中，实包含有千年来诗人的热狂幻想，与现代技术的准确冷静，再加上战争残忍情感相揉合的复杂矛盾。这点诗人美丽的情绪，与一堆数学上的公式，三五十种新的合金，以及一点儿现代战争所争持的民族尊严感，方共同作成这个现象。这个古怪拼合物，目前原在一万公尺以上高空中自由活动，寻觅另外一处飞来的同样古怪拼合物，一到互相发现时，三分钟内的接触，其中之一变成一团火焰向下飘坠。这一世界各处美丽天空下，每一分钟内差不多都有这种火焰一朵朵往下坠。我就还有好些小朋友，在那个高空中，用极端单纯的注意，预备使别人从火焰中下坠，或自己挟带着火焰下坠。

当高空飞机发现敌机以前，我因为这个发现，我的心，便好像被一粒子弹击中，从虚空倏然坠下，重新陷溺到一个更复杂人事景象中，完全失去方向了。

忽然耳边发动机声音重浊起来。抬起头时，便可从明亮蓝空间，看见一个银白放光点子，慢慢的变成了一个小小银白十字架。再过不久，我坐的地方，面前朱红茶几，茶几上那个用来写点什么的小本子，有一片飞机翅膀作成的阴影掠过，阳光消失了。面前那个种有油菜的田圃，也暂时失去了原有的嫩绿。待阳光重新照临到纸上时，在那上面我写了两个字，“白魇”。

用美与爱重造我们的国家

| 原题《美与爱》，首发于一九四三年六月《云南看云集》。

宇宙实在是个复杂的东西，大如太空列宿，小至蜉蝣蝼蚁，一切分裂与分解，一切繁殖与死亡，一切活动与变易，俨然都各有秩序，照固定计划向一个目的进行。然而这种目的却尚在活人思索观念边际以外，难于说明。人心复杂，似有过之而无不及。然而目的却显然明白，即求生命永生。永生意义，或为精子游离而成子嗣延续，或凭不同材料产生文学艺术。似相异，实相同，同源于“爱”。

一个人过于爱有生一切时，必因为在一切有生中发现了“美”，亦即发现了“神”。必觉得那点光与色，形与线，即足代表一种最高的德性，使人乐于受它的统制，受它的处治。人类的智慧亦即由其影响而来，然而典雅词令和华美仪表，与之相比都见得黯然无光，如细碎星点在朗月照耀下一样情形。它或者是一个人、一件物、一种抽象符号的结集排比，令人都只能低首表示虔敬。正若因此一来，虽不会接近上帝，至少已接近上帝造物。

这种美或由上帝造物之手所产生，一片铜，一块石头，一把线，一组声音，其物虽小，亦可以见世界之大，并见世界之全；或即造物，最直接简便那个“人”。流星闪电于天空刹那而逝，从此烛示一种无可形容的美丽圣境，人亦相同，一微笑，一皱眉，无不同样可以显出那种圣境。一个人的手足毛发在此一闪即逝更缥缈的印象中，并印象温习中，都无不可见出造物者之手艺无比精巧。凡知道用各种感觉去捕捉住此美丽神奇光影的，此光影在生命中即永生不灭。屈原、曹植、李煜、曹雪芹，便是将这种光影用文字组成篇章，保留得完整的几个人。这些人写成的作品，虽各不相同，所得启示必古今如一，即被美所照耀，所征服，所教育是也。

美固无所不在，凡属造形，如用泛神情感去接近，即无不可见出其精巧处和完整处。生命之最高意义，即此种“神在生命中”的认识。惟宗教与金钱，或归纳，或消蚀，已令多数人生活下来逐渐都变成庸俗呆笨，了无趣味。这些人对于一切美物、美事、美行为、美观念，无不漠然处之，毫无反应。于宗教虽若具有虔信，亦无助于宗教的发展；于金钱虽若具有热情，实不知金钱真正意义。

这种人既填满地面各处，必然即堕落了宗教的神圣性庄严性，凝滞了金钱的活动变化性。这种人大都富于常识，会打小算盘，知从“实在”上讨生活，或从“意义”“名分”上讨生活，捕蚊捉蚤，玩牌下棋，在小小得失上注意关心，引起哀乐。生活安适，即已满足。活到末了，倒下完事。这些人所需要的既只是“生活”，并非对于“生命”具有何等特殊理解，故亦从不追寻生命如何使用，方觉更有意义。因此若有人超越习惯的心与眼，对美特具敏感，即自然将被这个多数人目为“痴汉”。若与多数人庸俗利害观念相冲突，且成为疯狂，为恶徒，为叛逆。换言之，即一切不吉名词，无不可加诸其身。对此消极的称为“沾染不得”，积极的为“与众弃之”。然而一切文学美术以及多数思想组织上的巨大成就，却常常惟这种痴汉有分与多数无涉，则显而易见。

世界上缝衣匠、理发匠、作高跟皮鞋的，制造胭脂水粉的，共同把女人的灵魂压扁扭曲，失去了原有的本性，亦恰恰如宗教、金钱，到近代再加上个“政治倾向”，将多数男子灵魂压扁扭曲所形成的变态一样。两者且有一共同点，即由于本性日渐消失，“护短”情感因之亦与日俱增。和尚、道士、会员、议员……，人人都俨然为一切名分而生存得十分庄严，事实上任何一个人却从不曾仔细思索过这些名词的本来意义。许多“场面上”人物，只不过如花园中盆景，被所谓思想观念强制曲折成为各种小巧而丑恶的形式罢了。一切所为所成就，无不表现出对自然之违反，见出社会的拙象和人的愚心。然而近代所有各种人生学说，却大多数起源于承认这种种，重新给予说明与界限。这也就正是一般名为“思想家”的人物，日渐变成政治八股交际公文注疏家的原因！更无怪乎许多“事实”“纲要”“设计”“报告”，都找不出一点依据，可证明它是出于这个民族最优秀头脑与真实情感的产物，只看到它完全建立在少数人的霸道无知和多数人的迁就虚伪上面，政治、哲学、美术，背后都给一个“市侩”人生观在推行。换言之，即“神的解体”！

神既经解体，因此世上多斗方名士，多假道学，多蜻蜓点水的生活法，多情感被阉割的人生观，多阉宦情绪，多无根传说。大多数人的生命如一堆牛粪，在无热无光中慢慢燃烧，且结束于这种燃烧形式，不以为异。本来是懒惰麻木，却号称为“老成持重”，本来是怯懦小气，却被赞为“有分寸不苟且”，他的架子虽大，灵魂却异常小。他目前的地位虽高，却用过去的卑屈佞谀奠基而成，这也就是社会中还有圆光、算命、求神、许愿种种老玩意儿存在的理由。因为这些人若无从在贿赂阿谀交换中支持他的地位，发展他的事业，即必然要将生命交给不可知的运与数的。

然而人是能够重新知道“神”的，且能用这个抽象的神，阻止退化现象的扩大，给新的生命一种刺激启迪的。

我们实需要一种美和爱的新的宗教，来煽起更年青一辈做人的热诚激发其生命的抽象搜寻，对人类明日未来向上合理的一切设计，都能产生一种崇高庄严感情。国家民族的重造问题，方不至于成为具文，为空话！五月又来了，一堆纪念日子中，使我们想起用“美育代宗教”的学说提倡者蔡孑民老先生对于国家重造的贡献。蔡老先生虽在战争中寂寞死去了数年，主张的健康性，却至今犹未消失。这种主张如何来发扬光大，应当是我们的事情！

第三辑　我的责任也是我的权利

事实上国民毛病在旧观念不能应付新世界，因此一团糟。目前最需要的，还是应当从政治、经济、教育、文学各方面共同努力，用一种新方法造成一种新国民所必需的新观念：使人人乐于为国家尽义务，且使每人皆可以有机会得到一个“人”的各种权利。

中国实在毫无光荣出路可言

| 原题《“中国往何处去”》，首发于一九四八年九月一日《论语》半月刊。

前不多天，一个朋友为某报提出几个问题，找寻答案。问题是：中国有没有前途？如何才是它的出路？如何挽救它的危机？

从任何民族历史学习，凡某一国家，统治方式失去重心和弹性后，社会矛盾必逐渐加剧，无法平衡，内战分裂即无从避免。结果照例由于普遍持久的战火，带来一种普遍破坏和疲乏。社会矛盾即幸而从武力压倒方式得到表面平衡，国家元气业已消耗将尽。随即是强邻异邦势力乘隙而进，纵不亡国灭祀，也不免成为失去自主性的他人附庸。世界上许多事情都有例外，“自残必弱国”则无例外。一个民族用长久内战自残，虽有些复杂因子，然而也正说明这个国家政府上层组织、社会一般结构，以及个人思想人生观，实在都有了问题，到了一个等待重新安排情形下，国家有无前途，不在战事胜败，全看这个重新安排如何而定。

八年抗战，虽说到处焦土。炮火焚灼所及，由北而南，直迫近西南边省。犹幸于国际局势变化中，胜利和平，不费什么困难，即接收了敌人在华南、华中、华北保持得完完整整几个工矿动力大单位，使饱经忧患迫近暮年的专家学人，无一个不含泪微笑，相互庆幸。都以为半生学习经验，忍受种种挫折，幸而国运不坠，于千险万难中居然得到转机，正可为这个国家下一代奠下个“现代化”基础。尤其是台湾与东北的国土回复，敌人在南北两面苦心经营留下的一切，引起了国内专家学人作过多少好梦！

然而复员以后，问题随来。经过二十年内战教训，八年被日敌蹂躏残杀，保有武力和武器的特种人，尚缺少真正觉悟，控制这个武力武器的政治家，更缺少远大眼光，一党一派独占的权利，还只想超机会扩大到各方面去，一点信心却寄托于战时人民的屈服和手中实力的保持。但既有了问题，各方面在估计中即已感到相当棘手，因此有政协会议。会议基础本不大健全，首重党派在中央和地方权利分配，人民真正需要却谈不到，顾不及。谈判破裂，势不可免。然而内战究竟不是一件小事情，所以随即又有军调进行，不幸居间调人又恰恰是个对中国军略地位充满兴趣、人民情感社会问题十分膈膜的美国军官，进行空气即已十分尴尬。双方谈判情绪，还依然是有多少实力，占多少地方，一种完全现实的硬性的讨价还价。且都坚强而自信，万一调处不成，即不惜用国家全部资源，剩余壮丁，一例加入作注，赌个胜败。半年调处，弥缝难周，结果是调人退出，战火重启。

两年来虽从收音机中，吾人间或尚可闻权威象征广播时喉音嘹亮稳重，重申全面战信心时，亦若把握十分。其实则伟人伟业，早已将全个国家，作成一滩血污，一片火海。内战未完结，赌国运者牵线人有二：一在太平洋彼岸，一在邻境；内战即完结，天下定于一，牵线人亦非彼即此。一个元气业已耗尽，国际地位业已打光的残破国家，在政治、经济、军事及更多方面都失去了自主性以后，说出路，除了成为新世界强权国家的殖民地、附属物、牺牲品，实在毫无什么光荣出路可言！在这个过程中，朝野党团及个人地位声望，尽管越打越大，武力武器也可能越打越多，然而国家人民却将越来越不成样子。延长下去，民族夙命大悲剧即成目前，脱不出国际两强争霸屠杀场，和新型武器试验场。

事实放在眼前如此分明，战争却依然在僵固矛盾中发展延续。在这里，让我想起胡适之先生答覆记者两句旧话，即："决定战争固要勇气，进行和平更要真正勇气。"转觉言简而意深。一个现代伟人，或在朝，或在野，由于一种已成习惯的政治逻辑，手中只要保有一点武力，到某一时都不讳言战争。为的是局部或全面战争，进行虽十分激烈，对于他本人说来还是十分安全，无丝毫影响。胜败虽好像置身其中，其实永远置身事外。（或到不得已时向国外一跑，或根本即在国外。）至于言和平呢？可就不那么简单了。和平明白的含义，是把一切问题从武力以外来检讨来寻觅解决方法。这种重新安排要发生效果，不止是某种具体事态的承认，还得就某几种不同抽象原则加以折衷。必首先将人民需安定需休息的真正意见愿望完全肯定，个人与所代表党派都具有绝大牺牲心，来满足人民这种合理愿望，和平方能进行。和平的基本条件为：第一，寄托于一切武力下作成的权势必受限制，第二，一切政治宣传所作成的不正常空气得加以清除，第三，出于专家学人的良好意见，对现社会组织负责方面的有用经验，以及人的共通理性，都得到充分抬头机会。和平与民主不可分，真正的民主也只有从这种和平空气中方可实现。和平次一步路，是将一个用仇恨感情进行的内战加以结束后，大家用一种爱与合作的新的觉醒态度，从各方面来鼓励中国人民和知识青年，在这个为残酷无情内战所摧毁的国家废墟上，重新建设一个公平合理的民主国家。试稍稍分析当代朝野伟人的心理状态，就可知对于用战争一面倒的胜利来解决一切的信心，虽已慢慢失去，对于从战争以外来寻觅和平的勇气，实在依然缺少。社会其他方面，也都知道人民真正需要是和平，这两个字却由于种种忌讳，不肯言，不敢言。在政治宣传上或如此如彼提出原则，在政客行动中或小作试探，由于一种心理上的惰性，到头来都不免依然被事实缚住，动弹不得。或身当其事，或别有企图，直接间接导演过这种民族自残大悲剧的人，求其如数年前大公报记者所说的全国性的愧、悔、改，实在还时机不到，也可说无可希望。

一个国家政治上多不倒翁式的万能官僚，却少有深远眼光巨大魄力的政治家；学术上多对于强权附会文巧的新式谶纬家，却少有对国家民族具无私热爱的哲学家和诗人。组织如此不健全，却得国际剩余军火的接济，人民即憔悴欲尽，武力尚十分庞大。在另外一方面，则政治上推行的是中国人民完全陌生的一套，然而这一套在技术上既能将人民组织成一个庞大武力，各处流动，永不消灭，又能将知识青年热情吸收控制，在任何一处任何事件上，都表示一种逐渐加强的向心力。这个庞大组织且慢慢的从各方面作种种适应与修正，吸收更多方面的新势能，并扩大作战技巧。……这种对峙内战难结束，中国往何处去？往毁灭而已。

所以说，“前途”“出路”和“危机挽救”，希望于当前，实无可希望。希望于明天，还是青年的真正觉醒。我们实需要一个更新的新青年运动，来扭转危机，收拾残破。这运动思想浸润将重于政治学习。正由于一种真正的觉醒和信心的获得，来重新寻觅发现，首先不妨是分路出发，终结却必然异途同归：若新的青年有勇气敢憧憬将国家现实由分裂破碎改造成团结一致，将人民情感由仇恨传染改造成爱与合作，并有勇气将内战视为一种民族共通的挫折，负责者最大的耻辱。国家明日即再困难，终有克服困难，向前发展，得到新生机会的一天。若独立觉醒无可望，而多数青年知识分子定向的抉择，却由于强力的依附，及宣传活动的结果，共同作成一种信仰。不特内战难结束，即结束，我们为下一代准备的，却恐将是一份不折不扣的“集权”！

国家的悲哀在于做人没有神圣庄严感

| 原题《找出路——新烛虚二》，首发于一九四三年七月七日《民族文学》。

战事初起一二年后，许多人为了个人出路都感到惶恐，倒也近于人类求生存的本能，相当庄严，并非儿戏。这种恐怖最近于神经过敏的例子，无过于我相熟的一个年青朋友事情。这人经我介绍到上海一个最有名的机关供职，服务还不上半个月，战事一发生，别的问题不担心，却忧虑他个人住在五百万人口的上海，无米可买，吃饭发生困难。因此抛下工作，早早的就跑到一个出米省份去了。（吃了将近六年的大米饭，照理说，他应当胖多了。）至于最普通常见的例子，自应数神经衰弱的读书人跑银行。一般人所知道的，只是大学生为出路计争入经济系，准备站柜台，使得国家内办大学教育的人，不免有点丧气。即主持法商学院的，在学生注册选课时，虽相当兴奋，也许依然会对他们皱皱眉，想要问问："你们是来做那样的？"真的询问时，有些人将冲口而答："我是来找出路的！"正因为大学习惯，虽侧重在为社会培养应用人材，不尽是每个人都可望成为研究家。可是让学校成为下级职员训练班，负责人心中也不无

痛苦。其实这个现象是不能怪学生的，学生的老师，敏感而长于求生存知去就的即大有其人。作史地社会研究的，习外国文学的，考古的……作了专家教授以后，向“生活保险库”跑的人多哩。

有个某君，算是得国家供养唯一习南欧文学的一位，回国来不想到如何用十年工夫翻译一部《神曲》，或作点别的有益于国家事情，却入银行做了个“秘书”，他最得意处是不必办公，且可用公家便利从越港办点日用货物。通常常充满愉快神情告人说：“家中有最好洋酒，并养了几只洋狗。”他和酒，和狗，竟俨如三位一体，唯入银行方能完备。这个例子说来并不使人为其愚而自私好笑，倒令人为国家前途悲哀。础润知雨，从小可以见大，从这个人生活态度上，即可见一些人若不知自重、不明大体，教育即受得再好，也还是不济事。如空读了一大堆世界上第一等头脑写成的好书，做人方式却只学意大利水兵在上海过日子方式，到他成了上等人后，自然就会如彼如此安排自己！社会上像某君的一定常可以见到，所以我们就不必单独说打出路算盘的青年为失计，来责怪他们把个人生命看得那么小了。

用做生意作譬喻：有些人若只打量就地卖卖烧饼葵花子糊口，除糊口外对生命并无高尚理想或雄心大志，不能冒险去作其他大事业，也想不到脚下还有个丰富的矿床，只要稍稍使力就可挖掘开发，我们从忠恕处说，还应当称赞他们“知足守分”为合理。因为国家的重造，固然需要许多有作为的年青人，抱定宏愿与坚信，好好努力学习理解一切艰深问题，学成后再来担当重大工作，战胜环境，克服困难，在一堆破碎瓦砾中重造一个比过去更完美的国家。但也不可少另外一种人，即一生最高理想，只是有个安定职业混日子，养家活口，头脑简简单单，衣服干干净净，待人诚诚实实，作事规规矩矩，年终得点例有奖金，即换颗金戒指，买双好鞋子，或储蓄给家中作儿女教育经费，或买张什么储蓄券，一家人就常常做无害于人有益于己的头奖梦。……说真话，社会的稳定性，原本就是要这个中层分子的知足守分，方能得到的！社会的繁荣，也不可缺少这种人的！在建国上我们亦不能把这个“知足守分”的好处去掉，为的是他在一切组织机构里，都有其良好普遍的作用。

至于作秘书消化洋酒一流人物，我们当然不必存什么希望，因为根基已定了，就让他那么下去也不妨。这是一种时代的沉渣，过不久会有方法滤去的。可是对于年青人，却又依然还容许我们保留一点希望。即这些人有了“生活”出路以后，一部分也许能学会反省，或生活暇裕时得到机会反省。到那时，他自会打量到生命的出路。会怀疑生活虽有着落，生命是否即有意义？很可能将感到一点烦闷。这对个人就是一个转机。因为他如果是个身心健全的年青人，还会有勇气从那个安乐窝中跑出，接受变动时代所应有的压力与教育，重新找寻根据，创造他的事业，发展他的生命。他若未离开学校，也许还会有勇气重新起始在别一系院再念几年书。这个重新安排的方式，与我前面说的社会稳定性也并无矛盾处。因为跑银行只是一种风气，当时出于个人出路的关心，风气一成，多数年青人自然便不大思索的一齐跑去。然而事实上就中却有一部分年青朋友并不宜从那个单调而沉闷工作中讨生活。到社会上一般事业发展比较平均，国家设计又见出在鼓励有作为年青人从多方面发展时，银行职业生活的单调，就恰好成为一个自然的大筛，必将把不安于单调的年青人筛出。这也正是从去年起始，到处听到朋友“从银行跑出”的一个现象最合理解释，年来大学校的学生，习理工文史的，多成绩较好学生的原因。这个转机对个人得失虽不可知，对国家社会大有好处，是显而易见的！

这转机据个人私见说来，还可以从一种设计上加强他的作用，并防止在未来一时的社会变动，产生那个回复现象。年青人的做人良心，是容易激发的。正因为生活与社会还隔一层，不大贴近实际，追求抽象原则的勇气，照例即比“为衣食谋”的糊口打算为强。廿年来这个勇气表现于五四思想解放上，表现于五卅群众兴奋上，表现于北伐与军阀争斗牺牲上，无不见出自尊心的觉醒，用得其当，所能产生的作用如何大。再从北伐统一以后的种种政治思想纠纷上，又见出自尊心觉醒以后，若用不得当，亦可能产生多大作用。至于这种做人良心激发的方式，可说完全是新出版物安排成功的。然而到现在，由报纸副刊成为杂志，由杂志成为单行本新书，再由这个关系产生一个新出版业，将出版物当成商品之一种作大量分配，除了它已经能稳定出版业本身，此外“理想”竟好像完全说不上了。即出于政治设计，从用钱方法与数量上看来，也见出认识这问题还不清楚，至多不出于点缀性质。居多从最小处下手，末了甚至于并点缀作用亦有限。即以若干公家新闻纸运用而言，放弃了“教育”理想，惟重在报告一点大体相同的消息，并吸收广告收入，以收入多表示为成功，这比大学生跑银行找出路，情形即完全相同。虽繁荣了一般商业，支持了新闻纸本身，其实也就见出点堕落的倾向。是事势的必要，还不过是风气的会趋？我将说，这也只是出于一种习惯而已。习惯已成，便不免有点积重难返。用广告维持报纸，是上海申新二报产生存在的原因。唯其是商业报纸，又在租界内有所凭藉，所以即可用社评与论文对于国家大计有所表示，而且将这种文章公诸民众，亦可用副刊娱乐并教育一般读者，增加他们一点常识与兴趣。辛亥革命后多了些政党，“机关报”即由此而来，意即在朝在野都可花钱来办报，各在自办报上发表对于国事主张，并用来批评攻击各另一党派。到民八风气一变，国家权势只在一批北洋军阀手中转来转去，一到内战发生时，除了报上有军人相互责难电报外，就是总统府秘书长饶汉祥先生代黎元洪草拟的息争四六文电。各党各派的政客，虽亦常常有文电在报上发表，事实上已将精力直接表现到议会会场上，所以报纸上登载他们打架抛墨盒的消息，还比通电有些作用，为的是引人发笑！然而五四前后报纸上却另外来了个新玩意儿，即名流学者来为副刊写文章。小至于短诗，大至于玄学与科学论战，国外第一流学者的演讲，……无不从报纸上介绍给读者，煽起年青人对于国家重造的幻想和热情。五四学生的表现，五卅工商的表现，北伐军人的表现，无不反映报纸所产生的作用。这作用到北伐成功新出版业兴起时，即已完全失去，为定期刊物或单行本所代替。然而几个著名报纸，社论来论尚保留一点批评国事检讨社会的能力。到战事发生后，一般报纸似乎就只有将可发表的新闻，各列标题发表，以及推测战事说点国际预言的功用了。因此报纸差不多都少个性，少特性，也逐渐失去了本来的作用。商业报纸有时为广告拥挤，竟将社评地位移作广告用，大报纸既只能看看新闻，所以小型报纸有了个试验机会。

从去年冬天起始，昆明市凭空多了好些周报，不到半年中，并且就见出一点选择淘汰作用。销路好的竟能每期到一万份左右，可望作到以报养报的方式。证明在一个较新编排方式下，还可给读者许多有益的影响，取得读者的爱重。只要认清对象，即可教育对象。近来且听说还有好些同类报纸在准备出版，这自然是个好现象，因如果负责方面各能就一方面长处好好发展，却又有个共同目的，即将报纸和读者关系重造。资本较充实的，还可定期定量为读者印行多种有价值的小册子，属于世界学术或普通常识的性质，一一印出，报纸读者均可用最低廉价格得到。一年后，即以昆明市而言，一切情形会不同多了。所以我想这正好作国内各地方办报的一种试验，即无从引起大报纸的革命，也可以养成一种新的风气，将小型报纸作用提高。或尽多数找出路的大学生，明白个人出路甚多，从银行跑出还有更宽广的天地可以好好发展，或鼓励公务员与一般从业员，知爱好，肯上进，用一个健康态度去学习一切，就可以将我们个人和国家发展，打成一片，毫无冲突，好好的来接受这场战争所应有的困难与成功！报纸本身的出路也可望除广告收入另外还有一种意义，足使办报的人对于工作重新得到神圣庄严感！这种神圣庄严感本来是固有的，可是却被一个不良习惯差不多毁尽了。代替而来的只是一种无尽期的疲乏，以及受限制说不出的痛苦。谈到这个现象时，我们实值得对一切报业前辈的努力尊敬与同情。因为他们曾经战斗过来，而且个人方面也居多并未放弃将新闻纸重造的理想。可是习惯不容易改正，恰恰如五十岁银行家不能改习地质，这事只好让二十四五岁的年青人来作了。我希望国内各大都市，都有许多小型报出现，每个新出的小报，都能抱有这个新的态度和社会对面！

中国人的病：失去了创造性与独立性

| 原题《中国人的病》，首发于一九三五年六月十日《水星》。

国际上流行一句对中国很不好的批评："中国人极自私。"凡属中国人民一分子，皆分担了这句话的侮辱与损害。办外交，做生意，为这句话也增加了不少麻烦，吃了许多亏！否认这句话需要勇气。因为你个人即或是个不折不扣的君子，且试看看这个国家做官的，办事的，拿笔的，开铺子作生意的，就会明白自私的现象，的确处处皆可以见到。它的存在原是事实。它是多数中国人一种共通的毛病。

一个自私的人注意权利时容易忘却义务，凡事对于他个人有点小小利益，为了攫取这点利益，就把人与人之间应有的那种谦退，牺牲，为团体谋幸福，力持正义的精神完全疏忽了。

一个自私的人照例是不会爱国的。国家弄得那么糟，同它当然大有关系。

国民自私心的扩张，有种种原因，其中极可注意的一点，恐怕还是过去的道德哲学不健全。时代变化了，支持新社会得用一个新思想。若所用的依然是那个旧东西，便得修正它，改造它。

支配中国两千年来的儒家人生哲学，它的理论可以说是完全建立于“不自私”上面。话皆说得美丽而典雅。主要意思却注重在人民“尊帝王”“信天命”，故历来为君临天下人主的法宝。末世帝王常利用它，新起帝王也利用它。然而这种哲学实在同“人性”容易发生冲突。精神上它很高尚，实用上它有问题。它指明作人的许多“义务”，却不大提及他们的“权利”。一切义务仿佛皆是必需的，权利则完全出于帝王以及天上神佛的恩惠。中国人读书，就在承认这个法则，接受这种观念。读书人虽很多，谁也就不敢那么想：“我如今作了多少事，应当得多少钱。”若当真有人那么想，这人纵不算叛逆，同疯子也只相差一间。再不然，他就是“市侩”了。在一种“帝王神仙”“臣仆信士”对立的社会组织下，国民虽容易统治，同时就失去了它的创造性与独立性。平时看不出它的坏处，一到内忧外患逼来，国家政治组织不健全，空洞教训束缚不住人心时，国民道德便自然会堕落起来，亡国以前各人分途努力促成亡国的趋势，亡国以后又老老实实同作新朝的顺民。历史上作国民的既只有义务，以尽义务引起帝王鬼神注意，藉此获取天禄与人爵。迨到那个能够荣辱人类的偶像权威倒下，鬼神迷信又渐归消灭的今日，自我意识初次得到抬头的机会，“不知国家，只顾自己”，岂不是当然的结果？

目前注意这个现象的很有些人。或悲观消极，念佛诵经了此残生。或奋笔挥毫，痛骂国民不知爱国。念佛诵经的工作不用提，奋笔挥毫的行为，其实又何补于世？不让作国民的感觉“国”是他们自己的，不让他们明白一个“人”活下来有多少权利——不让他们了解爱国也是权利！思想家与统治者，只责备年轻人，困辱年轻人，俨然还希望无饭吃的因为怕雷打就不偷人东西，还以为一本孝经就可以治理天下，在上者那么糊涂，国家从那里可望好起？

事实上国民毛病在旧观念不能应付新世界，因此一团糟。目前最需要的，还是应当从政治、经济、教育、文学各方面共同努力，用一种新方法造成一种新国民所必需的新观念。使人人乐于为国家尽义务，且使每人皆可以有机会得到一个“人”的各种权利。合于“人权”的自私心扩张，并不是什么坏事情，它实在是一切现代文明的种子。一个国家多数国民能“自由思索，自由研究，自由创造”，自然比一个国家多数国民皆“蠢如鹿豕，愚妄迷信，毫无知识”靠君王恩赏神佛保佑过日子有用多了。

自私原有许多种。有贪赃纳贿不能忠于职务的，有爱小便宜的，有懒惰的，有作汉奸因缘为利，贩卖仇货企图发财的。这皆显而易见。如今还有种“读书人”，保有一个邻于愚昧与偏执的感情，徒然迷信过去，美其名为“爱国”。煽扬迷信，美其名为“复古”。国事之不可为，虽明明白白为近四十年来社会变动的当然结果，这种人却胡胡涂涂，徒卸责于白话文，以为学校中读古书即可安内攘外，或委罪于年轻人的头发帽子，以为能干涉他们这些细小事情就可望天下太平。这种人在情绪思想方面，与三十年前的义和拳文武相对照，可以见出它的共通点所在。因种种关系，他们却皆很容易使地方当权执政者，误认为捧场行为与爱国行为。利用这种老年人的种种计策来困辱青年人。这种读书人俨然害神经错乱病，比起一切自私者还危险。这种人主张若当真发生影响，他们的影响比义和拳一定还更坏。这种少数人的病比多数人的病更值得注意。

真的爱国救国不是“盲目复古”，而是“善于学新”。目前所需要的国民，已不是搬大砖筑长城那种国民，却是知独立自尊，宜拼命学好也会拼命学好的国民。有这种国民，国家方能存在，缺少这种国民，国家决不能徼倖存在。俗话说：“要得好须学好。”在工业技术方面我们皆明白学祖宗不如学邻舍，其实政治何尝不是一种技术？

倘若我们是个还想活五十年的年青人，而且希望比我们更年轻的国民也仍然还有机会在这块土地上活下去，我以为——

第一，我们应肯定帝王神佛与臣仆信士对立的人生观，是使国家衰弱民族堕落的直接负责者。（这是病因。）

第二，我们应认识清楚凡用老办法开倒车，想使历史回头的，这些人皆有意无意在那里作胡涂事，所作的事皆只能增加国民的愚昧与堕落，没有一样好处。（走方郎中的医方不对。）

第三，我们应明白凡迷恋过去，不知注意将来，或对国事消极悲观，领导国民从事念佛敬神的，皆是精神身体两不健康的病人狂人。（这些人同巫师一样，不同处只是巫师是因为要弄饭吃装病装狂，这些人是因为有饭吃故变成病人狂人。）

第四，我们应明白一个“人”的权利，向社会争取这种权利，且拥护那些有勇气努力争取正当权利的国民行为。应明白一个“人”的义务是什么，对做人的义务发生热烈的兴味，勇于去担当义务。（要把依赖性看作十分可羞，把懒惰同身心衰弱看成极不道德。要有自信心，忍劳耐苦不在乎，对一切事皆有从死里求生的精神，对病人狂人永远取不合作态度。这才是救国家同时救自己的简要药方。）

悲观与乐观：切不可完全浮在表面上

| 原题《悲观与乐观》，首发于一九三五年九月十五日北平《实报》。

住在北平大城里，若同什么人一提到国家大事，不管他是银行办事的，学校教书的，编报的，作律师的，以及一切从事自由职业他那工作同国家荣辱分不开的，他总会觉得前途悲观。这人负责越重，知道国家情形越详细，仿佛便更容易悲观。这悲观我们不能隐讳，不应隐讳。

不过我们若从什么饭馆戏院过身，必可看到许多人进进出出。学校到开学上课时，仍然有人缴费上课。新办的北平市公共汽车，第五路车每次开出城时，眼见到坐的人满满的。（北平市各大街的牌楼，不是也全在那儿重新油漆涂金抹红吗？）……从这些方面看来，我们又会觉得乐观的人似乎太多了。

悲观的人说的好是“忧心国事”，说的不好是“神经不大健全”。

乐观的人其所以能乐观，我以为也有两方面，一是认为徒然悲观无益，二是认为国家前途大可乐观。譬如水灾吧，它既然来了，大家就想办法，各就各人地位尽一点力，办报的为灾民请命，大声疾呼，唱戏的唱义务戏，看戏的也看义务戏，多多少少总能帮助那些站在水里爬在屋脊上的同胞一点忙，当然比徒然悲观强多了。至于匪徒捣乱分子呢，不给他机会，就无法活动。努力消除他，就会消灭。政府能合作，有办法，自然使人对未来乐观，未来事纵不可知，可以放下不提。目前一切至少能维持，目前也就有乐观理由了。

不过我们也应当明白，某种人的不悲观，也许是他毫无知识；某种人的乐观，也许是他愚妄不可救药。

我以为不论悲观乐观，最要紧的还是人人皆应当多明白一点过去、现在、未来的国家事情，凡是负责的不独自己应当知道，并且还必须让不负责的也知道。知道事情太多，结果不一定使人聪明，或者反而令人糊涂，因为糊涂，容易迷信，不错，我意思就要人迷信。

迷信就是宗教情绪的统一，它使人“简单”，比“世故”对于人类似乎还有用些。我们过去迷信鬼神，鬼神对我们便发生极大作用。如今对于鬼神之力的迷信时代已过去了，如果能够把新的迷信，集中在一种新的人事方面，信政府、信科学、信知识与技术、信组织与秩序，并不是无意义的努力。我们对于“人的能力”如发生信仰，受其催眠，为之兴奋，从小处说社会就可以支持现状，不会恶化；从大处说社会就可以产生变革，得到进步。

无迷信就少热情，一个民族缺少热情，悲观与乐观完全浮在表面上，活下去，也就是鬼混下去罢了。知识阶级能觉悟，不鬼混，中国有办法的。

读经不是一个孤立的问题

| 原题《从“小学读经”到“大众语问题”的感想》，首发表于一九三四年八月一日天津《大公报·文艺副刊》。

近几个月来，有一件事情在“读书人”中引起了相当的注意，就是从小学读经到大众语讨论。广东湖南诸省主席，既有勒迫小学生读经的盛意[①]，南京的教育部部长，却又通令全国小学教科书一律得用语体文。从这件事起始，在南京方面，不久就引起了汪懋祖、吴研因两先生对于教科书文言白话得失的争辩。在上海方面，又因此来了一大群作家，提出国语运动失败之决定与大众语提倡的讨论。这一串问题一直到现在还不结束，而且也似乎与许多“问题”相同，虽争辩过了，讨论过了，事实还搁在那儿。有些同政治现象一样，永远对立。有些讨论到终结等于不讨论。又有些一接触事实，譬如“大众语”，什么该弃去，什么虽该弃去也排除不了，什么该获得，但获得的方法还是在其他方面的变革。作者与编者在忌讳与厌倦情形下，

① 一九三三年间，广东军阀陈济棠和湖南军阀何键曾先后通令两省的学校恢复读经。后来广东省还成立了经书编审委员会，编成中小学《经训读本》。

便不结束而结束了。

就北方言，虽在几种流行不广的报纸上，登载过些讨论文章，却不曾引起多少人的注意。对于这件事，除了关于教科书文白问题，《独立评论》曾载过任叔永、胡适之两先生一点文章外，最近一期的《国闻周报》，也载了一篇杨振声先生的论文，北方对于革命策源地的读经运动，消息不详，故难议论。对于文言白话的得失，文字普遍化，简字，俗字，注音字，方言，通用语的研究，能说话的还应当有些人。但这些人在这一串问题上皆有发言的机会，却无发言的兴味，这“热闹”不能不说得让南方独占了。这问题在北方沉默的理由，似乎是各人所涉猎的“多”一点，从事实方面认识得稍“深”一点，空泛激扬的议论自然也就“少”了一点。各人正在“注意”这个问题，“研究”这个问题，故反而不能来随便“谈”这个问题了。据我所知道的，譬如改编平民读物的顾颉刚先生，编纂国语辞典的黎锦熙先生，新近死去的刘复先生，以及清华北大研究所，定县平教会，个人或团体皆莫不各在从事研究与实验。他们不是觉得这问题不值得讨论，只不过认为这问题很大，很严肃，更不能说说了事，故不乱说空话罢了。（但也可以说这些人是因为怕……，放下了他们的说话权利的。）

北方的专家学者不敢说话，北方非专家的年轻人，却也有关心它，成天从南方报纸上来考察这个问题的发展，且对于它的“症结所在”与“解决方法”虽不十分注意，而又想要说话的。我曾经接到过好几次不相识者的来信，提及这一件事，且以为北方对于这个问题的漠视很不应当。这不是少数人的问题，实在为全国的问题。假若各人皆漠不关心，在一种绅士风度下打发每个日子，即真是所谓不可救药的“京派”了。……写这种信的人，自然是不知道北方有多少固定机关有若干人在研究这个问题的。这一期本刊上“在南方的大众语的论战”作者杜凿先生，就是致函给我的一人。来信还带着天真的神气质问我：你是一个教科书的编辑助手，又是一个文艺刊物的发稿人[①]，对于军人勒迫学生“读经”没有话说吗？对于教育部的“文言妨碍教学”没有话说吗？对于……？对于……？他想激我说出一点意见和感想，给同他差不多的人听听。

我既非专家，又觉得还不配称为作家，故并无多少意见与感想可言。

我只有些疑问，或者同许多年青人皆差不多一个样子。

一、现役军人既知道为民族国家着想，实在是件很好的事情，假若他们对于当前最值得注意的，用特税培养万千无事可作的军队，能为想出个办法，对于鸦片烟的勒种，包运，变相公卖，感觉到危险，认真来禁止一下，再就国防与剿匪需要上，把兵力缩减到最小限度，把其余财力与人力好好计划来用到生产方面去，岂不很好很好？如今应作的事不好好的作，都关心到小学生，勒迫小学生读经。他们是不知道民族国家最大的害处在毒物普遍的流行，还是极其相信经书，了解经书。真以为烟鬼的儿孙，只须熟读经书，就可以民富国强？

二、目前的中国是个每年有六万万洋钱流出的国家，是个近于靠特税与苛捐杂税维持现状的国家，是个全人口二分之一类乎灾民无业无食的国家。所谓教育家者，若注意到小学生，他的理性至少比军人应当发达一点。他们若讨论到小学教育问题时，一定明白小学教科书的编制，最先决定的当是使用不拘文白但能合用的文字作工具，输入一个新人的观念，培养一种新人的趣味，使小孩子活泼、强健、结实，他们方可在这种充

①写此文时，作者一面参加以杨振声为首的为华北中小学生编撰教材和基本读物的工作，一面主持编辑天津《大公报·文艺副刊》。

满烟鬼，与一百五十万大兵的割据，二万万以上灾民的分布各地的国家内，得到一点求生的勇气，让他们长大入世时来应付他们多灾多难的命运。如今所讨论的不是这件事，却只摭取一二通常字句，来扶持自己观点的合理，互相教训，俨然国家兴亡皆只维系在文字上，却并不在乎文字所包含的观念和思想上。这讨论态度纵备臻庄严，然而这种庄严的讨论，有何结论可言？两方面既皆知道文字不过是个符号，新旧皆有它的用处，为什么这讨论还能继续下去？

三、近年来语体文的奢侈化、欧化与乖僻化，实为不可否认的事实。但使语体文从平易明白转入艰深晦涩，与原来目的相反，与习惯用语远离，这种现象实在说来却为中国接受西洋文学初期当然的现象。一时节在恶化趋势下产生的作品，在短短时间中自然也就会为历史所遗弃。假若认为它目前的恶化应当找寻个负责者，有权威的译书者与有出路的译书者，皆各自应当负一分儿责任。我们如能够希望译书人在着手译书时，先把原来文字看清楚一点，译成中文时，又能把本国文字弄通顺一点，这分明就是防止语体文恶化一个大功德！又假如出版者能有那么权力与财力，把许多极流行的旧译书籍文字不通处重改一下，新译的书籍严格选择一下，难译的书籍便不妨多花些钱找寻称职的译者很谨慎小心的来译它，也就是对于文字语言恶化的制止一种好方法。如认为它的恶化与海上洋场趣味相呼应，日向诡怪、尖刻、艰深，以至于毫无用处的一方滑去，有不可思议的危险，非建设一个新的目标不可，这新的目标必紧贴着大众的理解与大众利益，（是的，应当这么打算打算！）但这个建设，是大家勇气悍然各来写写随笔，加上各种富于诅咒意义的字眼，对遗产对历史痛骂一场所能弄好，还是得许多人博收兼取埋头研究，沉默奋斗方能弄出点点成绩？语言标准化与京语化，皆含了封建势力与毒菌，应就上叙目的创造一种新的语言，这创造，诚如《圣经》上所说的“世界没有光，上帝说要光明，就有了光明”，还是需要许多作家与研究者把一份长长日子加在工作上来努力与实验？

我们是不是还可希望军人来抛开经书读读历史，使他们明白数年前山东督军张宗昌，也提倡过读经，且重刻过经书，（这大本头书籍到现在济南市上还随处可以见到，）经书既不能帮助他地位的稳固，也不能使人心更好一点，到后终于塌了台，且作点自己本分上应做的事，把管教小学生的事，却让教育部来作？

我们是不是还可希望教育家放下了文白的讨论，使他们知道讨论这个问题的不必需且毫无结果，却来做点更“当行”的事？

我们是不是还可希望对于大众语慷慨陈词的作家，使他们明白放言空论毫无实效，能在此后本人译作上，产生几个标准作品问世，或对于本问题有三年到三个月的研究与注意，再来破坏与建设，以便于讨论到切要处时，不至于停滞不前，讨论到有所决定时，不至于还是一句空话，一切又还得“把这问题交给社会革命与有实行勇气的作家来解决”？

希望这个民族进步，且希望这个民族摆脱当前堕落崩溃灭亡的厄运，虽可以说是国内一切负责者说话者共通的意识，然而地位不同，观点也就常常大有区别。但欲摆脱厄运而力求进步，先决条件就在认清“事实”，必自己不迷信新旧符咒，同时也不把新旧符咒搬出使人迷信，方可以有些希望。若负责的说话的不是有点愚蠢就是有点油滑，则历史推衍，愚蠢者灭亡，自不待言，而油滑者幸而天假其便，亦不过如一似远实近的前例，困难当前，到头不知所措，所有作为，与下民遇天干时则念经抬狗求雨无异。国家与民族恶运，也不过在这些人统治交替中，多读一次经书，加深一层僵梦而已。

读经与国民的道德建设

| 原题《论读经》，首发于一九三五年一月二十一日《国闻周报》第十二卷第四期。

上年来各方面常常可以听到“恢复固有道德”这句话。说及恢复固有道德时，就使人联想起“读经问题”。两样东西原来是混在一块分不开的。广东湖南的军事领袖，据说对于这件事就特别热心。且闻从今年起，两个省份凡属学校，不问学生大小，皆一律实行读经。人若不是个傻子同疯子，皆会明白徒然提倡读经，对于中国当前或以后几个严重问题毫无补益。如今居然有人提倡，有地方实行，可算得是很希奇事情。把提倡读经的原因追究一下，我们便可以知道读经空气越来越浓厚，不外乎一二在军人幕中的高等师爷，稍稍读了点旧书，各在那里做梦，梦想用“儒术”来治国平天下。他们有了说话机会时，因此就怂恿当局或谄媚当局，旧事重提，试用试用儒术。领袖们呢，自己或者是个秀才出身，也读过几本旧书，自然容易迷信儒术。或者本人一字不识，正因为一字不识，便相信这些军师的愚妄意见，以为目前的天下国家即或不能由读经弄好，至少社会秩序还可望从这条妙计上恢复安定。于是读经事件由提

倡进于实行，“读经”真成为一个“问题”了。

这问题用恶意来解释，可以说是这些迷信儒术的文人武人，妄想巩固个人的地盘、饭碗与权力，所作的一种极胡涂打算。就善意来解释，这些军师这些大帅实在也希望中国比目前稍好一点。但他们的知识，只许可他们知道中国有几部经书，中国有这种政府，因此拿来应用，方法并不高明，动机却可以说是“为国为民”的。

读经既牵连所谓恢复固有的道德，道德是什么？不过是人与人共同活下来时，谋和平安全，减少一点纠纷，使人与人更容易相处的一种东西罢了。道德就个人言代表理性，重在节制与牺牲。（然而它对个人虽为牺牲，对社会人类则为利益。）它同法律性质稍稍不同，但用处却与法律相似。法律注重在使人不敢作恶，道德却能使人乐于向善。道德既由于人与人的关系而产生，因此多数的道德无固定性，常随人类需要立一标准，它的价值也就在那并无绝对固定性上面。它能控制人类行为，却仍然由人类行为支持它。人类自然不能缺少道德，但道德也同法律政治一样，有些本质不变，形式则常常得变动。有些此时存在，稍过一时又毫无存在的价值。积极提倡道德的有两种人：一为政体统治者的帝王，一为思想统治者的宗教家。对道德取抗议态度的有三种人：一为有见识的思想家，二为诗人，三为革命者。前两种人照例拥护固有道德，后三种人却常常否认道德，修正道德，或创造一种新道德。

想要运用道德来治国平天下，并不是一件可笑的事情，但至少得先明白它的变动性。一个有头脑明战术的现代军人，他训练士兵时，决不会要士兵抛下机关枪，来学习拉弓射箭。一个有头脑懂“政术”的政治家，他真会为民族打算，也就决不至于再迷信两千年前几本书籍所提到的作人作事方法可以救国！道德本身只是一堆名词，抽象而不具体，用到人事上时，还得把它很艺术的混合在一种形式里。要提倡“礼”，与其教人读一点钟的经书，不如要他们好好的列一次队，把学校规矩弄好，秩序弄好，礼就来了。要提倡“义”，若能把读经一点钟时间，换作爬山浮水去救一个人，也似乎比较实在一些。其余所有经书上的道德字眼儿，无一不必需艺术的转到另一件事情上去，方能发生效果。若不明白这一点，却只抬出经书来，想从读经上作天下一统的梦，那与张宗昌当年翻刻经书，不过是五十步百步之比。纵将来经书流遍天下，每人皆熟读成诵，对国家本身的上下贫穷与遍地毒物，能救济不能救济？对国外的飞机，大炮，洋货，牧师，能抵抗不能抵抗？

目前一些提倡读经拥护读经的人，除了军人还有不少名人大官。这些人是不是好好的当真把经书读过一遍？说起来就不免使人疑惑。若果每一个人真能平心静气，来把所谓《诗》《书》《易》《礼》《春秋》精读一遍，再想想目前中国是什么样一种可怕情形，就会了然上古典籍不能应付当前事实，或许再也不忍心随声附和，让烟鬼的子孙还来用经书毒害一次了。

退一步说，当政者倘若有人读过经书，而且得到经书的益处，作人有大儒风度，作事具儒家精神，个人的确相信经书是一种宝贝、一副良药，且相信令人读经真算得是一种“救国政策”，那么，当前应该读经的，实为下面几种人：

一、国民政府大小官吏

二、国民党各级党员

三、国内各种军人

因为这些人正是当前社会国家的直接负责者，政治不良这些人必需负责。希望国家转好些，也就得先把这些人弄好。广东湖南政府有提倡读经的决心同勇气，最先就不妨用它来甄别官吏，奖惩党员，升降军人。如今上述三种人不闻有读经消息，却把它派给小学生，对子弟辈如此关切，对当前事如此马虎，这是什么意思？使人觉得不易理解。

若说小学生即将来的民族中坚分子，也即是将来在这块土地上应付多灾多难命运的公民，要他们读经，为的是替他们将来设想。我们明白如今年龄八岁到十二岁的小国民，当他们二十来岁时，必然遭遇下面几种严重问题待他们解决：

一、中国经济破产以后的穷困

二、中国因国际大战所受的蹂躏以及战事结果中国所受的宰割

三、中国因二十年来毒物流行所产生的结果

若欲训练他们的身心，使他们将来长大时能应付这种困难局面，担负下这种沉重责任，目前最切要的工作，岂是读两本经书所能收效？目前湘粤负责者假如真肯为他们青年人设想，与其勒迫他们读经，不如在最近的将来，呈请中央，把全国学龄儿童来一个五年计划，施以强迫教育，输入几个最基本的道德观念：

一、吃大烟的极不道德，爱国家用国货的极道德。

二、强健勇敢的极道德，懦弱懒惰的极不道德。

三、作人正直、坚忍、结实的极道德，遇事悲观不振作的极不道德。

四、迷信鬼神的极不道德，对科学有兴味的极道德。

一面用全部社会生活来培养这些道德观念，一面还用严重法律来辅助教育所不及，务必使每个青年人具有一种新国民的性格，即当大难来临时，各自还有活下去的勇气与能力。且使他们在无论何等境遇下，皆不至于如现在负责者那么徒然迷恋“过去”。使他们在无论何种情形下，又总不放弃公民的权利同义务；换言之，便是他们还想活，还预备好好的来活！五年计划完成了，

再来一个五年计划看看。要这样子，方算得真为他们设想!

中国自从与国联合作以来，所有各种专家差不多全来过了。事实上目前最需要来中国帮忙的，还是一个或十个很明白“政治的艺术”的专家。因为这种政治设计者，在目前的中国实在太少了。不管是民主政治，不管是独裁政治，总得要个通权达变有脑子的人，方能把政策安排得合理一些。要恢复固有道德，使每个官吏或人民明白所谓礼义廉耻，要关心青年的将来，使每个人具有所谓民族常识，皆得赶快抛掉经书，好好的来跟那个活人专家学学!

提倡读经救不了中国。至于虐待小孩子，强迫他们读经，想把历史倒回去，玩这一套老把戏，更不是救中国的方法。——这是我对于本题所作的结论。

知识阶级不应该沦落为政客的附庸

| 原题《读书人的赌博》，写于一九四三年四月。

“关于知识阶级，最好少说话。察渊鱼者不祥。”

“是的，老师。不过这是我两年前记在一个小本子上的玩意儿，从没对人提起过！现在读书人变了。”

“你意思是他们进步了，还是更加堕落？”

“老师，我从不觉得他们堕落，因此也不希望他们进步。我只觉得他们是有头脑的人，以为不妨时常想一想。只要肯时常想一想，国家就会不同得多了！”

当我翻到《关于知识阶级》一段小文预备摘抄时，仿佛和骑青牛懂世故的老子，为有趣那么一个短短的对话。……作新烛虚一。

我想起战争，和别人想的稍有不同。我想起战争四年还未结束，各个战区都凝固在原有地面，像有所等待的神气。在这种情形中，前方后方五百万兵卒将士，或可即用战地作教场，学习作战并学习做人，得到不少进步。国家负责方面若像我一样思索到这个问题，想到这五百万壮丁将来回转他们那村里的茅屋中时，即以爱清洁有条理的生活习惯而言，对于国家重造所能发生的影响，可能有多大，就一定会想出许多方法，来教育他们，训练他们，决不至轻轻放过这个好机会了。这自然是我这个书呆子的妄想！规规矩矩的读书人，不会那么胡思乱想的。

以“教育”两字而言，目前即似乎还是学有专长读书人的专利。读书人常说“学术救国”，可不相信壮丁复员后，除了耕田，有别的用处更能救国。这事情也极平常，因为许多读书人对于自己的问题就不大思索，譬如说吃教育饭的读书人，在目前战争情形中，是不是在教书以外，还想到如何教育自己？打了四年仗，世界地图都变了颜色，文化经济都有了变化，读书人有了多少进步？应不应当进步？我们且试为注意注意，有些现象就不免使人吃一惊。因为许多人表现到生活上，反映到文字上，都俨然别无希望与幻想，只是“在承认现实”的现状下，等待一件事情，即“胜利和平”。好像天下乱“用不着文人”，必待天下太平，那时一切照常，再来好好努力做人做事也不迟！战事结束既还早，个人生活日益逼紧，在一种新的不习惯的生活下，忍受不了战争带来的种种试验时，于是自然都不免有点神经衰弱。既神经衰弱，便带点自暴自弃的态度，因之“集团自杀”方式的娱乐，竟成为到处可见的情形。这类人耗费生命的态度和习惯，幽默点说来，简直都相当天真，有点返老还童的意味！正像是对国家负责表示：“你不管我们生活，不尊重学术，好，我也不管！”所以照习惯风气，读书人不自重的行为，还好像含有不合作反抗现实的精神，看不惯社会的不公正，才如此如彼。负军事责任的，常说只要有飞机大炮，即可望有把握打个大胜仗，料不到一部分知识阶级的行为，恰恰就表示在民族精神上业已打了一个不大不小的败仗。

然而对于这个问题，却似乎和目前许多别的问题一样，不许人开口。触事多忌讳，不能说。用沉默阿谀事实，竟是必要的。或有人看不过意，要提出讨论讨论，或想法改善，结果终亦等于捕风，近于好事。好事过分或热心过分，说不定转而会被这些读书人指为有“神经病”。以为不看大处看小处，而且把小事放大，挑剔自家人何苦来。“小子何知，吾人以此自溷耳”。因此一切照常。

这种知识分子，事实上对生命即无一较高的理想或目的，必用刚正牺牲精神去求实现，生活越困难，自然越来越不济事。[illegible]消极，竟如命里注定，他人好事热心，都是多余了。不过我[illegible]想起二十年前，五四前辈痛骂遗老官僚为何事，真不能不为[illegible]“神经衰弱”的知识阶级悲悯！

我[illegible]是妄想从病理学上去治疗这种人，由卫生署派出大批医生给[illegible]读书人打打针；从心理学方面对付这种人，即简简单单，当[illegible]办理，用戒尺打手心。两个办法中也许后面一法还直截简单[illegible]效果。为的是活了三四十岁的读书人，不知尊重自己，耗[illegible]的方法，还一如顽童。不当顽童处治，是不会有作用的！

细想知识阶级的过去，意忽有所悟。这类人大多中产家庭出身，或袭先人之馀荫，或因缘时会，不大费力即得到当前地位。这些人环境背景，便等于业已注定为“守常”，适宜于在常态社会中过日子。才智聪明，且可望在一有秩序上轨道的国家中作一有用公民，长处是维持现状，并在优良环境中好好发展。

不凑巧就是他们活在当前的中国，战前即显得有点不易适应。他们梦想“民治主义”，可是却更适宜生活在一个“专制制度”中，只要这专制者不限制他们的言论，并不断绝他们的供给。他们赞同改变一切不良现状的计划，可是到实行时，

知识阶级要用“意志”代替“命运”

| 原题《长庚》，首发于《烛虚》，一九四一年八月初版。

一

久不出门，天雨闷人，上街去买点书，买点杂用事物，同时也想看看人，从“无言之教”得到一点启发。街上人多如蛆，杂声嚣闹。尤以带女性的男子话语到处可闻，很觉得古怪。心想：这正是中华民族的悲剧。雄身而雌声的人特别多，不祥之至。人既雄身而雌声，因此国事与家事便常相混淆，不可分别。“亲戚”不仅在政治上是个有势力有实力的名词，经济，教育，文学，任何一方面事业，也与“亲戚”关系特别深。“外戚”“宦官”虽已成为历史上名词，事实上我们三千年的历史一面固可夸耀，一面也就不知不觉支配到这个民族，困缚了这个民族的命运。如今有多少人作事，不是因“亲戚”面子得来！有多少从政者，不是用一个阉宦风格，取悦逢迎，巩固他的大小地位！这也就名为“政治”。走来走去，看到这种政治人物不少，心转悲戚。活在这种人群中，俨若生存只是一种嘲讽。

晚上到承华圃送个朋友到医院去，闻几个“知识阶级”玩牌争吵声，油然生悲悯心。觉人生长勤，各有其分。正如陈思王[①]佚诗，“巢许让天下，商贾争一钱”；在争让中就可见出所谓人生两极。这两极分野，并不以教育身分为标准。换言之，就是不以识字多少或社会地位大小为标准。同为圆颅方踵，不识字身分低的人，三年战争的种种表现，尽人皆知。至于有许多受过高等教育，在外表上称绅士淑女的，事实上这种人的生活兴趣，不过同虫蚁一样，在庸俗的污泥里滚爬罢了。这种人在滚爬中也居然搀杂泪和笑，活下来，就活在这种小小得失恩怨中，死去了，世界上少了一个“知识阶级”，如此而已。这种人照例永远还是社会中的“多数”。历史虽变，人性不变，所以屈原两千年前就有哺糟啜醨以谐俗的愤激话。这个感情丰富作人认真的楚国贤臣，虽装做世故，势不可能，众醉独醒，作人不易，到末了还是自沉清流，一死了事。人虽死了，事还是不了的。两千年后的考据家，便很肯定的说：“屈原是个疯子。政治上不得意，所以发疯自杀。”这几句话倒说明了另外一件事实，近代中国从政者自杀之少，原来政治家不得于此者还可望得意于彼，所以不会疯，也从不闻自杀。可是任何时代一个人脑子若从人事上作较深思索，理想同事实对面，神经张力逾限，稳定不住自己，当然会发疯，会自杀！再不然，他这种思索的方式，也会被人当作疯子，或被人杀头的。庄子既不肯自杀，也不愿被杀，所以宁曳尾泥涂以乐天年。同样近于自沉，即将生命沉于一个对人生轻嘲与鄙视的态度中。这态度稳定了他，救活了一条老命，多活几年，看尽了政治上得意成功人的种种，也骂尽了这种得意成功人的丑态，死去时，却得到一个“聪明人”称呼，作品且为后来道家一部重要经典。其实两个人对

①陈思王，即曹植。陈为封地，思为谥。

于他们所熟习的中层分子，是同样感到完全绝望的。虽然两千年来两人的作品，还靠的是这种中层分子来捧场，来欣赏，来研究。

二

在乡下住，黄昏时独自到后山高处去，望天空云影，由紫转黑，天空尚净白，云已墨黑。树影亦如墨色，夜尚未来。远望滇池，一片薄烟，令人十分感动。在仙人掌作成的篱笆间，看长脚蜘蛛缀网，经营甚力，忽若有契于心。人生百年长勤，大都如是！捕蚊捉虫，其事虽小，然与生存大有关系，便自然会有意义。世界上有不少人所思所愿，脑子中转来运去，恐怕总逃不出“果口腹”打算。所愿不多，故易满足。既能满足，即趋懒惰。读书人对学问不进步处，对人事是非好坏麻木处，对生活无可不可处，无不是这种人得到满足以后的反应。若不明白近年来中层阶级的不振作，从此可以得到贴近事实的解释。然人能贴近生活，即俨然接近自然，成为生物之一种，从“万物之灵”回到“脊椎动物”，也可谓上帝一种巧妙安排。上帝知道，世人所谓得失哀乐，离我多远！

住小楼上，半夜闻山中狼嗥。在窗口见一星子，光弱而美，如有所顾盼。耳目所接，却俨然比若干被人称为伟人功名巨匠作品留给我的印象，清楚深刻得多。

三

得 × × 来信说：“从最近文章看来，你近来生活似乎十分消沉，值得同情。”回信告她说：“不用同情”。我人并没有衰老，何尝消沉？惟沉默已久，分析一番，也只是人太年青一点必然现象。我正感觉楚人血液给我一种命定的悲剧性。生命中储下的决堤溃防潜力太大太猛，对一切当前存在的“事实”“纲要”“设计”“理想”，都找寻不出一点证据，可证明它是出于这个民族最优秀头脑与真实情感的产物。只看到它完全建筑在少数人的霸道无知和多数人的迁就虚伪上面。政治、哲学、文学、美术，背面都给一个“市侩”人生观在推行。由于外来现象的困缚，与一己信心的固持，我无一时不在战争中，无一时不在抽象与实际的战争中，推挽撑拒，总不休息。沉默正是这战争的发展。古人说，“三十而立，四十而不惑”，我的年龄恰恰在两者之间。一年来战争的结果，感觉生命已得到了稳定，生长了一种信心。相信一切由庸俗腐败小气自私市侩人生观建筑的有形社会和无形观念，都可以用文字作为工具，去摧毁重建。

从五四到如今，廿年来由于这个工具的误用与滥用，在士大夫新陈代谢情形中，进步和退化现象，都明明白白看得出。其属于精神堕落处，正由于工具误用，在受过高等教育的公务员中，就不知不觉培养成一种阉宦似的阴性人格，以阿谀作政术，相互竞争。这相互竞争的结果，在个人功名事业为上升，在整个民族向上发展即受妨碍。同时在专家或教育界知识分子中，则造成一种麻木风气。任何人都知道这么拖下去不成，可是任何人还是一事不作，坐以待毙。麻木风气表现于个人性格上，大家都只图在窄小人圈子里独善其身，把所学一切只当成换吃换喝工具，别的毫无意义。这些人生存的意义既只是养家活口，因此凡一切进步理想，都不能引起何等良好作用，只要同他们当前生活略为冲突时，还总不免要想方设法加以抵制。观念的凝固，无形中即助长恶势力的伸张，与投机小人的行险侥幸。我因此感到，工具使用的方式，实在是一件大事，值得庄严谨慎来检校一番。

其次，看看二十年来用文字作工具，使这个民族自信心的生长，有了多少成就。从成就上说，便使我相信，经典的重造，不是不可能的。经典的重造，在体裁上更觉得用小说形式为便利。这种新经典的产生，还待多数从各方面来努力。这努力的起始，是有识者将写作的专利，从少数“职业作家”独占情形下解放，另外从一个更宽广的社会中去发现作家，鼓励作家，培养作家。

又其次是新经典的原则，当从一个崭新观点去建设这个国家有形社会和无形观念。尤其是属于做人的无形观念重要。勇敢与健康，对于更好的“明天”或“未来”人类的崇高理想的向往。为追求理想，牺牲心的激发……更重要点是从生物学新陈代谢自然律上，肯定人生新陈代谢之不可免，由新的理性产生“意志”，且明白种族延续国家存亡全在乎“意志”，并非东方式传统信仰的“命运”。用“意志”代替“命运”，把生命的使用，在这个新观点上变成有计划而能具连续性，是一切新经典的根本。

从五四到今年正好二十周年。一个人刚刚成熟的年龄。修正这个运动的弱点，发展这个运动长处，再来个二十年努力，是我们的责任也是我们的权利。两年来的沉默，得到那么一个结论。屈原的愤世，庄周的玩世，现在是不成了。理性在活生生的人事中培养了两千年，应当有了些进步。生命的“意义”，若同样是与愚迷战争，它使用的工具仍离不了文字，这工具的使用方法，值得我们好好的来思索思索。

多数人观念与真理相反

| 原题《生命》，首发于一九四〇年八月十七日香港《大公报·文艺》。

我好像为什么事情很悲哀，我想起“生命”。

每个活人都像是有一个生命，生命是什么，居多人是不曾想起的，就是“生活”也不常想起。我说的是离开自己生活来检视自己生活这样事情，活人中就很少那么作。因为这么作不是一个哲人，便是一个傻子了。“哲人”不是生物中的人的本性，与生物本性那点兽性离得太远了，数目稀少正见出自然的巧妙与庄严。因为自然需要的是人不离动物，方能传种。虽有苦乐，多由生活小小得失而来，也可望从小小得失得到补偿与调整。一个人若尽向抽象追究，结果纵不至于违反自然，亦不可免疏忽自然，观念将痛苦自己，混乱社会。因为追究生命“意义”时，即不可免与一切习惯秩序冲突。在同样情形下，这个人脑与手能相互为用，或可成为一思想家、艺术家；脑与行为能相互为用，或可成为一革命者。若不能相互为用，引起分裂现象，末了这个人就变成疯子。其实哲人或疯子，在违反生物原则，否认自然秩序上，将脑子向抽象思索，意义完全相同。

我正在发疯。为抽象而发疯。我看到一些符号，一片形，一把线，一种无声的音乐，无文字的诗歌。我看到生命一种最完整的形式，这一切都在抽象中好好存在，在事实前反而消灭。

有什么人能用绿竹作弓矢，射入云空，永不落下？我之想象，犹如长箭，向云空射去，去即不返。长箭所注，在碧蓝而明静之广大虚空。

明智者若善用其明智，即可从此云空中，读示一小文，文中有微叹与沉默，色与香，爱和怨。无著者姓名，无年月，无故事，无……然而内容极柔美。虚空静寂，读者灵魂中如有音乐。虚空明蓝，读者灵魂上却光明净洁。

大门前石板路有一个斜坡，坡上有绿树成行，长干弱枝，翠叶积叠，如翠翣[①]，如羽葆[②]，如旗帜。常有山灵，秀腰白齿，往来其间。遇之者即喑哑。爱能使人喑哑——一种语言歌呼之死亡。“爱与死为邻”。

然抽象的爱，亦可使人超生。爱国也需要生命，生命力充溢者方能爱国。至如阉寺[③]性的人，实无所爱，对国家，貌作热诚，对事，马马虎虎，对人，毫无情感，对理想，异常吓怕。也娶妻生子，治学问教书，做官开会，然而精神状态上始终是个阉人。与阉人说此，当然无从了解。

夜梦极可怪。见一淡绿百合花，颈弱而花柔，花身略有斑点青渍，倚立门边微微动摇。在不可知地方好像有极熟习的声音在招呼：

“你看看好，应当有一粒星子在花中。仔细看看。”

于是伸手触之。花微抖，如有所怯。亦复微笑，如有所恃。

---

①翠翣，古代仪仗中用的大掌扇。

②羽葆，即羽盖，古时用鸟羽装饰的车盖。

③阉寺，即宦官。宦官一称寺人，又称阉人。

因轻轻摇触那个花柄，花蒂，花瓣。近花处几片叶子全落了。

如闻叹息，低而分明。

…………

雷雨刚过。醒来后闻远处有狗吠。吠声如豹。半迷糊中卧床上默想，觉得惆怅之至。因百合花在门边动摇，被触时微抖或微笑，事实上均不可能！

起身时因将经过记下，用半浮雕手法，如玉工处理一片玉石，琢刻割磨。完成时犹如一壁炉上小装饰。精美如瓷器，素朴如竹器。

一般人喜用教育身分，来测量这个人道德程度。尤其是有关乎性的道德。事实上这方面的事情，正复难言。有些人我们应当嘲笑的，社会却常常给以尊敬，如阉寺。有些人我们应当赞美的，社会却认为罪恶，如诚实。多数人所表现的观念，照例是与真理相反的。多数人都乐于在一种虚伪中保持安全或自足心境。因此我焚了那个稿件。我并不畏惧社会，我厌恶社会，厌恶伪君子，不想将这个完美诗篇，被伪君子与无性感的女子眼目所污渎。

百合花极静。在意象中尤静。

山谷中应当有白中微带浅蓝色的百合花，弱颈长蒂，无语如语，香清而淡，躯干秀拔。花粉作黄色，小叶如翠珰。

法郎士曾写一《红百合》故事，述爱欲在生命中所占地位，所有形式，以及其细微变化。我想写一《绿百合》，用形式表现意象。

照我思索，能理解“我”

| 原题《抽象的抒情》，约写于一九六一年八月。

照我思索，能理解“我”。
照我思索，可认识“人”。

生命在发展中，变化是常态，矛盾是常态，毁灭是常态。生命本身不能凝固，凝固即近于死亡或真正死亡。惟转化为文字，为形象，为音符，为节奏，可望将生命某一种形式，某一种状态，凝固下来，形成生命另外一种存在和延续，通过长长的时间，通过遥遥的空间，让另外一时另一地生存的人，彼此生命流注，无有阻隔。文学艺术的可贵在此。文学艺术的形成，本身也可说即充满了一种生命延长扩大的愿望。至少人类数千年来，这种挣扎方式已经成为一种习惯，得到认可。凡是人类对于生命青春的颂歌，向上的理想，追求生活完美的努力，以及一切文化出于劳动的认识，种种意识形态，通过各种材料、各种形式，产生创造的东东西西，都在社会发展（同时也是人类生命发展）过程中，得到认可、证实，甚至于得到鼓舞。因此，凡是有健康生命所在处，和求个体及群体生存一样，都必然有伟大文学艺术产生存在，反映生命的发展、变化、矛盾，以及无可奈何的毁灭（对这种成熟良好生命毁灭的不屈、感慨或分析）。文学艺术本身也因之不断的在发展、变化、矛盾和毁灭。但是也必然有人的想象以内或想象以外的新生，也即是艺术家生命愿望最基本的希望，或下意识的追求。而且这个影响，并不是特殊的，也是常态的。其中当然也会包括一种迷信成分，或近于迷信习惯，使后者受到它的约束。正犹如近代科学家还相信宗教，一面是星际航行已接近事实，一面世界上还有人深信上帝造物，近代智慧和原始愚昧，彼此共存于一体中，各不相犯，矛盾统一，契合无间。因此两千年前文学艺术形成的种种观念，或部分、或全部在支配我们的个人的哀乐爱恶情感，事不足奇。约束限制或鼓舞刺激到某一民族的发展，也是常有的。正因为这样，也必然会产生否认反抗这个势力的一种努力，或从文学艺术形式上作种种挣扎，或从其他方面强力制约，要求文学艺术为之服务。前者最明显处即现代腐朽资产阶级的无目的无一定界限的文学艺术。其中又大有分别，文学多重在对于传统道德观念或文字结构的反叛，艺术则重在形式结构和给人影响的习惯有所破坏。特别是艺术最为突出。也变态，也常态。从传统言，是变态；从反映社会复杂性和其他物质新形态而言，是常态。不过尽管这样，我们还是有如下事实，可以证明生命流转如水的可爱处，即在百丈高楼一切现代化的某一间小小房子里，还有人读荷马或庄子，得到极大的快乐、极多的启发，甚至于不易设想的影响。又或者从古埃及一个小小雕刻品印象，取得他——假定他是一个现代大建筑家——所需要的新的建筑装饰的灵感。他有意寻觅或无心发现，我们不必计较，受影响得启发却是事实。由此即可证明艺术不朽，艺术永生。有一条件值得记住，必须是有其可以不朽和永生的某种成就。自然这里也有种种的偶然，并不是什么一切好的都可以不朽和永生。事实上倒是有更多的无比伟大美好的东西，在无情时间中终于毁了，埋葬了，或被人遗忘了。只偶然有极小一部分，因种种偶然条件而保存下来，发生作用。不过不管是如何的稀少，却依旧能证明艺术不朽和永生。这里既不是特别重古轻今，以为古典艺术均属珠玉，也不是特别鼓励现代艺术完全脱离现实，以为当前没有观众，千百年后还必然会起巨大作用。只是说历史上有这么一种情形，有些文学艺术不朽的事实。甚至于不管留下的如何少，比如某一大雕刻家，一生中曾作过千百件当时辉煌全世的雕刻，留下的不过一个小小塑像的残余部分，却依旧可反映出这人生命的坚实、伟大和美好。无形中鼓舞了人克服一切困难挫折，完成他个人的生命。这是一件事。另一件是文学艺术既然能够对社会对人发生如此长远巨大影响，有意识把它拿来、争夺来，为新的社会观念服务。新的文学艺术，于是必然在新的社会——或政治目的制约要求中发展，且不断变化。必须完全肯定承认新的社会早晚不同的要求，才可望得到正常发展。这就是社会主义制度下对文学艺术的要求。事实上也是人类社会由原始到封建末期、资本主义烂熟期，任何一时代都这么要求的。不过不同处是更新的要求却十分鲜明，于是也不免严肃到不易习惯情形。政治目的虽明确不变，政治形势、手段却时时刻刻在变，文学艺术因之创作基本方法和完成手续，也和传统大有不同，甚至于可说完全不同。作者必须完全肯定承认，作品只不过是集体观念某一时某种适当反映，才能完成任务，才能毫不难受的在短短不同时间中有可能在政治反复中，接受两种或多种不同任务。艺术中千百年来的以个体为中心的追求完整、追求永恒的某种创造热情，某种创造基本动力，某种不大现实的狂妄理想（唯我为主的艺术家情感）被摧毁了。新的代替而来的是一种也极其尊大，也十分自卑的混合情绪，来产生政治目的及政治家兴趣能接受的作品。这里有困难是十分显明的。矛盾在本身中即存在，不易克服。有时甚至于一个大艺术家，一个大政治家，也无从为力。他要求人必须这么作，他自己却不能这么作，作来也并不能令自己满意。现实情形即道理他明白，他懂，他肯定承认，从实践出发的作品可写不出。在政治行为中，在生活上，在一般工作里，他完成了他所认识的或信仰的，在写作上，他有困难处。因此不外两种情形，他不写，他胡写。不写或少写倒居多数。胡写则也有人，不过较少。因为胡写也需要一种应变才能，作伪不来。这才能分两种来源：一是“无所谓”的随波逐流态度，一是真正的改造自我完成。截然分别开来不大容易，居多倒是混合情绪。总之，写出来了，不容易。伟大处在此。作品已无所谓真正伟大与否。适时即伟大。伟大意义在文学艺术作品中已有了根本改变。这倒极有利于促进新陈代谢，也不可免有些浪费。总之，这一件事是在进行中。一切向前了。一切真正在向前。更正确些或者应当说一切在正常发展。社会既有目的，六亿五千万人的努力既有目的，全世界还有更多的人既有一个新的共同目的，文学艺术为追求此目的、完成此目的而努力，是自然而且必要的。尽管还有许多人不大理解，难于适应，但是它的发展还无疑得承认是必然的，正常的。

问题不在这里。不在承认或否认。否认是无意义的，不可能的。否认情绪绝不能产生什么伟大作品。问题在承认以后，如何创造作品。这就不是现有理论能济事了。也不是什么单纯社会物质鼓舞刺激即可得到极大效果。想把它简化，以为只是个“思想改造”问题，也必然落空。即补充说出思想改造是个复杂长期的工作，还是简化了这个问题。不改造吧，斗争，还是会落空。因为许多有用力量反而从这个斗争中全浪费了。许多本来能作正常运转的机器，只要适当擦擦油，适当照料保管，善于使用，即可望好好继续生产的——停顿了。有的是不是个“情绪”问题？是情绪使用方法问题？这里如还容许一个有经验的作家来说明白己问题的可能时，他会说是“情绪”。也不完全是“情绪”。不过情绪这两个字含意应当是古典的，和目下习惯使用含意略有不同。一个真正唯物主义者，会懂得这一点。正如同一个现代科学家懂得稀有元素一样，明白它蕴蓄的力量，用不同方法，解放出那个力量，力量即出来为人类社会生活服务。不懂它，只希望元素自己解放或改造，或者责备他是“顽石不灵”，都只能形成一种结果：消耗、浪费、脱节。有些“斗争”是由此而来的。结果只是加强消耗和浪费。必须从另一较高视野看出这个脱节情况，不经济、不现实、不宜于社会整个发展，反而有利于“敌人”时，才会变变。也即是古人说的“穷则通，通则变”。如何变？我们实需要视野更广阔一点的理论，需要更具体一些安排措施，真正的文学艺术丰收基础在这里。对于衰老了的生命，希望即或已不大。对于更多的新生少壮的生命，如何使之健康发育成长，还是值得研究。且不妨作种种不同试验。要客观一些。必须到明白把一切不同品种的果木长得一样高，结出果子一种味道，没有必要，也不可能，放弃了这种不客观不现实的打算。必须明白机器不同性能，才能发挥机器性能。必须更深刻一些明白生命，才可望更有效的使用生命。文学艺术创造的工艺过程，有它的一般性，能用社会强大力量控制，甚至于到另一时能用电子计算机产生（音乐可能最先出现）；也有它的特殊性，不适宜用同一方法，更不是“揠苗助长”方法所能完成。事实上社会生产发展比较健全时，也没有必要这样做。听其过分轻浮，固然会消极影响到社会生活的健康。可是过度严肃的要求，有时甚至于在字里行间要求一个政治家也作不到的谨慎严肃。尽管社会本身，还正由于政治约束失灵形成普遍堕落，即在艺术若干部门中，也还正在封建意识毒素中散发其恶臭，唯独在文学作品中却过分加重他的社会影响、教育责任，而忽略他的娱乐效果（特别是对于一个小说作家的这种要求）。过分加重他的道德观念责任，而忽略产生创造一个文学作品的必不可少的情感动力。因之每一个作者写他的作品时，首先想到的是政治效果、教育效果、道德效果。更重要有时还是某种少数特权人物或多数人“能懂爱听”的阿谀效果。他乐意这么做。他完了；他不乐意，也完了。前者他实在不容易写出有独创性独创艺术风格的作品，后者他写不下去，同样，他消失了，或把生命消失于一般化，或什么也写不出。他即或不是个懒人，还是作成一个懒人的结局。他即或敢想敢干，不可能想出什么干出什么。这不能怪客观环境，还应当怪他自己。因为话说回来，还是“思想”有问题，在创作方法上不易适应环境要求。即“能”写，他还是可说“不会”写。难得有用的生命，难得有用的社会条件，难得有用的机会，只能白白看着错过。这也就是有些人在另外一种工作上，表现得还不太坏，然而在他真正希望终身从事的业务上，他把生命浪费了。真可谓“辜负明时盛世”。然而他无可奈何。不怪外在环境，只怪自己，因为内外种种制约，他只有完事。他挣扎，却无济于事。他着急，除了自己无可奈何，不会影响任何一方面。他的存在太渺小了，一切必服从于一个大的存在，发展。凡有利于这一点的，即活得有意义些，无助于这一点的，虽存在，无多意义。他明白个人的渺小，还比较对头。他妄自尊大，如还妄想以为能用文字创造经典，又或以为即或不能创造当代经典，也还可以写出一点如过去人写过的，如像《史记》，三曹诗，陶、杜、白诗，苏东坡词，曹雪芹小说，实在更无根基。时代已不同。他又幸又不幸，是恰恰生在这个人类历史变动最大的时代，而又恰恰生在这一个点上，是个需要信仰单纯，行为一致的时代。

在某一时历史情况下，有个奇特现象：有权力的十分畏惧“不同于己”的思想。因为这种种不同于己的思想，都能影响到他的权力的继续占有，或用来得到权力的另一思想发展。有思想的却必须服从于一定权力之下，或妥协于权力，或甚至于放弃思想，才可望存在。如把一切本来属于情感，可用种种不同方式吸收转化的方法去尽，一例都归纳到政治意识上去，结果必然问题就相当麻烦，因为必不可免将人简化成为敌与友。有时候甚至于会发展到和我相熟即友，和我陌生即敌。这和社会事实是不符合的。人与人的关系简单化了，必然会形成一种不健康的隔阂，猜忌，消耗。事实上社会进步到一定程度，必然发展是分工。也就是分散思想到各种具体研究工作、生产工作以及有创造性的尖端发明和结构宏伟包容万象的文学艺术中去。只要求为国家总的方向服务，不勉强要求为形式上的或名词上的一律。让生命从各个方面充分吸收世界文化成就的营养，也能从新的创造上丰富世界文化成就的内容。让一切创造力得到正常的不同的发展和应用。让各种新的成就彼此促进和融和，形成国家更大的向前动力。让人和人之间相处的更合理。让人不再用个人权利或集体权利压迫其他不同情感观念反映方法。这是必然的，社会发展到一定进步时，会有这种情形产生的。但是目前可不是时候。什么时候？大致是政权完全稳定，社会生产又发展到多数人都觉得知识重于权力，追求知识比权力更迫切专注，支配整个国家，也是征服自然的知识，不再是支配人的权力时。我们会不会有这一天？应当有的。因为国家基本目的，就正是追求这种终极高尚理想的实现。有旧的一切意识形态的阻碍存在，权力才形成种种。主要阻碍是外在的。但是也还不可免有的来自本身。一种对人不全面的估计，一种对事不明确的估计，一种对“思想”影响二字不同角度的估计，一种对知识分子缺少□□（原稿缺字——编辑注）的估计。十分用心，却难得其中。本来不太麻烦的问题，作来却成为麻烦。认为权力重要又总担心思想起作用。

事实上如把知识分子见于文字、形于语言的一部分表现，当作一种“抒情”看待，问题就简单多了。因为其实本质不过是一种抒情。特别是对生产对斗争知识并不多的知识分子，说什么写什么差不多都像是即景抒情，如为人既少权势野心，又少荣誉野心的“书呆子”式知识分子，这种抒情气氛，从生理学或心理学说来，也是一种自我调整，和梦呓差不多少，对外实起不了什么作用的。随同年纪不同，差不多在每一个阶段都必不可免有些压积情绪待排泄，待疏理。从国家来说，也可以注意利用，转移到某方面，因为尽管是情绪，也依旧可说是种物质力量。但是也可以不理，明白这是社会过渡期必然的产物，或明白这是一种最通常现象，也就过去了。因为说转化，工作也并不简单，特别是一种硬性的方式，性格较脆弱的只能形成一种消沉，对国家不经济。世故一些的则发展而成阿谀。阿谀之有害于个人，则如城北徐公[①]故事，无益于人。阿谀之有害于国事，则更明显易见。古称“千人诺诺，不如一士谔谔”。诺诺者日有增，而谔谔者日有减，有些事不可免作不好，走不通。好的措施也有时变坏了。

①城北徐公，典出《国策·齐策》：“城北徐公，齐国之美丽者也。”后用作美男子代称。

一切事物形成有他的历史原因和物质背景，目前种种问题现象，也必然有个原因背景。这里包括半世纪的社会变动，上千万人的死亡，几亿人的生活方式和生活愿望的基本变化，而且还和整个世界的问题密切相关。从这里看，就会看出许多事情的“必然”。观念计划在支配一切，于是有时支配到不必要支配的方面，转而增加了些麻烦。控制益紧，不免生气转促。《淮南子》早即说过，恐怖使人心发狂，《内经》[①]有忧能伤心记载，又曾子有“蓬生麻中，不扶自直，白沙在涅，与之俱黑”语。周初反商政，汉初重黄老[②]，同是历史家所承认在发展生产方面努力，而且得到一定成果。时代已不同，人还不大变。……伟大文学艺术影响人，总是引起爱和崇敬感情，决不使人恐惧忧虑。古代文学艺术足以称为人类共同文化财富也在于此。事实上，在旧戏里我们认为百花齐放的原因得到较多发现较好收成的问题，也可望从小说中得到，或者还更多得到积极效果，我们却不知为什么那么怕它。旧戏中充满封建迷信意识，极少有人担心他会中毒。旧小说也这样。但是却不免会要影响到一些人的新作品的内容和风格。近三十年的小说，却在青年读者中已十分陌生，甚至于在新的作家心目中也十分陌生。

①《内经》，《黄帝内经》简称。

②黄老，黄帝与老子的合称。道家尊两人为始祖，因以黄老代道家。

第四辑　国家悲剧可望明日结束

死去的大多寂寞死去，生存的却如此痛苦生存，是为什么？三十年前胡适之先生做文章，劝人每一举措遇事都要问“为什么”。我们当前的政治家，思想家，优秀活动青年，还有不有人能想想当前是“为什么”没有？敢于从承认以外还知有所否定，从信仰以外保留些怀疑，十分积极的来追究一下这个“为什么”没有？……

中国读书人的天真，比任何人皆多一些

| 原题《知识阶级与进步》，首发于一九三三年十月二十八日天津《大公报 · 文艺副刊》第十一期。

若从一般物质上着眼，人类的进步便很显然的陈列于吾人面前。但从理性方面说来，则所谓人类，现在活着的比一千年前活着的人究竟有何不同处，是不是也一般的有了多少进步？说及时实在令人觉得极可怀疑。

假若我们承认了理性也有进步的可能，想取例来说明它，一个写故事的人，自然还是引用个故事较为方便。一千四百年前，中国就有那么一个故事：

> 有个小小村落，距离国王的都城约三十里。既已聚集成村，自然就住了些顺民，所有男女老幼，皆在四季中各尽手足之力，耕田织布为活。也按时缴纳捐款，照习惯“唱戏”“求雨”“杀猪”“敬神”。照本性“哭”“笑”“相骂”或“赌咒”。那村中有一井水，味道极美，无意中被一个专向国王讨好的人发现后，就把那井水舀上一桶，献给国王。世界上作国王的，大都相差不

远，他的天下若从马上得来，则莫不粗暴如同一个屠户；他的天下若从爸爸传来，则又莫不糊涂得同傻瓜一样。这国王应属于第二种人。第一次觉得井水极好，于是就下了一个上谕，指定那村中百姓，每天轮流派出一人，尽力所及，把水挑到京城里去。国王为了一点点水还那么认真，照例还算是那个村中百姓的光荣。

但为了这样一担井水，村子里每天便应当有一个人来回走六十里路，这人别的事自然皆不能作了。国王命令既无法反对，遵照命令又实在太折磨了那村子里的送水人，因此大家就常有怨言，且暗地里商量，讨论出一个最好的方法，来逃避这差事。方法只是各人离开了这个小小村落，各到别地方去谋生。

消息为本地村长知道后，赶忙稳住了乡下人，要他们莫即搬家，等他到国王处去看看，是不是能够为他们想得出一个更好办法。村长见过国王禀明来意时，那国王就说："嫌路太远？我明白了。如今我下一个命令，把三十里改为十五里，路程减半，不应当再说什么了吧？"（照例世界上最颟顸的国王，对于小民这样玩把戏说谎总是极在行的。）村长便把国王的话转述给乡下人，乡下人头脑简单，以为因此一来，三十里的路程当真已缩短一半，故全体皆十分欢喜，就再不作迁移打算了。他们并且对于国王所给的恩惠，十分感谢，为了表示这点感谢，各人便皆在额角刻了"永作顺民"四个字。

这故事说明一千四百年前，已有人感觉这些缺少理性的乡下人，愚蠢得如何可笑可怜，故特别记下来，为后世启蒙发愚之用。当时的人虽能说出这样故事，且明白了一个国王并不能够把原本三十里的路程缩作十五里，但在当时便依然有许多事尽那时的国王欺骗；同时对于国王这个名称，也毫无一人对于它的存在有所怀疑的。现在就事论事，则一切已大不相同：第一件事，国王的名称已为一些人用文字、嘴舌、力和血，把它除掉，同时附属于那个名分下的许多坏处也没有了。第二件事，即或有国王的地方，住在离国都三十里的乡下人，已不必为国王轮流挑水了。第三件事，国王或代替国王而来的执政者，在募捐借公债以及其他遣派国民有所担负应向国民说话时，也再不能用命令缩短里数一类简单方法取信于民了。这三种事似乎皆可证明属于人类理性的进步，是一种确定的事实。

过去的人把命运同权力全交给天，国王既称天，就有权柄任意处置一切。故作帝王的若本领好了，能负责，肯作事，一切又处置得极其公平，大家就有福同享；国王若是个脓包，不能作事，或是个艺术家，不会作事，这一国秩序为军人与政客弄坏，于是就有了党争同战事：党争结果常是把若干正派的人加以放逐与杀戮，战争则战事一延长，人民担当了那个生灵涂炭的命运，无数的生命，以及由于无数代生命思索与劳作积聚而成的一点点文化，便一古脑为革命毁了。现在的人民呢，虽仍然把权力交给执政者，却因为知识进步了些，对于一国未来的命运，似乎常常见得十分关切。尤其是号称知识阶级的读书人，多知道了些事情，总特别盼望自己所在的国家好些，国家局面乱糟糟到不成个样子，他们心里是不舒服的。若我们想找寻一种理性发达的人作为代表，把这类人拿来备数，自然太合式了。

不过也正因为有了这类仿佛理性充分发达的人，成为社会的中坚分子，人类理性真的是否进步，进步了对于一个民族又还有些什么益处，倒又成为可商量的问题了。

罗马的灭亡不是一天一月的事，就正因为它的成立也决不是一天一月的事。坏的坏下来若已几十年，要它好就自然也得这个数目。但一般人的感情或理性，却常常不许他们对“时间”这种东西有何认识。譬如在中国，提到“国家政治制度的不良”，“民族牺牲的消灭”，以及类乎此等问题时，一般人对于这些问题所引起的忧虑，忧虑中便从无时间的概念在内。故一切改良的企图，也常常不把必需的时间安排进去。若这种对于“时间”的疏忽处可以称为天真，那么，中国读书人的天真，实在比任何种人皆多一些！正好像人人皆太天真了点，譬如国家积弱数十年，努力图自强，应当二十年才有小小希望的，一个执政者若老老实实把这个数目告给一般人，且在这个必需的时间中计划一切，则这领袖除准备下野以外别无其他办法。这人下野了，代替而来的，必是个善于说话，在谈话中能把二十年的时间减至最小期间的人。本来需要十年的，执政者若说：“这件事至多需要三年，一切便可弄好。”只需要执政者把话说得极其得体，语气又漂亮从容，对国运怀了过分关切的读书人，就会很快乐那么自作安慰：“这好了，我们有了个好领袖，国家命运有了转机，知识阶级的出路全有保障了。”事实上，则这些人所注重的或不是“民族出路”的保障，而是“知识阶级”出路的保障。所谓读书人，学上古史，西洋文学，中国文学，政治，艺术，哲学，……这一类少数的人，照例是欢喜发表意见同时也欢喜发点牢骚的。这一类社会上的中坚人物，既从自己职业上得到了生儿育女生活的凭藉，又从一国领袖处得到了一份说谎的安慰后，便会各自去作应作的事情：或收集点古物，或到处托人去打听会做饭菜的厨子，或年近半百尚怀了童心去学习跳舞，或终日无事便各处去转述点谣言，再也不过问这个置身所在的国家一切命运了。这些人虽头上不能发现什么刻好的记号，也从不为国王挑水，但这种人的天真与理性是无从并存于同一头脑中的。

也有人说：使多数读书人，能够各自在职业上与嗜好上得到了生存的兴味，安分自守，不乱说话，泰然坦然的吃肉喝汤打发每个日子下去，是一种国家希望进步需要秩序时必不可少的基础。故几年来知识阶级的沉静处与颓废处，据他们的自辩，与乐观主义者或胡涂蛋代为说明，莫不皆以为这是国家一切事业渐上轨道的象征，其实假若这类人最低的理性，还可以许他们明白“统治者假若永远是一群大小军人，日以抽收烟捐添购枪械为事，一群油滑政客，只会因循苟且支持现状，一遇应当向国民说谎时就胡涂乱说一阵，本身只是个军阀的清客，国家由这种人来处置，国家既无法持久，秩序进步也永远得不到”，那么，这类书生的生活与观念，或者也许就稍稍不同一点了。

事实上是古今作平民的，生活态度与观念皆由于为一个天生懒于思索容易被骗的弱点所控制，照例只注意到自己今天能不能活，不大注意明天，且同时只把善于解释政策的首领，当成最可靠的首领，并不追究政策的得失，故听谓理性的进步，从某一点说来，我们不过指的是现在的无冕国王，已无方法派遣知识阶级挑水，同时在任何人的额角上，看不出刻过什么显明记号而已。

“学术”或“文化”常弄得非驴非马

| 原题《“五四”二十一年》，首发于一九四〇年五月四日香港《大公报·文艺》第八百三十期。

五四运动是中国知识分子领导的“思想解放”与“社会改造”运动。当时要求的方面多，就中对教育最有关系一项，是“工具”的运用，即文学革命。把明白易懂的语体文来代替旧有的文体，广泛应用到各方面去，二十年来的发展，不特影响了年青人的生活观念，且成为社会变迁的主要动力。民十六的北伐成功，民二十以后的统一建设，民二十六的对日抗战，使这个民族从散漫萎靡情形中，产生自力更生的幻想和信心。且因这点幻想和信心，粘合了这个民族各方面向上的力量，成为一个观念，“不怕如何牺牲，还是要向建国目标前进！”三年来从被日人优势兵力逼迫离开了沿海各省分，还依然不解体，不屈服，能集合全中国优秀分子，在一个组织，一种目的下，一面抗战，一面建国。这种民族精神的建立与发扬，分析说来，就无不得力于工具的能得其用。

对语体文的价值与意义，作过伟大预言的，是胡适之先生。二十年前他就很大胆的说：“语体文在社会新陈代谢工作上，将有巨大的作用。二十世纪的中国文学史，语体文必占重要的努力。”这种意见于二十年前说出，当时人都以为痴人说梦，到如今，却早已成为事实了。但二十年前胡适之先生能够自由大胆表示他的意见，实得力于主持北京大学的蔡孑民老先生，在学校中标榜“学术自由”。因学术自由，语体文方能抬头，使中国文学从因袭、陈腐、虚饰、俗套、模仿中，得到面目一新的机会，酝酿培养思想解放社会改造的种子。

蔡老先生不特明白学校中学术自由的重要，且对语体文也有过良好意见。他以为古文自有它的伟大过去，至于流行末世半通不通的死文学，实在是社会“愚昧与顽固”“虚伪与陈腐”的混合物。社会的进步不可免要受这种有腔调无生命的死文字掣肘，有时且引起社会退化现象。正因为它不仅徒存形式，还包含许多保守堕落观念。国家求发展，想改革，这些观念便常常成为障碍物和绊脚石。

可是文学革命运动，从建设方面看，固然影响大，成就多，从破坏方面看，也不可免有许多痛心现象。新工具既能广泛普遍的运用，由于“滥用”与“误用”结果，便引出许多问题。从大处言，譬如北伐成功后国内因思想分歧引起的内战，壮丁大规模的死亡，优秀青年大规模的死亡，以及国富国力无可计量破坏耗损，就无一不与工具滥用、误用有关。从小处言，“学术”或“文化”两个名辞，近十年来，在唯利是图的商贾和似通非通的文化人手中，常弄得非驴非马。由于误解曲解，分布了万千印刷物到各方面去，这些东西的流行，即说明真正的学术文化的发展，已受了何等不良影响。所以纪念五四，最有意义的事，无过于从“工具”的检视入手。借当前事作镜子，如何计划来“庄严慎重”使用这个工具，是一件事。从这种庄严慎重与作家人生态度有关，我们在文运上如何为作家来建设一个较新的坚实健康人生观，又是一件事。

世人常说“五四精神”，五四精神的特点是“天真”和“勇敢”。我们若能保留了这分天真和勇敢精神，再加上这二十年来社会变动文运得失所获的经验，记着“学术自由”的意义，凡执笔有所写作的朋友，写作的动力，都能从市侩的商品与政客的政策推挽中脱出，各抱宏愿和坚信，由人类求生的庄严景象出发，来表示这个民族对于明日光明的向往，以及在向上途径中必然遭遇的挫折，承认目前牺牲俨若命定。相信未来存亡必然将由意志决定，再来个二十年努力，决不是无意义无结果的徒劳。二十年时间在个人生命史上，虽然好像已经很长很久了，在一个民族复兴历史上，却并不算久。我们应当用“未来”来纪念这个“过去”。

国家重造，解决矛盾，还得用集团屠杀方式？

| 原题《五四》，首发于一九四七年五月四日
天津《益世报 · 文学周刊》第三十九期。

五四运动二十八年了，每年必有纪念会。到这天，报纸上照例且有些文章，提及过去，也提及由此带来的历史，带来的希望。每到社会矛盾越大，纠纷越多，困难极严重，现实景象严重十分时，到了这一天，将更令人追想“过去”，并期望“未来”。纪念五四的意义也就极深刻。因为五四二字实象征一种年青人求国家重造的热烈愿望，和表现这愿望的坦白行为。中年人宜于守成，倘若国家社会发展上轨道，有秩序，任何方面这种有成的中年人，对国家社会进步，当然都有他的贡献。但到国家社会矛盾、分歧、于纠纷中见出极大危机，中年人的经验、知识和比较稳定保守的做人观念，都无助于局部恶化的补救时，青年本身和一般人对于青年的期待，都必然是觉得要进步，必挣扎。个人的挣扎总不济事，还得紧紧去追求。这是个自然现象，也是近三十年来中国重造过程一种现实。从现实学习，学得多一些，深远些，会把问题也看得深远一些。认识过去较多，必明白一切进步改革的挣扎，都有挫折，有迷乱，

也不免有错误（小小错误且常常有极大牺牲），为这个国家带来新的困难和不幸。到自己负责接手一切时，所形成的悲剧，才会明白实近于不必要的。把近三十年来错误一一数去，并无多大意义，只看看至今犹普遍存在于那个内战继续中的种种悲剧，就可知这里还如何需要青年有个更新的看法，悲剧方可望于明日能够结束，能转变而成为进步动力。过去时代，我们把希望寄托到帝王和所控制武力上，不大济事了，虽然变相的帝王和强大武力，还上好存在。但遇到问题来时，这帝王，这武力，都已显得不大中用。其次是把希望寄托到民主初创时的公仆，总统和人民代表的两院议员身上，结果是不大中用的公仆，不免被武人挟制，为所欲为，太过中用的武人，又必然是独断独行，使国家分崩离析，人民无可奈何。总之，越来越糟。越糟的原因虽相当复杂，但大部分却可说是由于武力和武器在手，一种有传染性的自足自恃情绪扩张的结果。这个现实虽带来将军伟人的具体财富和抽象功勋，但是，给国民多数却只会带来灾难；无辜的流血，普遍的穷困，以及一切进步的好梦的破灭。国家一切向上机会，都被这种人轻轻放过了，而持着的却是由于贪得自私招来的悲惨局面。这种种，还一例有个强烈传染性。所谓国族品德的存在或堕落意义，也就在这种情况中可以见出。十年的对外苦撑，到胜利来临，国家重造的当儿，解决矛盾，平衡情感，还得用集团屠杀方式。这个与其说是“自然”的，又不如说是“人为”的。与其说是命中注定，还不如说这只是“人谋不臧”。中国若真有所谓思想家，或大政治家，应当从这问题上提出他对于国家重造的见解。

五四又来了，纪念了快有三十次，这个国家的破产光景却已差不多了。各种火都还正在燃烧，一直烧到许多人的心上。这种无处不着火的情形，而且仿佛还受万里外许多有势力的集团鼓励。任何方面的热心和巧计，都只会作成一种不可设想的局势，即纷乱，解体。我们要从战争以外想办法，用爱与合作来代替仇恨，才会有个转机。这事若无望于中年壮年在社会上“有成”的一种人时就还得寄托希望于多数青年。

这也是一种战争，即对于战争的完全否定。去掉习惯上处理问题的依赖方法，能另外有所寻觅，有所发现。这需要一种充满宗教虔敬的信仰。这新的信仰，是待人从更新一种文学诗歌运动中来证实，而从年青的心的对流中传染，得到应得收获的！我们盼望有这种更健康坚实的青年作家，在国内各地普遍生长，一支笔贴近土地人民，写出有生气有理想的新时代颂歌。

五四学人大多数够得上“君子”称呼

| 原题《五四和五四人》，首发于一九四八年五月四日
北平《平明日报·五四史料展览特刊》。

我到北平已过了二十六个五四，虽然不及随同大群学生队伍参加游行烧打，却有机会看到许多因纪念五四的学生大活动，以及相熟许多五四人。更发生密切关系的，即北大师生，因五四而将一个群的烧打精神，用文字作工具，而向旧文学旧社会宣战，取了个破藩决堤冲锋陷阵姿式，却能遵守一个民主与自由法则，个别作战，奋勇向前，所领导的文学运动。我有机会由学习而参加，又由参加而将这份经验，这点工作精神，于二十年后再来鼓励及许多工作者。一个人对于一件事一种工作发生关系了二十六年，到社会为它已发生极大影响而向前，所谓“五四人”，还始终守住本来信念，本来岗位，屹立不动，威武不屈，贫贱不移，对于内战与强权，且还有个根本否定态度，永不妥协。但只因为岁月催人老，竟常不免被后来者误解或曲解，或用“孤芳自赏”相嘲笑，或用“游离无归”相诅咒。更有甚者，即有些人并不对这些五四人就近有何认识，却摭拾转述来自远方烂语诽言，一切惟以作成篝火孤鸣政治效果为得

计，所欲倾覆的，却不知道又恰恰只是人人不去口的“民主与科学”，并非那个由武力集团作成的巨无霸时。这些人，还自以为能把握现实，具权谲应变才智自豪，落得另外一种人在远处哈哈大笑，同庆诪张为幻之成功时，五四精神发展成这个样子，不免令人感到一种深刻的警惧和痛心！在此情形下，什么是五四精神，似乎也值得人来重作诠释诠释了。

照我所接触的五四学人印象而言，他们一面思想向前，对于取予都十分谨严，大多数都够得上个“君子”的称呼。即从事政治，也有所为有所不为，永远不失定向，决不用纵横捭阖权谲诡祟自见。这不仅值得称道，实在还值得后来者取法，因为这是人的根本价值。其次是对事对人的客观性与包涵性，对于政见文论，一面不失个人信守，一面复能承认他人存在。尤其是用于同学师友间，得到真诚持久的融契。民主与自由不徒是个名词，还是一个坚定不移作人对事原则。这不可说不是亲炙孑民先生人格光辉的五四人幸运。因为有了这个，才会有学术上的真进步。这是培养创造种子的黑壤，能生发一切不同的苞芽。这不同又由一个较长时间来自然清算，得失即近乎公正本来。也因此，学校能始终作各种进步的尝试与发展。对学校制度，从近处看或为尾人不掉；从远处看，即永远有个新的趋势及变的事实。五四人之存在于北平，服务于清华北大两校的，尽管思想如何不同，却能永远保持个人友好，这一点也值得后来者认识借镜。五四人因所学不尽同，虽同在一学校，所负责任又不一致，也因之在学术成就上未见齐一。然而一种青春不老创造的心，却似乎能始终表现于各自工作上。这一点，实在说，是只有新的北大人从更多方面来学习认识，才会转而为自己一种工作态度指向的。以五四学人的学而言，不论是日坐讲台作精密析理的冯友兰，或日守办事桌应付杂事之郑天挺，其克服困难守定工作那点忠诚，则完全出自同一源泉。参加扭秧歌的朱自清，和为学校收购古物的杨振声，同学以为是两种人两种事情的，其实还是出自同一那个青春不老的创造心，企图把生命与国家发展连接而为一，贡献自己于后来者那点忠诚心不二，而还带一点天真的稚气，不同的不过所取用方式，由一个十六岁到二十岁同学看来不同而已。

五四又来了，大家为纪念这个五四，为迎接这个五月，都显得十分紧张、兴奋，同时也异常忙碌。一个新的北大人必不少以为一切要更进一步，有个更进步表现，才能发扬光大五四精神。时代变动大，社会一切在分解，也待新生，三千同学中能共同组成个千人大合唱，也自然能在许多必要独自为战工作上，表现出真正战斗持久精神与进步事实。但广泛与深刻的来认识北大五四人，在当前似乎也十分需要，因为基于这种认识，才会有个反集权的民主与自由作风来发扬光大！

大学忽然成为银行办事员的养成所

原题《纪念五四》，首发于一九四八年五月四日天津《益世报 · 文学周刊》第九十期。

近三十年中国变化太大了。向这半个世纪短短历史追究变化的原因，我们必承认民八五四实在是中国大转变一个标志。有学术自由，知识分子中的理性方能抬头。理性抬了头，方有对社会一切不良现象怀疑否认重新检讨的精神，以及改进或修正愿望。文学革命把这种精神与愿望加以充分表现，由于真诚，引起了普遍影响，方有五卅，方有三一八，方有北伐，方有统一，方有抗战。可是我们若从另一个观点看看文运本身，就会觉得它虽推动发展了这个社会的变，却同时也不由自主，遭受了这易变社会的摧残，越来越失去原有的意义。

促成堕落的原因虽多种，也可说一为从民十五起始，文学运动势力由北到南，由学校转入商场，与上海商业资本逐渐结合为一，文学作品有了商品意义，成为商品之一种。从表面看，是大大发展，事实说来，它必然受损害。一为民十八以后，这个带商品性得商人推销的新文学事业，被在朝在野的政党同时看中了，它又与政治逐渐结合而为一，本来是指导思想的工作，一变而成为点缀政策的工具。从表面看，越有前途，事实说来，不免更糟。

文运与上海商场和各地官场有了因缘，作家忽然多起来了，书店多起来了，社团多起来了，争夺也多起来了。一切都好像在发展，在膨胀，只是那点五四单纯虔诚精神灌输，却在慢慢的萎缩；从作者与读者俩方面总结，末后只剩余一个零。或由社会发展而变形变质，变得失去本来意义，名存实亡。

五四精神特点是“天真”和“勇敢”，如就文学言，即生命青春大无畏的精神，用文字当成一个工具来改造社会之外，更用天真和勇敢的热情去尝试。幼稚，无妨，受攻袭，也无妨，失败，更不在乎。大家真有信心，鼓励他们信心的是求真，毫无个人功利思想夹杂其间。要出路，要的是信心中的真理抬头。要解放，要的是将社会上愚与迷丢掉！改革的对象虽抽象，实具体。一切出于自主自发的，不依赖任何势力。对内战则完全取个否定态度。其所仗得到社会信托，这点仁而无私勇而自信态度关系极大。热情事物是具有传染性的，领导的既由大学师生，所以对学生分子影响特别大。这影响直接虽限于学校，间接实普及全中国。文运支持者一离开了学校，便渐渐离开真诚，离开了热情，变成为世故，为阿谀。由于商业性与政治性，举凡能引起商业作用与政治效果的“问题”多，“作品”少。作者的创造力，有一半得迎合商人，另一半得傅会政策，政策既常在变动中，因此三十年来许多作家的变化，多方一言难尽。尤其重要的是一与学校离开，有一个时期，学校也就只能培养一些新式书呆子。有些学校甚至于作国文不许用语体文。这并不出奇，实在十分自然！文运与大学一脱离，就与教育脱离，萎靡、堕落、无生气，都是应有结果。学校一与文运分离，也不免显得保守、退化、无生气、无朝气。抗战四五年后，著名国内的西南联大，大学校经济系人数忽然加多，大学校竟似乎忽然成为银行办事员的养成所，这种年青人“找出路”的打算，就说明文运与学校离开后，“思想”二字可能成为如何空洞的名词。

文运遭遇商业政治两种势力分割后，作家的“天真”和“勇敢”完全消失了，代替它的是一种功利计较和世故运用。有些人信仰真理爱护真理的五四精神，一变而为发财升官的功利思想；与商人合作或合股，用一个听从调遣的态度来活动，则可以发财，为某种政策帮忙凑趣，用一个阿谀态度来活动，则可以做官。(这种人若做了官，请想想能不能凡事还想到国家人民？)……功利思想既变成一部分职业作家创作活力，求文运不变质，势不可能。从此商人官家不仅成为文运提携者，保护者，同时且是支配者，统治者。作家成名的便成御用物，新起的便求为御用物，照流行语说来，这种情形名为“有思想，有信仰”。不能随波逐流的，具有真正独立自主见解和工作精神的，反而名为“无中心思想的个人主义者”，遭受多方面迫害。更可怕的现象，是商人官家见猎心喜，不甘寂寞，或受小伙计怂恿齐来从事写作，这种作品本不像个东西，但因种种便利，分布推销，得到各方面捧场，作品于是成为一时标准。个人成功恰好糟蹋了整个文运。其中自爱自重的，看看这玩意儿越来越不成事，于是同政治方面有心人具同一情绪，“放手吧，还是随二三子来玩，来热闹活动吧，”不合作，大家搁笔。有希望的作家不肯哺糟啜醨而搁笔，第三流或根本上不是个作家也不能写出什么像样作品的，倒因缘时会，用一种透底的社交世故，此呼彼应，携手合作，俨然成为文坛中活跃重要人物。

文运与教育离开，反与官场携手，一切不外乎点缀既有政策，所以在抗战六年后，在政府所主持的文学运动集会中，虽多了些与文学工作毫不相干的伟人出席消息，且有了个文学奖金制度，事实上有形无形限制都已加强。许多大学国文系却反而不许作白话文，也从不教白话文。三十一年教部的大一国文会议，且通过一个议案，不用白话文。这个显明矛盾，是一直延长到战争结束，一切复员方有了个小小改善的。

所以纪念五四，我们倒值得知道知道这个过去当前的情形。这么拖下去自然不成，绝对不成的！发扬五四精神，使文运重造与重建，是关心它的前途或从事写作的人一件庄严的义务。我们必须努力的第一件事：是从新建设一个观念，一种态度，使作者从商场与官场拘束中走出，依然由学校培养，学校奠基，学校着手。作品不当作商品与官场的点缀品，所谓真正的时代精神与历史得失，方有机会表现。而且这种作品中所浸透的人生崇高理想，与求真的勇敢的批评精神，方能启发教育读者的心灵。在学校圈里或在社会各方面的作家，若知道五四初期文运的建设性，以及对于中国社会解放改造有过多大贡献，就决不会再自轻自弃，将那点本来可以独立发展的精神，变成商人与政治的附属物！我们要读者，也得明白读者真正的需要什么！我们应当把文运同“教育”“学术”联系在一处，不能分开，争取应有的真正的自由与合理的民主，希望它明日对国家有个更大的贡献！对于这个问题，成名的作家不用说，还有更青年的准备从事这个工作十年二十年的，似乎不能多想一想，来决定他的工作。他若只是预备作一个大时代中“活动分子”、只是在活动中要利用利用文学，那很可以一切从空处作去，越不落实也许还越容易见好，也省事，也方便。他若当真理解五四精神，必承认对于强权所抱有的怀疑否认的精神，修正改进的愿望，在文运上还得好好保留它，使用它。天真和勇敢，尤其是不能缺少。五四已有了三十年的历史。我们还需要重来三十年继续努力！

大学教育培养的“愚”，得想法节制了

| 原题《穷与愚》，首发于一九四六年十月十日《益世报》。

每年逢到中山先生的诞辰，总使我想到这位伟人的识见之远大。他在三十年前即明白中国问题为“穷”和“愚”，社会的腐败与退化，无不由之而生。因此言建国，即针对此两大病根而下手。必去“穷”与“愚”，方能把那个自外而来所形成的“弱”去掉，否则无可望。中山先生不幸于二十二年前即作了古人，使国人失去一思想深刻、眼光远大、性情宽厚的领导者。然而一切国家重造的理想，还保存于他的学说中，待后来者熟读深思，并于文字外理会其用心所在，克服一切困难与挫折，矛盾与两歧，慢慢实现的。

治穷为开发地利，征服自然，好好认识地面所生长，地下所蕴藏，加以运用处理，在分配上复有个制度使之比较平均，或有种政策使之渐趋于平均；国民生活有个转机，整个国家也方有个转机。治愚则为开发头脑，推行个广泛而长久的教育政策，使多数人知识加多和加深，俾人人对于新的时代新的世界，能有个新的态度新的习惯去适应。普通人民既感觉到自己是个主人，同时也就是个公民，对国家关系权利义务分明，因之知自爱也能爱国。政治家既有政治家丰富广博的知识，且有兼容并包的气度，知道珍重国力，不作无意义浪费，而又尊重制度，能用战争以外方式调整一切社会的矛盾取得平衡。换言之，也可说他得“艺术”，他“懂”艺术！——像这么一个国家，一群人民，把这个国家传统长处好好保持，或想法发扬光大，弱点则努力去掉，如治毒瘤恶疮，国家还会不进步？

然而穷和愚至今似乎尚成为绊住中国进步的两个活结。这活结且若出于一条绳索，彼此牵缠。不论在上，在下，在朝，在野，不论“中国的主人”或“公仆”，凡欲向上挣扎，总不免让这个来自八方看不见摸不着的有历史性的活结套住，越缚越紧。表现这个抽象阻力，不仅是什么“敌人”的对立；自己的普遍而长期的怠工，萎靡不振，且更加强作用。俨若任何高尚理想与合理事实，都无从着手，无从生根。直到如今，我们对日本算是打了个胜仗，把这个强狠自大的国家，用我们的长处也用我们弱点，紧紧拖住，从而崩毁了。但对我们自己这个有历史性的弱点挣扎时，却真是一个惨败！

我们责谁？恨谁？怨谁？都无意义。我们只应当承认这弱点是一种有年分的老病，与全体民族体质多少有点关系，远之与所谓哲学的人生态度有关，近之又与所谓现代政治思想和教育方法有关，我们得弄明白，想办法。这悲剧是民族全体性的，这责任也就不是某某少数人可负的！

这挫折惨败的主要原因，从远一点说，我们的历史太久了。帝国新旧交替大一统局面，就延长了二十来朝，还有个偏霸分崩割据的较短时期不算。改朝换代照例是用武力，支持偏安更需武力，在这历史背景中，读书人就有个“从龙”“附骥”的心理状态，延续了二千五百年。这个心理状态，一直影响到现在，还可反映于某种第三第四组织中。我们说他缺少独立的见解，只依违于两大之间，应付事实，有所取予，还不够。我们得原谅那有个历史的鬼在起作用！至于教育呢？从近一点说，恐为由张香涛起始，即只知道救穷，支支节节来动手。仅记住管子所说的一句话，即“衣食足而后知荣辱”，其他的全不在意。革命轻轻松松推翻了一个帝国，却不料把属于帝国的一切有形制度和抽象原则也全毁了。旧的毁去,新的未能建立，属于历史上另一弱点，自然在另一群人生命中又得到抬头机会，即“中原逐鹿捷者先得”的英雄意识。因之有帝制，有复辟，有军阀割地而治的督军团，竟延长到中华民国十六年。直到大小书呆子将国家重造观念注入多数年青人头脑中，经过八年，与少数武力情绪相结合，革命成功了。然而又分裂，又内战，……凡属于内战，多少人身预其事的“功业”，自己既都不大愿意提起，引起痛苦的回忆，其余人的过失，我们还有什么不原谅处？

在这么一个不定局势下，支持到九一八，东北完了。也幸而东北与热河的完事，真正敌人势力一直侵入平津，我们才有二十二年到二十六年的警惧与觉醒。福建的人民政府的解体，两广的暗礁和平，以及西安事变良好的结束，都可见出有兵亦未尝必需用兵。大智若愚，其实不愚。

然而我们还得收另外一种“疏忽”的成果，即教育得来的另外困难。我们的家长从办新教育起始，比如说，北大的蔡老先生，和教育部范静生先生吧，本明白教育的理想不止传授知识，还容许有个比具体知识更重要的抽象愿望在内。愿望虽抽象，却能于另一代证实。可是到军阀时代，书呆子弄的教育，即并点缀性也缺少了。一省一县小些地方，学生的用处，还可排队持旗到郊外欢迎将军镇守使的凯旋，这些伟人也还可就中挑取绅士人家的女学生作第几姨太太，逼得那家长不能不允许。大至于北平，似乎从民五六后，即已与上面政府完全游离。虽照例还有个教育部长，除了做官外，中国有多少国立大学，多少学生，就决不在意。因为只要稍稍在意，就会明白教授有好几年是无从靠公家薪水活下去，关于薪水一定要集团请愿闹了又闹，才于逢年过节时，从什么银行借一笔钱点缀点缀的！大至国家财政小至个人收入，穷既然是种事实，因此革命成功后，到读书人来作部长时，教育政策不知不觉便成了张香涛总督的继承者，解决穷，提倡理工。另一面或且以为可以使英雄入彀，转入笃实，免去文法中的"思想"混乱。一切针对现实，可就决想不到还有另外一种现实，即世界上有好些国家，地面地下都是穷得出奇的，只因为人民不愚，或直接面对贫乏，解决了穷的威胁，或虽穷而不见穷相，社会一切有条有理。人民知爱美，能深思，勤学习，肯振作；即产生不出巨万财富，百层高楼，但精神成就上却支配了这个世界大部分，也丰饶了这个世界人类情感和智慧！只除了现代政治作成的中国，不明白那些成就的价值和意义，不特不知尊重，还常常作成不必要的摧残，其余就决无相同的一国，对属于足以教育人类情感的一切，有这个忽视现象的！我们不知可有教育家能想得到，贪污自私的心理基础，还有个比贫穷更深远的背景？即在那些孩子们在受小学教育时代，由于教育的无知，一面极端缺少图画和音乐，却在文史课只背诵历史上伟人名字，一直到现在时人为止，即作成他们心理上的损害不健全。在中学时代，不知文学和美术，而居然有个吃政治饭的准备，引诱他们开始受催眠，习于不思不想。到大学，资质好发展比较平均的，入理工，和社会隔绝游离，自成一体。资质中平或上上，只是带有少年时代即种下的羞怯孤僻性情的，拣文史。而中学时代即有个吃政治饭准备的，学经济政治社会教育，企图由一小单位扩大而成为一个大据点，而事实上十年过去后，这些活动朋友却上了台。只想想我们这个中层的组成，我们就接触着这个问题全部了。在这个发展趋势下，我们怎么能希望国家上轨道，有秩序，得进步？何怪乎到处是社交式的小聪明，到处是有传染性的拖混与适应，到处是公文八股，而使一切年青人麻痹瘫痪，弄得个社会国家恹恹无生气？我们可能想到，凡是提起“官僚”时，固然是个如何使人厌烦的名词，而作官僚的，又如何值得同情与恻悯？他们的一切，是从小学教育即起始的。若国家的教育政策，还在那么一个公式中衍进，到我们第三代，才更是悲剧！

且试从一件最容易为人忽略的小事看看，到最近，各国使馆有设“文化参赞”的消息发表了，从这个名分上想想，我们可知所谓文化参赞，至少是包含有对于所在国“文化”和本国“文化”具有广泛深刻的了解的人始能胜任的。这种人我们当前有几个？照目下教育设计上说来，国立大学就很少有个文化史或美术史的共通课程，而近二十年习惯，习文史者不仅难望如五四初期所望从认识传统建设一新的道路，即当时所诋毁的哼哼唧唧人材，亦已十分感觉缺乏。而一般趋势，只不过是从字义章句间着手，从不让学生从欣赏涵咏古人性情人格于历史记载与诗歌表现中，对传统精神情感毫无理会机会，这种学生从什么方面可望接受传统，淘深生命，而作出新的创造？若照这么下去，我们的文化参赞也就会像目前许多特种机构一样，得将援留用技术人员例，借材异邦方能办理。这多可怕，多可耻！

以个人私见说来：我们物质上的穷有办法，易解决。我们精神上的愚似乎还得一些有心人对于教育有崭新观念，从新着手。从小学到大学，每一级教育都注意到如何教育他们的情感，疏理它，启发它，扩大它，淘深它。若这件事得从明日“人之师”入手，大学教育近二十年中所无形培养的“愚”，得稍稍想法节制了。而美术，音乐，文学，哲学，知识与兴趣的普遍提倡，却可以在十年后，使新的中层负责者再不至于想到调整社会矛盾还用得着战争，儿童玩火的情绪，也绝不至于延长到一个人二十岁以后。

从这些问题上看，代表中国的头脑的北平，还有个新的运动待生长，待展开，事极明显！这运动没有罢课或游行，没有呼嚷哭泣或格杀勿论，只是一些不曾硬化僵化的头脑，能从深处思索，能反映，能理解能综合，能不为成见偏见所拘束，在一时一事现象上兴奋或绝望，而对于一些比较长远的事情，却可以作个尝试。嵩公府有个蔡孑民先生的纪念堂，孑民先生的学说，似乎值得从北大起始，由适之先生来从教育上扩大它的时候了。还有个文学运动，我们也还有些事可做，为十年二十年的后来者做点试验。我们这一代本身所经验的悲剧，也许只能用沉静来否定现实忍受下去了。可是生在这片美丽土地上的后来者，应当还可由一种健康希望带到一个稍稍合理的社会中，以及稍稍幸福的生活中！

中国谈改造运动，实离不了制度化和专家化

| 原题《读英雄崇拜》，首发于一九四〇年六月一日《战国策》第五期。

陈铨先生写的《论英雄崇拜》，本意是给国人打气，对“英雄”有所赞美，用意自然很好。对于“英雄”含义，文章中虽曾说过是各式各样的领袖，惟内容所指的还是代表武力与武器的使用者，对面自然就是代表读书人的“士大夫”。于是他很感慨的说：中国读书人太不崇拜英雄。既提起读书人，要找出一个原因，所以又说，这是由于五四的结果！为什么？为的是五四提倡“民治主义”与“科学精神”，养成了士大夫的坏脾气，腐化而且堕落。近代教育教坏了这些读书人，反不如过去受了点通俗小说教育的武装同志表现得动人。我们要崇拜英雄，不然就是个卑鄙小人。有对这种崇拜加以嘲笑的，也是甲鄙之徒。英雄究竟是怎么回事？康德说，英雄有壮美感，使人生神秘敬惧之忱，无条件拜倒；他要你死，你必乐于死去无疑。……断章取义不是本文写作目的，不过那篇文章给个人读后印象，却不免如此。陈先生解释英雄崇拜时是援引康德、尼采意见，论及中国缺少英雄崇拜时是提及近二十年事，死文字与活事实相互映照，想使它不发生抵触，至少在修辞上还

值得细心一些。不然，给人印象或不免失去了执笔本来意思。个人是个不大“崇拜英雄”的人，但想想也还不像“卑鄙小人”，有些与陈先生不同意见，特写出来作为对这问题有兴趣的读者参考。

中国旧书中论及英雄时，刘劭《人物志》说的大有意思。他说能控制一切而持其柄，统率文武，使用材器各得其宜，可以谓之“英雄”。这种英雄观很显明，到如今还适用，真英雄换言之就是“真的领袖”，并不是“万能法师”。我们生于二十世纪，对待这么一个英雄，自然也只是大事信托，由信托而生敬重，不必迷信崇拜，尊之若神。正因为明白英雄只是一个“人”，与我们相差处并非“头脑万能”，不过“有权据势”。维持他的权柄，发展他的伟大，并不靠群众单纯的崇拜，靠的倒是中层分子各方面的热诚合作！二十世纪两个近代化的国家领袖，罗斯福和斯太林，所谓作领袖的意义，便是如此。个人权力尽管其大无比，事实上各事有人负责，个人不过居于提纲挈领的地位，总其大成而已。读书人对于他崇拜不崇拜，是无所谓的。

提及英雄崇拜时，陈先生引用百十年前叔本华、尼采一类人对于这个名辞所作的抒情说明，与时代实不大相合。这些人的英雄观多属“超人”，配上拿破仑的性格风度倒刚好合式。这种英雄于战争中必骑一匹高大雄骏的白马，在山头大纛下据鞍顾盼，群众则野战格斗，破阵陷敌，有进无退。可惜时代已过去了。慕索里尼和希特拉两位要人，在群众大会拍摄新闻电影片时，虽尚倾心这种古典英雄风度，装作雄鸡姿式，已不免令人发笑。若在法比战场上最前线，我敢同任何人赌东道，这两位伟人就决不会比一个二等兵乐意把头多昂起一英寸！这就叫作时代不合，伟大意义也不会相同。英雄崇拜若近于群众宗教情绪与浪漫情绪之归纳集中，近代使用的方式是分散到社会各方面去，已经成为一种习惯。玩球的，跑车的，爬山的，游水的，无不可以引起这种集中的作用。英国封一个戏子作爵士，瑞典给一个电影女演员大勋章，这是国家有意从娱乐群众分子中产生英雄的一例。罗斯福为了表示伟大，有时会为足球比赛发发球，斯太林为了表示伟大，大排场款待从北极探险回来的水手，这又是现代伟大意义不同的另一例子。末后二事值得注意处，便是真的领袖都有意将英雄崇拜情绪转移到娱乐或致用分子方面去，个人却承受了"民治主义"一个对于"人"的原则，"领袖也是一个人，并不是神。"他要人相近，不要人离远。要群众信托爱敬，不要迷信崇拜。

这其实从国内近事也可看出。陈先生很感慨的说"中国读书人太不崇拜英雄"，倒恰恰与够得上他所称为英雄的蒋先生及李白胡陈诸将军，感于切迫需要知识阶级合作帮忙成一对照。陈先生以为抗战建国主要条件是"英雄崇拜"，这些受崇拜者经验多一些，却明白事情并不那么简单。他们已从各种团体左献一面锦旗右拍一通电报清楚崇拜的意义和限制，这是不成的！谈抗战，一个战线上若用十师兵力作战，攻守进退需要的全是知识，并不单凭个人勇敢热忱与不相干的多数崇拜所能济事！上层机构要一个健全的参谋组织供给意见，下级单位要一个完备的交通组织接济弹械和给养，整个胜败都决定于知识在空间时间上运用是否得法。就为了勇敢有余知识不足，才用外国军事顾问，求助于客卿！至于谈建国，那更非知识不可。说到建国我们会联想到中山先生本人和他的建国大纲。他本人的一生行为，就是要人"相信"，不是要人"迷信"的。这个大著的草成，就有许多意见实抑衷于老同志与许多书本而来。他就是个"人"，不是神秘不可思议的"神"。

个人以为时代到了二十世纪，神的解体是一件自然不过的事情。他虽解体却并不妨碍建国。如有人从一个政治哲学新观点，感觉东方的中国，宗教情绪的散漫十分可惜，神的再造有其必要，这问题大，决不是单纯的英雄崇拜即可见功。在政治设计上想归纳或消解群众宗教情绪与传奇幻想，神的重造方式正好从近三十年世界取法，这种“致用”之神不妨用分散与泛神方法，从群众中造偶像，将各种思想观念手足劳动上有特殊成就的，都赋予一种由尊敬产的神性，不必集中到一个“伟人”身上。若真的以一个人具神性为中心，使群众由惊觉神秘而拜倒，尤其是使士大夫也如陈先生所描写的无条件拜倒，这国家还想现代化，能现代化？稍有常识的人看来，就知道是不可能也不必需的！

陈先生提起英雄崇拜时，又举示当前兵士作战为例，以为全得力于老式通俗文学小说戏剧的英雄崇拜的好处。且赘语说亏的是这些人不受普通教育。这种意见由赛珍珠说来，并不可笑，因为她是个外国人，不明白中国事情。若由现代中国人说来，似乎不大近情合理。因为这完全是两件事，勉强敷会，不啻说明陈先生既不明白旧小说是什么，也不知道现代战争是什么。若说旧小说的影响，张宗昌、韩复榘倒是两个典型英雄崇拜者。其次是近三十年来所有土匪都用“逼上梁山”一辞作借口，合伙吃血酒时且照例引用“桃园结义”典故。崇拜之中就无不有个“个人本位”意识，与文中所举康德称艺术中的壮美崇拜全不相干。更不曾培养陈先生所理想的由惊觉神秘而来的崇拜情绪。宗教的虔诚由坚信而发宏严，牺牲一切以赴之，在中国唐代的大德高僧玄奘行传，倒有点相仿佛，但这就只有读书人能领略！若一改成说部的场面，群众就只关心到他进蒸笼被妖精蒸吃时，是否能够得救谐谑惶恐了。通俗小说虽有些民族英雄故事，若把当前兵士抗战，认为由这些小说熏陶而来，与事实相去实在太远。

陈先生又说，英雄崇拜在读书人方面表现不好，实由于五四以来提倡“民治主义”同“科学精神”，个人主义抬头，士大夫因之更腐化，社会因之更极端紊乱，所以再不会崇拜英雄。在战争中提倡英雄崇拜自然很有意义，不过若涉及知识阶级，且认为他们腐化堕落时，似乎还要分析分析不宜过于笼统。英雄崇拜情绪，在知识阶级中不发扬原因，前面已经说及，加上社会进步分工分业的结果，英雄名分与事实已不能由“骑士”独占，即在战争中依然被各种职业出类拔萃分子分享，是一件明白不过的事情。陈先生却简简单单以为是五四的提倡“民治主义”与“科学精神”结果，这倒是很新的意见。意见虽然新，却很容易像清末民初遗老的口吻。怎么会这样想而且把他写出来？这时虽是战时，要颂扬武人的武德武功方法也很多，实不必如此曲解过去！中国为了适应环境，在这个大战时代，或者会抛弃民主政治形式，变成一个集权的组织，这组织无所谓左无所谓右是可能的，但这与二十年前的读书人作的社会改造运动是无冲突的。二十年前的改造运动，从最小处言，很明显即因工具运动（文体改革）成功，通俗小说中的旧的如《封神演义》，新的如《玉梨魂》等书，方起新陈代谢作用，代替而来产生冰心、茅盾、丁玲、或陈铨的作品。“团结”“统一”“抗战”“建国”这类名辞，由抽象而具体，与工具的能尽其用也大有关系。陈先生说“五四的流弊是更进一步使中国士大夫阶级堕落腐败”，何所见而云然？这士大夫若指晚清遗老，民初议会诸公，人老了，老而不死，体力复竭，手边又还有几个钱，在家纳福，只等待庄子所谓“息我以死”，事极自然。这些人实与五四毫不相干。若指因五四而起的人物，这些人大多数是当前社会负责者，一部分以书家身分从政，作公务员，一部分或办教育，或作学术研究，工作都相当忙，收入又相当少，守职尽分，近十年来中国见出一点进步成绩，都可说是这种中层分子的贡献。这些人受事实环境限制，能守职不能创业，事或有之，至于腐化堕落，实说不上，因这种人即欲腐化堕落，好吃懒做，亦不可能也。这种人一部分在学校教书，与社会略隔一层，或在大时代中尚只天真烂漫梦想中国政体忽然凭空变成英美方式，虽尽做白日梦，却又不能如何努力来实现梦想。但这与另外一种貌作有思想有眼光的活动分子，在另外一个观点上做白日梦，以为我们中国还必需流血革命，成为社会主义国家即有办法，其天真邻于胡涂，岂不是半斤八两？

陈先生又说“五四造成了士大夫无人格，无信仰，虚伪矫饰阿谀逢迎的风气”，且以为“贪婪爱钱是共通风气”，说的也有点近于笼统含混。若指办教育的，与事实不大以相合。若指“文臣”意即官吏公务员，这一点也得弄个清楚，人格信仰范围指什么而言？至于官场中逢迎阿谀，实是一件老故事，与“帝制”不可分，也可说与历史不可分，古语“远佞人”正可作到，由五四起始倒是新闻，若必把阿谀逢迎归为新的风气，仔细分析，就可知造成这个现象，另外有一个原因。十年来的党政新贵，年在三十五岁上下的，多系北伐时代学生，当时高等教育不良好，一面且忙于革命，学术思想便缺少五四提倡的民治主义和科学精神训练，北伐成功后，政体有了新陈代谢，这些各以因缘上了台，不久国共分裂，两方清来杀去。江西多了一个政府，打了近八年的仗。即在中央系统下随即又有桂系分张湖北之役、阎冯扩大会议陇海线之役、福建人民政府事件、两广事件，无一事不与“党”争“政”争有关。既与党政有关，时局变化波澜大，许多人自然把“信仰”看成一个空洞名辞。

中央欲集权，从党着手，在党中先废除民主精神，乃由上而下以圈定指派方式产生干部。党政中的中层分子，一因学问少，二因时忌多，于是将信仰对象由“真理”变成“政策”，政局既朝云暮雨，末流这些人当然即不可免各竞技巧表现长处，作人无风格，作事少思想。就中虽不乏洁身自爱者，然欲安于其住，自必唯诺取容。但事情明明白白，这问题系与“党政”有关，与五四的“民治主义”和“科学精神”却不相干！至说文臣爱钱，对这种人也还说不上，因办党是发不了财的。这种人除了有机会加入财政税收机关，即爱钱亦不会有多少贪婪机会！若与同等的武将比较，恐怕还是将军们发财的居多！（陈先生是四川人，应当知道四川的房产田地，金融实业，几几乎全是大小军官的产业！）此外四十岁以上文臣因专家资格处理有关财政税收事务，虽可发财，还是十分廉洁不失书生本色的，正不乏人。若说五四提倡民治主义与科学精神，这些人倒正可代表承受两种观念产生的人物！至若近十年小官僚因缘时会，位据要津，或直接舞弊，或间接营私，发百万财，称大富翁，正恰好看出国家只图统治，统治方式只注重集权，因此老式亲亲主义与人情主义抬了头，一种必然现象。救济他靠的还需要社会制度化与专家化，民治主义与科学精神。

大凡谈论问题，能补引“过去”，疏证“当前”，预言“未来”，当然很有意义。不过批判历史，最好要明白历史；攻击科学精神，先还需要具有一点科学精神！我们现在若肯从大处着眼，公公平平来看看这个国家近二十年的发展，以及在变动中的得失，自会承认有形的社会组织与无形的公民观念，都无不在逐渐进步中。这进步实得力于统一，主要表现是国家统一意识的增强，因统一实现国家日趋于合理。这种进步现象非一人头脑万能，实与中级应用人材质与量提高增多有关，也就与高等教育有关。高等教育能有点成绩，实又得力于若干著名大学在教育范围内的民治主义与科学精神运用。仁者见仁，智者见智，各有不同，这许是个人一种乐观看法。但这种看法也还可从近事得到一点证明。举例言，“七七”战事发生后，在沪杭两路战区铁路服务人员，作站长的或管工程的，认真负责处，是中外一致赞颂的。又如目下各战区业已沦落县分，一经收复，县政工作人员照例即随军事推进而进行各种工作，服务热忱也是为人称道的。这些人差不多就全是受过大学教育的青年，即如就税收言，湘鄂省区地方统税，由一个远在湘西某机关指导征收，沦陷区上居然能进行，征收人员且很少有携款潜逃故事发生。问及负责人改善情形，方知道大部工作人员是税专及其他大学毕业生，仿邮政盐务用考试制度选擢而来。说到英雄崇拜，这些小一辈的士大夫，恐都不免成为陈先生笔下所谓“卑鄙”之徒。因为这种可爱青年，就决不会单凭英雄崇拜能如此忠诚为国的。其服务精神还只是由于作国民的自尊心而来。正因为每个人所受的训练、刺激，都觉悟了自己是国家一个单位，要生存权制，也就有遵守社会规约的义务。若说国家得重造，士大夫得改造，这些光明进步方面，似乎值得注意注意！明白当前较多，新英雄主义的提倡者，下笔时就知道不仅要慷慨激昂，最重要还是近情合理了。

欧战发展到最近，英法因战争技术比较落后，两个国家标榜的“民主思想”或“自由主义”于是成为一个嘲弄名词。中国处当前情形中，一面得应战，一面得建国，一面得在风云万变国际混乱情形中，选择两个可靠的朋友，适应当前与未来。“国家集权”因此旧事重提。对国家有一个较新的看法，大家分途并进，来把全民族人力物力粘附集中到国家进步理想上去，自是新战国时代应有的打算。可是我们明白，英法倒霉是一件事，五四民治主义与科学精神提倡又是一件事，中国要建国，“国家集权”与“集权国家”又是一件事；三件事各不相附，若以彼证此，敷会其词，是不会有较好结论的！若从中国人就中国立场说来，据个人意见，恰恰与陈先生意见相反。国家要集权，真正的“民治主义”与“科学精神”还值得来好好的重新提倡，正因为要“未来”必与“过去”一样，对中国进步实有重要的意义！对外言，“战争人人有分”这句话，想要发生真正普遍作用，是要从民治主义方式教育上方有成效可言的。对内言，在政治上则可以抵抗无知识的垄断主义，以及与迷信不可分的英雄主义。更重要的是，封建化以性关系为中心的外戚人情在教育上则可以抵抗宗教功利化，思想凝固化，以及装幌子化。在文学艺术运动上则可以抵抗不聪明的统治与限制，在一般文化事业上则可望专家分工，不至为少数妄人引入歧途。至若科学精神的应用，尤不可少。国家要现代化，就无一事不需要条理明确实事求是的科学精神！

若说中国当这个新战国时代，既不甘沦亡，必需挣扎，挣扎方式且必需取法德俄，我们也得弄明白，这些国家最高指导统制权力虽大，其所以控制国家的人力物力，而且运用得恰到好处，并不是人人崇拜英雄可以成事。组织和效率，主要的其实还是科学精神！因科学精神而分工分业，方能有组织，见效率！德国人表示崇拜希特拉，不过是每家被强迫挂一面相片而已，希特拉事实上也许更敬重他的一专家和那群高等军事幕僚！民治主义值得好好的重新提倡，从中国目前宪政运动上可作另外一种证明。这个运动不发生于民间，却由一党专政的国民党领袖同时也是国家领袖来发动。发动这个运动原因，自然相当复杂，但有一点可以看出，即是集纳中国军事政治大权于一身的先生，用近十五年各种人生教育，享受了最多国民的英雄崇拜经验后，已感觉到这么下去不大妥。人到五十岁了，生命中的杂念一经澄滤，真正明白个人之外还有个国家，个人会死去，国家不能亡！想使国家转好，主要条件是把国内更多数优秀分子，用一个比“党”更合理的方式粘合起来，材尽其用。照老方法就不会材尽其用。所以先是政治上独断独行，渐渐的为专家分工，这可从近十年政治看出消息。即便如此，依然事事受形式上掣肘，内有党见的分张，外有专家的不合作，国事运用不够灵活。抗战以后，弱点尤易看出。多数国民虽信赖拥护，少数党员反从敌寇投降。因此要宪政，要民治，就是觉悟只有如此处理国事方能便于专家分工合作具体化，明朗化。即对于国民党言，也可以因此受点刺激，起点新陈代谢作用，方有新的力量新的生命。把国人带点原始迷信的“权力崇拜”转成为理性抬头的“知识尊重”，正是任何国家安定与进步必由之路，若照陈先生所说，目前的宪政运动，倒是近于最落伍的思想了。再若照陈先生意见，“知识阶级关心的平民教育一发达，国家更不崇拜英雄，更是一盘散沙”，那一切初级教育都近于多事，有害无益，大家只读读老式通俗小说，一面对英雄崇拜便很好了。可是话说回来，真正关心这个国家命运的人，会觉得抗战建国事并不那么简单的。

因为世界在战争中，在变动中，新的历史场面上领导者，容易给人一个“英雄”印象。于是一部分人谈及抗战时，谈及国家问题时，由于情感有馀便不免要用英雄气分来解释现象，这种无意识或非意识就联想方便，自会牵涉附会到通俗小说方面去，照例且不免把近年来人民对于国家观念之觉醒估计得太低，对“读书人”感到不满。陈先生文章，在这一点上正可代表一部分人的意见。读书人情形，陈先生自己是其中之一，当然明白“英雄崇拜”是不是能作到使他死他就死的地步。且明白“士大夫”含义广以及其他。有些话不能自圆其说，还不碍事，至于对群众教育，以及从“教育”上得到教训，未免太膈膜了。事实上近三年来国内两百万壮丁的征调，应用如何手续，有若干省分，如何由万千青年学生下乡作民训社训，其次又如何用挑选方法选出送到各地师团管区编训，编训期满，再如何转移到各个应当补充部队去训练，送到前线时，至少都得经过一年以上的“教育”，在教育中与火线上，照例都需要把不必要的懦怯与不必要的英雄思想去尽，只变成集团中一个小小分子，方能作战，就会觉得“教育”二字具有何等意义，对于目前战争又影响多大，不至于说外行话称赞他们不受教育了。三年来的抗战，前方百万壮士的流血，后方数百万妇孺老弱在风雨饥寒中完成的几条国防交通线，支持这个民族作战气概和胜利信心的，决不是英雄崇拜，实完全靠个人做“人”的自尊心的觉醒。这觉醒工作，便整个寄托在各种有形无形广泛教育原则上！

陈先生文章本意很好，惟似有所蔽，词不达意处，实容易被妄人引为张本，增加胡涂。官僚文化人中还不少妄人，妄人活下多以为在国家变动中可作政治投机，且习于用英雄崇拜方式固宠取信。这种人正附于中国官僚外戚政治中作种种活动。所以中国谈改造运动，实离不了制度化和专家化，正因为如此一来这种人方无所售其技。制度化和专家化及新战国时代新公民道德的培养，除依靠一种真正民主政治的逐渐实行，与科学精神的发扬光大，此外更无较简便方式可采。在这种事实下来谈英雄崇拜，如像陈先生那么谈，有点近于“抒情”，不是“说理”了。不知多数读者以为如何。

说到经久，帝国还敌不过一首七言诗

|写于一九四七年二月前后的四篇未完稿，

以《政治与文学》为题编入《沈从文全集》。

一

法西斯老板慕索里尼被民众捉住时，对那个围困他的一群意大利人民说："你放了我，拥护我，我保可以给你们一个崭新的罗马帝国。"话说得很动人，但是大家不相信，他就完了。若相信，他就可以在拥戴中从新爬起。至于那个大帝国，过三年五载能不能实现，那另是一问题。到时他可以说因如此如彼不能实现，照例有话可说。并且事实上也不会有人会去追问这个预言的兑现。这是政治。政治艺术就在这点上，权变第一。世界历史上就有许多政治家伟人，在大群人民中或较小一群的议员中，用各种预约得到个人成功，无害其为伟大。罗斯福和共和党要人竞选总统时，史塔林和人竞争党书记时，都不免要有那么一手。现代社会不仅容许一个政治家对本国人如此说点谎话，若对于另一国家时，似乎还容许说更多的谎话！纵横捭阖之术，是一个政治家的本钱，也是一个外交家的本钱。

可是说这个话的若是一个作家，比如说，下巴颏生有长长的胡子那一位托尔斯泰吧，在沙皇向人民宣称德惠，大家都信以为真时，他却向俄罗斯人说："列位，拥护我，爱我，投我一票，信托，跟我走，我明年写一部《战争与和平》给你们。"大家却会考虑一会儿，不大相信。也许会有人那么说："托尔斯泰伯爵，你最好还是先写出来，我们再拥护吧。"万一时间已到了二十世纪，俄国政治社会组织已变了，说话的是高尔基，人民客气一点，也许会说："高尔基先生，我很相信你的话，要写可一定要有你上次出版的那本好！"相信也是有条件的，他曾经写过几本书，取得人民信托得到成功。这事到中国也怕差不多。因为这是文学。文学家不能空口说谎，任何伟大文学家，卖了预约的书必得到时出版。而读者又还有权利和自由来批评这个作品好坏，批评得好不好，意见不受作者拘束。一个政治家受无理攻击，他会起诉，会压迫出版者关门歇业，会派军警将人捉去杀头。一个作家呢，他只笑笑，因为一个人的演说，或一千个人的呐喊鼓噪，可以推翻尼罗王的政权，或一个帝国，可不闻有一篇批评或一堆不可靠文坛消息把托尔斯泰葬送。

二

若有人认为作家的笔必由政党调遣，那无妨各行其是。我的理由却极简单，这是两种工作。从政治家或伟人看，一千人进军罗马，即可产生一个帝国。从作家看他那个四千字的小说或一首诗，实在只有他的头脑和手才能产生。一个帝国固然伟大，然而说到经久时，有时又似乎还敌不过一首七言诗。文学作家归入宣传部作职员，这是现代政治的悲剧。引俄国事例统治管理来驳我的，回过头来看看那个自由一些国家的成就。我们作家不是在争“自由”，争“民主”？文学上的自由和民主，绝不是去掉那边限制让我再来统治。民主在任何一时的解释都包含一个自由竞争的原则，用成就和读者对面，和历史对面的原则。并且政党要领袖，要拥护，而且容许用一切不大合乎真实的手段作宣传，争取或巩固地位。文学的民主却不需要也不容许这些。文学涉于创作，没有什么人在作品以外能控制他人的权利，刚用笔的每一个人都可以用作品和老牌竞争，而且永远也在竞争中。这种竞争尽管十分不同，正由于不同即带来进步。真的进步是由此而来，不是由竞选……

三

这一个月来，因我写了点小文章，被另外一位笔名先生当作题目批判了若干次以后，得到很多的信，信件大致可以分作两类：一是少数熟人的，总说争不了事，这和国家情形一样，还是听命扫荡吧。一是陌生人和读者的，倒奇怪在名分下我有不少副刊，事实上帮手怕也不少，怎不来个笔战？我得谢谢这些朋友的好意，并谢谢给我把批判文章寄来的两位。批判文章做得很好，有立场，站地步，而又观点正确。且于雄赳赳之中还保留点点客气，又会断章取义不求甚解的傅会其词，若配合什么会的举行，可以说绝妙宣传。这一来，沈从文简直被打倒了。但是照某兄所说，又像是沈从文早就落伍而倒多日了。极奇怪的倒是我什么时候又起来过？因为照我记忆所及，民十五年时刚学习执笔，就被一伙在北平的什么社员倒过，我自己就不曾料到。民十八（年）在上海又被一团体指定一某兄由检讨而扬弃过。且宣布必倒。我也想不出这检讨是什么意义。到

（民）二十三年又被一群生力军战战，（民）三十年左右，桂林又有一些远距离扫荡，（民）三十四五年在昆明又有些近距离扫荡，一共约二十年光景，次数不为不多，而且照例是团体性，再加上一堆文坛消息，不可谓不实力雄厚。我这一面呢，照理说，老是居于劣势。真不免让那些好朋友代为担心！不过事情也奇怪，二十年已成过去，好些人都消失了，或作了官，或作了商。更有意义的，是其中有两个还作了我的朋友，都是真有批评能力，且写过批评集的。我倒很希望他们还有兴致，再来批判我新写的一切作品，可是已停笔了。我还是我，原来无从属单人独马用这支笔来写点小说，从学习讨经验，求有以自见，现在还是如此。想起来真不免使人感慨系之！因为在我自己，对工作态度二十年变得似乎极少，但批判的笔却换了四五代了。而且所以受批判，倒又简单，我很恼怒了一些人。我的不入帮态度有时近于拆台，我的意见又近于不喝彩，而我的写作恰恰又"都要不得"。这个批语且可能是从不看我作品的人说的。这也正见出中国文坛的一鳞一爪。什么文坛？不过是现代政治下一个缩影罢了。只见有集团的独霸企图而已然而和政治稍稍不同处，即有野心文坛独占局面却始终不易实现。为的是二十三十人固然可以产生个委员，或部长，更多些人还可以产生个罗马帝国，可是一首七言绝句呢，却要一个人用脑子来产生的。文坛中不仅有作者，也还有个读者。不仅有读标语而感动十分的人，也还有拈斤簸两要把作品从文学史上衡量得失的人。有欢喜开会的作家，也有不欢喜出风头的作家。我们不是说要"民主"吗？这里就正有个民主，一面应容许相异，不同，而又能以个人为单位，竞争表现，在运动规则内争表现。不过这种民主制度对某一些人当然就不大顺利，因之扫荡随来。所以分析起来，这雄赳赳中其实也就有懦怯，恰恰和另外那个战争中有懦怯一样，不敢单独接受工作正面所课的责任，于是出以集团攻击。文字既然不过一种工具，那么，涉及批判，什么话不好说？所以话说得险而狠，可以说是必要的。不过既有二十年低头从事不作官的作者，也自然还有不信官的读者。所以文坛到底又还有点民主，虽然这正是另外一些人所不要的！扫荡者的文章，倒要附于被扫荡者集中方能存在，是无可奈何的。记得《益世报·文学周刊》第一期上，编者即有个声明，刊物是对报纸，对读者、对作者要有个交代，不用作个人利益企图和热闹笔战的，所以现在还是要守住这个原则。我只说说批判者文章中串贯不来处和错误原因。……

四

老朋友说："你是不是有点痛苦？"我说："唉嗨，有一点儿。那就是没有属于任何一党，也没有什么后台，自己也没有钱，不然倒很想把自己的文章和那些批判汇拢来，印个小本本，留下来有目共赏。"这文章到汇印时，关于我的只须改动一二排字时明明白白的错处。笔名先生的，却不妨由他任意修正，或不妨再看看我那个文章，完全看懂后再下批判。也不妨把那些自己明知是胡扯处去掉，不能自圆其说处去掉，以及自承笨拙，倒也聪明，实又矛盾处去掉。这说不上什么雅量。这就是我们嚷民主民主的人一个试验，我这么写，你那么写，一起给人看看，免得断章取义，扭曲拉长，失去本来意义，欺骗读者。更重要的还是好让时间来批判批判。免得善忘的人在另一时又从别一点上傅会其词。

正因为文坛观战不多不少也观了二十二年，什么人如何变，还记得相当清楚。用集团方式来检讨扫荡，也见过了很多次。尤其记得深刻清楚的，是民十九左右一件事。民十八指派了一位批评了我一长文，理由简单，即我并不入伙。可是到（民）十九年，朋友胡也频被捉后，他在困难中，不闻 ×× 援救，而写信、打电报、借款给我们去南京想办法援救的，却正是当时前进作家用作辱骂对象的胡适之和徐志摩二先生。即第二次丁玲出事找人援救时，照我所知，帮忙的还是胡适之先生。你们用为诬蔑我的文词，在青年中最毒辣动听的，无过于说我和国民党关系。这二十五年中的确也有唯一一次的关系，即当你们之中谁也不肯出面时，为救丁玲夫妇事，因朋友 ×× 之介，和陈立夫谈过一次话。随后是如何送他孩子回家，关于这问题，丁玲恐怕比你们知道得多许多。真要做他们的帮手，恐怕这时节正在上海南京支配若干机构，协商中也有一分了。

其次也算是关系，怕就是（民）三十四年，我的三本短篇小说交开明印行，在桂林被党检查机构禁止付印，随后在金城江毁去，也即毁去我重要作品四分之一。另一《长河》被扣，由高植为交涉方收回付印。开明的叶圣陶先生和中大的高植先生还活在世界上，对这件事也知道比你们更清楚。二十五年的所谓关系就是如此。我不会是如你们所猜想的国民党伙计，也不会是另一党伙计。世界上有的是一生专做伙计的人物。说来也许使你失望，我到如今还不是任何文学团体的会员。我用不着这么做，正如用不着如别的作家那么集团拜生送丧赋诗饮酒。别的人若居然能于社交方式宣传技术中，即可得到伟大的满足，很可以那么继续做下去，这出于个人嗜好。至于我呢，我只觉得一个作家应当如思想家，不会和人碰杯，不会和人唱和，不算落伍。他有权利在一种较客观的立场上认识这个社会，以及作成社会的人民情绪生活的历史，从过去、目前，而推测出个未来。他也有权利和一切党派游离，如大多数专门家一样，把他的工作贡献于人民。他更有权利而且十分需要，与政治家所用的政争手段不一致，来爱这个国家，爱这些人民。比如说，目前情形，凡是拥有武力和武器的政党，用人民作赌注的内战，尽管政治上渲染得如何“无可避免”，以及自己一方面如何“不得已”。但是一个真正有做人良心的作者，他决不会说这战争是必要的。稍有爱和不忍之心，更不会赞成这种大规模集团残杀是国家人民之福！有武力的政党，可以用武力争取胜利，无武力的政党，也容许利用两者矛盾而增加重要性，惟一个无党派爱人生的作家，他当然和真正大多数人愿望一样，认为流血只能耗损国家民族力量。他也会进一步提醒负责方面，一个真正对民主有理想的政党领袖，必明白他虽有“权力”可以糟蹋人民，实无“权利”把整个国家毁于战火中，增加后来者困难。我看了三十五年内战，让我更坚信这个国家的得救，不能从这个战争方式得来。人民实在太累了，要的是休息，慢慢才能够恢复元气。中国目前的第三种组织，若能纯粹从这个观点出发，来作一切活动，我无条件拥护。我尽管不会加入他们的帮伙，也乐意执鞭追从。我怕争斗吗？是的，我怕我和我们一辈爱这个国家而又沉默工作了四十年的一些专家，毁于混乱中，我更怕这个国家会为国力消耗太大而毁去。你们欢喜说人民人民，我敢说，如果让人民能表示意见，没有人民会说战争是必须的！但是战争还是来了。这是我们的痛苦，凡有做人良心的，会感到痛苦，是国家民族的羞耻，因为直到如今，我们还缺少一种稍进步的观念，能由战争以外找寻调整这个国家的矛盾方式。我愿在此向批判我的某兄所属一党进言，你们不是以和平运动为目标？这时正是更要在真正第三者方面代人民警告呼吁和平时候。正是发宣言引起国人响应时候。……

领导国家的方式完全如小买卖经纪人

| 原题《性与政治》，首发于一九四七年四月十六日《知识与生活》第一期。

佛洛依德谈心理分析，把人类活动的基因，都归纳到一个“性”字上去。以为一切愿望与动力都和“性”相会通，相连结。庄子的“道在屎溺”①，倒好像被科学证实了。据翻译过他作品的夏斧心老友说，这位大师用的字眼儿，意义实相当宽泛，虽不离于性欲，也不拘执男女明显色欲意识和短兵相接行为。有时竟和中国老圣人说的性含义相差不多，也即是“性与天道不可得而闻”的性，已近于抒情的阐明！（这种抒情的阐明最有问题处，当为佛氏对于梦的解释，作出种种象征联想。）然而“一切与性有关”的前提，却供给了我们一点便利，即由性出发，试检讨别人之所以为人时，对于那个圆颅方踵，具有特殊智慧，充沛热情，无比精力，然而到处理自己问题时，处处

① “道在屎溺”，出自《庄子·知北游》。原文为：“东郭子问于庄子曰：‘所谓道，恶乎在？’庄子曰：‘无所不在。’东郭子曰：‘期而后可？’庄子曰：‘在蝼蚁。’曰：‘何其下邪？’曰：‘在稊稗。’曰：‘何其愈下邪？’曰：‘在瓦甓。’曰：‘何其愈甚邪？’曰：‘在屎溺。’”

又似乎照例显得永远矛盾，而且相当狼狈的生物，生理年龄与活动倾向所受自然限制及其相互关系，作出有会于心的微笑。我们或可敷衍他的意见，对“人是政治动物”加以新的诠释。尤其是对于知识阶级的意识形态，借用佛氏的观点，来加以检讨，会有些新的发现。发现人虽是政治动物，这种动物因年龄不同，实在类属各异。有些具飞腾意味，有些必奔跃而前，有些只匍匐行动，又有些定于一，不饮不食，不鸣不动，不死不生。这种属不同的动物，取予反应又好像可以归纳成几个公式，若吾人承认这个简单公式中所包含的真理，为这种动物的进步计，会觉得还应当也可能建立一套新的观念，作种种新的设计，我意思当然指政治设计。

在目下一般情形中，对于“读书人”我们似乎容易保留那么一种共同印象：即十六岁到二十四五岁的青年接近政治时，多取的是“恋爱”态度。（现代政治虽充满宗教味，一面是作成增加敬信的种种铺张，有杂耍游艺，一面又同是个大饭团。但和宗教不同处，即宗教信仰年纪越老剩余情绪越容易吸收，现代政治可并不能兴奋多数老年人。）三十以后到四十五岁的壮年接近政治时，多取的是“成家”态度。四十五岁以后中年老年接近政治时，多取的是“攀亲家”态度。虽不可免有例外，一般趋势在生理年龄上所形成的两性求偶观，和那个政治倾向，竟有个奇异的一致性或平衡现象。

年青人对于恋爱的觉醒，有些近于自然，有些出于人为的启发和刺激，却一例充满浓厚浪漫抒情色调。且因为剩余生命，照习惯多消耗到普通文学小说阅读上，更增加他们这方面的自然倾向。对方越新就越容易激发其爱慕心。他有的是生命热忱，倘若社会正常，本可以分散使用到各方面上。但历史夙命和一时风气，却共同集中了这种充沛热忱到男女情分取予上。正由于隔膜，且从而扩大了他的热忱成为牺牲的渴望。又由于风俗习惯上对于性的特别禁忌，以及有经验家长保守顽固见解的压迫，更增加他一种好奇心，以及突过制约的冲动。于是他追求，寻觅，为争取热忱证实而与年长“理性”取一相反方向，或焦头烂额，或胜利成功，他不在意，总之，出于生命的必然，他向前了。

至于三十岁以上的人呢？他的年龄已到“成家”的年龄。就普通人言，他生命属于身心两方面都已成熟，先一时由于热情所带来的兴奋，由于隔绝所形成的幻念和遐思，到此已稍稍稳定。要成家对手，将不仅是能热情浥注的摩登女郎，因为他已从各方面知道了这种女子的长处和短处。手指甲涂得红红紫紫一举手一投足都见出那个“新”，可是引人过于注目处，也会使同伴感到压迫。这些人若有“准绅士”打算，照例关系发展到某种程度上时，会有点担心。“这种时髦伴侣，是否宜于共同过日子？”在共同生活中，他又还不失去男子原来的身分，原来的生活习惯，与生活计划。倘若他还有个抽象的家长或具体的职业，会更增加同居以后的考虑。他到时会发现她脚上那双高跟皮鞋，未必宜于在中国几个大都市以外不平街道上散步，和老式家屋中上下楼梯，或高门限迈出迈进。此外身上穿的，头上网的，手腕上带的，又未必宜于中国南北各地不同的气候。还有挂在肩上那只大皮箧，难道真比绣花抱兜还适用？袖子衣脚忽长忽短，难道真有什么美学根据？即有说明，岂不还可嗅出点上海绸缎商和成衣匠的宣传空气？总之，他到了职业或事业年龄，求偶成家的愿望不会和廿岁以内的少年方式相同，是很明显的。他也许更肯定要追求“摩登”，由于他明白摩登有助于他的职业或事业成功，至少在社交上也活动些。居多倒是承认摩登的好处，间或与之卖弄卖弄风情，却不会太和它相近，冒险娶人家中的究竟是少数。这种人若比较顽固或保守，且必觉得摩登的短处，如对于文化传统的忽视轻视，以及优美风俗习惯之否认，为不可忍受。而且时髦处常常是表面的，真正西方所课于共同生活的种种美德，责任与宽容，求知而爱美，全无领会。这么一个壮年人的成家理想和事实，对手当然不是摩登女郎！若社会容许他自己选择，“门当户对”的旧观念会在他崭新头脑中起作用。他的目标将是所谓“闺秀”。三十年来社会分解，代表名门世家的闺秀，已越来越少，代替而起足当这个阶级之将是两种女性：一是大学毕业的高材生（尤以教会大学毕业的重社交礼貌），二是新兴的达官富商子女。凑巧是兼全两种身分的女性，近于理想女性，这女子是个寡妇，又有财有貌有地位，且无其他亲族阻碍，就更容易结合。若寡妇名声不大好，虽可爱，倒不一定去爱。他也许还稍微势利些（这是这种人的性格一部分），要成家时名门闺秀无可望，身边又恰好是两个女子：一个是有热情，无家私，性情身分又还不大十分明白确定的女性；一个是家长名誉虽不大好，子弟已不少在腐化堕落，可是大家庭，亲族多盘据要津，有势有力，当前社会地位和经济能力都还可靠，个人相貌也还过得去的女子。结果一经选择，就必然会让基于常识的功利主义抬头，寻媒作证做了那有势力人家的女婿。说起这种有势力人家，大家明白，不仅经常派得各人到处在找寻女婿，还需要更多的赘婿：虽说对赘婿历来缺少尊敬，却乐意增加赘婿的数量，形成一个综合家庭的。

至于五十岁以上的人呢？他已到营菟裘娱老，为子孙作计攀亲家的年纪了。一个人到了这分年纪时，虽常常或偶然会有童心再现，照现代心理学所提及的由于衰老的补偿心理，欢喜和一个十五六岁风流波俏的女孩子恋爱，事并不出奇。倘若这恋爱是不受其他限制，而有助于他的社交活动，以及其他权势发展，他必比二十岁青年还爱得热情缠绵，表示得细腻而深致。但这依然是少数，尤其是他倘若是个有事业，且曾经于他所致力半生的事业上有过特别贡献，生命发展得极正常的老年人，他将在选择上证实一种正常的取舍。因为这一切，也证实了孔子所谓“五十而知天命”说的大有道理。在恋爱问题上，或取个最开明的态度，不禁止儿女自由恋爱，自己可不会和儿子同样在床头壁上贴个女明星或棒球选手相片，认为得意有趣的！他有些地方比中年人或更明白摩登的弱点，但自然也就更容易疏忽了摩登的好处。至于攀亲家的情绪抬头，实重在有条件的稳当可靠，也会选豪族巨户，也会选寒素清门，二者似异而实同，同重在传统品德文化理解和尊重。也不免有点私心，由于他老了，休息感觉已在生命中发生意义，这种休息或营菟裘兴趣，都将影响到攀亲家的作计，一切实近于常态而非变态。他有更多机会和中年寡妇结婚，由于相互的吸引，或由于寡妇将来那笔遗产。寡妇的社会地位，如果相当尊贵，寡妇的社会身分，又清洁无疵，不仅得到年长的欢心，还可赢得年青的爱敬，甚至于追求，老绅士与之结合，情形更极自然。即或是因种种理由，不能正式同居，老绅士出于友谊和信托，也必然是会随事随处支持寡妇的行为愿望，骂骂家长的专断而无能，认为合理。

年青人青春期的觉醒，不问是天然的或人为的，总之，既已觉醒，他便需要恋爱，或为爱人至上主义者，或对于这个动人名词充满激情。他也世故，也纯洁，有一点必需明白，即这点情绪是与生俱来很真切的。指腹为婚的事他受不了，会否认。媒婆串掇也不成功，他已不大相信职业的媒人。这原因不一定是对女方不满，有时倒是怕同学嘲笑。在他自己所选择的恋爱成功后，发现对方不如理想那么完整的事也常有，因此离婚分手时有所闻。亦有在恋爱失败后灰心颓废堕落，不再像个人的。又有一起始就滑头滑脑，只梦想靠岳家升官发财，去作坐码头的一类人家女婿的。

至于壮年人的成家梦，既居多只要个像样主妇共同过日子，得到对象后，当然可望把“家庭”弄得还有条理。自然也有结合以后方发现改造对方无可望，自己这么又不成，感到十分痛苦的。更有人可以不恋爱，不结婚，把求偶热忱和成家愿望一同寄托到事业上，倒反而觉得还清静省事的。亦有壮年想出头，急于事功却不甚讲求手段，乐意由婚姻入手，本人还长得白净漂亮，有些小技能，和洋人社交说英语十分自然，玩桥牌，吃鸡尾酒，样样在行，间或还批评批评管理家庭措施的不合，意见温和而诚恳，被有力者看中，于是忽然成为变相的赘婿。他目的既在远处将来，当前又慢慢的可参加这个特别家庭会议，所以即在作赘婿地位上，凡事必表现得异常循谨可爱，而终于成为极得力的赘婿。也有久而久之，对于自己身分地位感到一点苦闷，熟透了这个家庭的腐败，明白这么混下去，混不出什么意义，良心既不安，因而常露怨望的。于是一面怨望，一面说不定还有个把女朋友，这女朋友可能是个寡妇，可能是个摩登，总之和这个家外人相当亲密。可是他还是不会轻易离婚，那位岳丈大人也照例不轻易提出解约驱逐命令。到重要关头必须表示态度时，他还会忽然用柔懦忏悔口气说：我已上门了多年，还有什么办法？……

老年人似有个生命益少矛盾益多现象。有攀亲家情绪无从证实，去作新奇恋爱，周旋于摩登间交换恭维，错综日子倒过得很兴奋的。有和寡妇结了婚，得到短期安定的。有宣称行将披发入山，事实上倒只坐在书斋中忍受痛苦。

社会虽是有机的，时时在生长变化中，也有些不大能变的东西存在，即人性。人虽是一种极其活动十分复杂的生物，又似乎可以归纳成为若干组，很少会有新种新机能发现。人之不同不在个体品质的歧异，居多还在通过岁月，或受自然鼓励，或受自然限制所作成的差别为显明。年青人容易成为社会主义追求者或信仰者，壮年人却不免对于英美式民主政治感到倾心，人到老年呢，他的热情已得到了平衡，经验和知识却十分完备，社会若有秩序，那些经验和知识，用在任何一种政治上，都极有意义。社会失去秩序，多数对现实政治，恐都是取个无可奈何态度，情绪既游离无所归，知识经验也难得好好运用，只在糟蹋中等待完事。二十年来许多许多这种有用的人都完事了，剩下的却是另外一种人。这种人照例永远在支配领导这个国家，用的方式却完全如一个小买卖经纪人或羊屠户经营生意的方式。……

到此为止，我们的帆似乎扯得太饱满，驶离海岸越来越远，得回头了。我谈到的好像是已触着了个“现实”问题，因为摩登女郎和顽固家长，寡妇，绅士，赘婿，和其他种种人物无不俨然呼之欲出，而又随时随处可以碰头，你和我完全有分！倘若又有什么人，因为我文章中不常用某种介词，即看不懂本意，以为被影射讥讽，来作长篇大论抗议、或集团检讨，我想还是盼望他节约精力好些。一切说明只不过是一种抒情的比喻，对某种共通现象的比喻，可无兴趣对某某个人行为活动特作速写。因为事实存在已二三十年，大家都所谓“熟透了”也。但从这个即景抒情小文中，似乎也可以看出些道理，即佛氏学说一部分的证实，政治动物的问题研究离不了性。或者说，当前读书人的意识形态，以及对于“政治”所抱见解和倾向，除了其他复杂成分，还有个自然因素，自然限制，得明白，得承认。凡经营统一他人头脑的，争民主自由的，准备社会重造的，一切有效措施或抽象设计，对于这个“有生不一”现象如果多理解一些，多注意一些，使各得其所，各有所归，这个民族明日悲剧会减少些，进步的理想会容易实现些，而一切发展也会合理些。若过于疏忽了它，或一切依此，只从一个习惯的“现实主义”应付下去，打下去，争夺下去，开会下去，改组下去，我们的悲剧将延长，将扩大，直到政府改组第十回时，国家依然不会有何转机的。

年来常听人有提及黄色刊物影响到年青人性早熟问题，相当严重。却不大注意到普及国内中学大学那个吃政治饭的经营，如只侧重于简化头脑，作成“拥护这个打倒那个”即已足，影响到国家将来，更如何严重！二千年前一个思想家，即告我们说“道在屎溺”，目下我们却需要有人从这句话上产生一种思想体系，重造政治，重造国家！

想起国家人民所遭受的苦难，不觉眼湿

|原题《新党中一个湖南乡下人和一个湖南人的朋友》，首发于一九四八年二月二十一日天津《益世报·文学周刊》第七十九期。

“鸾鸟凤凰，日以远兮。”

——《楚辞·涉江》

民国初元前后，时人谈“思想”，在读书人头脑中受影响最深刻的，必数饮冰室主人梁任公。谈政治，熊凤凰[①]在政治上的活跃，更容易予人保留一个鲜明而生动印象。近五十年中国政治思想史的发展，两个人的贡献实各有千秋。

由戊戌变法到辛亥前夕，国民革命武力犹毫无根蒂处，先有个宪政观念的蕴酿，准备，与试行代议制的勇气和决心，普通影响及西南诸省，这运动实发源于湖南的新党。新党分子多数是湖南人，却有几个外省朋友置身其间，支持了组织的活动与发展。如“散原老人”陈三立，当时即以湘抚公子潇洒好客见称于世。《人境庐诗钞》作者黄遵宪，更以头脑开明富有世

①熊凤凰，即熊希龄，字秉三。因籍贯湖南凤凰，故称熊凤凰。

界知识著闻，……地方既有那么一群对国家怀远景的少壮知识分子及贤明官吏，才作成“饮冰室主人”梁启超年二十余入湘主讲时务书院的事情。新党活动前后受了两次严重打击：第一次是戊戌政变，牺牲了谭嗣同；第二次是武汉富有票案，牺牲了唐才常。新党虽遭受打击，人民革命政体改造运动并不因而停止。熊凤凰以新党的重要一员，于两次事变中都幸而免，此后西南诸省人民谘议局的成立，即全得力于这个新党奔走其事。所以初期宪政运动及组织经验，在当时即特别丰富。辛亥起义，湘鄂新军首先发难，革命势力由两湖到江南后，南北诸省均起响应。局势澄清，帝制结束，民国成立。然新旧势力之间有冲突，政府上层与区域派系之间有冲突，现实与理想之间有冲突，若一任其发展，则终无法避免分裂与割扰。必有一个抽象势力调和平衡种种矛盾，方能进而言其他。

当时任公先生正年及壮仕，精力弥满，一支笔恰恰能反映多数知识进步分子的愿望和感情；熊凤凰更因富于政治经济经验，且于宪政努力，极得各方面信托，无疑是两个最孚人望的清流领袖。适国民党第二次革命受挫折，损失极大。北政府实力虽是控制一切反对势力，然西南诸省情况实荡动不安，人民情绪尤多危惧。袁世凯想绥靖人心，因此有所谓“人材内阁”应时运而产生。（据林宰平师意，袁以为组阁事最好由任公先生出面，经一再接触，始知任公虽能文笔、有思想、负重望、实一纯粹书生，并无实际从政经验，凤凰则各方面关系均较好，始由熊主阁事，梁长一部。其实这次内阁重要计划决策，仍多出任公手。）其时国人对民主既有所憧憬，政体组织尚具规模，人材复集中，社会又比较单纯，所以这个人材内阁，不仅仅是在国内外得人望，负时誉，即几个书生自己，也认为必能替国家人民作点事；对于沉鸷雄狠的袁世凯，可用两院监督责任内阁制，使其不能逾权干政；对于新经失败元气大伤之国民党，可收保护培育转移目标于宪政之功。对于各方面矛盾冲突，则希望能用超然态度来平衡中和。盱衡时局，澄清天下，责任虽重大艰巨，机会实千载一时。然而几个书生的单纯民主信念，那玩得过老军务的狡滑世故。所以不及一年，紧要关头来临，测验到几个书生的政治魄力及政治道德时，终不能不辞职下台。这失败不仅仅是几个知识分子在政治上的理想败北，更重要的还是文人执政的责任内阁制，以及附于这个制度下的民主理想，议会尊严，从此无形结束。以残杀异己愚弄书生自得的袁世凯，过不多久，亦复被筹安会几个迂腐不争气书生所愚，上下不能，终于气死。代替而来的，便是一场连续演出永不闭幕的内战大悲剧。从此伟人拥兵自卫，画境而守，各假名义，割据一方。个人情绪还稳定，彼此之间少纠葛，即如以推牌九、娶小妻、增殖田地房产和银行存款自娱。并每年按时为家中人或自己做寿，集中了名厨名角，请客唱堂会，聚敛财礼，耗费金钱，满足自己那点英雄伟人功名梦。个人情绪若不甚稳定，又或地盘税收和另一方有了争持，又或因二三好事无聊政客门客，串掇其间，以为如彼如此，不早下手不免受人暗算，自然便轮到所训练的十万二十万壮丁死士，持刀而前相对而砍一场大战时，必从新得到平衡或一方败北，始能罢手。这种伟人和伟人本来往往是儿女亲家或兰谱兄弟，平时免不了彼此交际，要送礼送信代表，原驻京办事处长，有儿女婚娶还要媒人和亲家，因此也就必然各有一群幕僚政治家，活跃于职务关系间，或安排于国会、政府、新闻界和金融界，经常作种种活动。到内战爆发时，一伙儿自必更加兴奋。战局明朗化后，垮台的于是带了金珠细软，银行存折，及三五得宠妖夫人，三五亲信，向上海、香港或日本一跑，等待下文。成功的便直向北京或其他省会进军。接着就是政府改组或省长更换，布景略动，新贵上场。或通电下野，或通电就职，又是庆功宴，大堂会，一场热闹。于是北京城廊房头条容丰照相馆，换上了一批文武新贵人三尺大相，相上并照例勋章累累。天桥什么哲学家八字举例，也换上这种伟人生庚。点缀北京前门外一带市景的，却依旧是一个尉官级招募委员，手执一面脏旧白布旗帜，为在朝伟人招兵。白旗移动处，可即发现五七位面容憔悴失业带病的薛平贵，尾随其后，趑趄而前。这些人中说不定半小时前还在“赛孔明”摊子边卜过一课，记忆着戏文中红鬃鬣马故事，乡下茅屋里当真又还有个王三姐在等待他立功发财，回去寒窑相会，因之充满悲愤和决绝之心声直到成炮灰为止。……总统、内阁、国会，一切既无不依附战胜者暂时稳定局面而存在，上场政治新贵，知识学问即不乏第一流人物，终得用提公文包，办庶务，及逢场作优三种身分情绪而活动；一切举措都不免如提线傀儡，唯伟人意旨是听。此辈进身之方，既多以阴柔便给见忠信，少正直不阿阳刚粹美之德，积因成习，惰性转增，凡想做事敢言事的，因之反如愚戆痴骇，不明政术。聪明现实官僚，自然便不免如王逸叙楚辞所谓——怀道以迷国，佯愚而不言，颠则不能扶，危则不能安，婉娩以顺上，逡巡以避患，这种人在当时虽说也即是“志士之所耻，愚夫之所贱”；唯其能如此少骨气，具弹性，有责任而不负，惟唯唯诺诺阿上取容，却轮流占据上层统制组织数十年。虽繁荣了大都市的戏院、酒馆、舞场、妓寮、绸缎商人或百货公司，自然使得全个国家人民，不免憔悴欲尽，政治去“民主”日远，“民主”二字也因之逐渐成为一个空洞不祥名辞：不是虚有其名，即是动触禁忌。直到北伐前期，广东方面才有一点新气象，然而北伐成功随即又是宁汉分裂，官僚又重新抬头，……这就是我们国家，是我们近三十年民主得而复失失而复得的反复学习。伟人名宦通过吾人回忆时，其中固也有俊迈不群，人格明朗“之士，但多数却如一册平庸而恶劣漫圆，然而这一幅幅连续而来的升官图，阅之却不仅使人刺目作痛，实使一切有心人不免为之碎心！因为从这个短短历史追数爬梳，即可知政治上“人材”或“奴才”，有时固如两种生物，各有分定，勉强不来。君子道消而贤人避世，莠草蒺藜即普遍丛生。有时又似乎并非泾渭异流，实出于同一人义利取舍一念之差。大家都明白“民主”曾得而复失，过去失于军阀无知而自大，行为自私而专横，当前失于传统弱点犹未尽除，再加上个政治思想的对峙，殊不知民主之所以失，多数从政者之气度人格及政术中取予之方关系尤深。政治上若只见知进而不能退人物，知聚敛而不能作事人物，知作假宣传而少真信仰人物，持国柄主大器者，即为唐太宗，明太祖，史大林，罗斯福，于此求盛世，求民主，或告人以业已郅治，行将民主，能不能有人相信。……前事若可作鉴，实值得论世经国者特别戒惧警惕！因民主或时局，其所以成这个样子，过去或当前，盘据于政治上层人物，都还有责任待尽未尽。其事虽庞大而无端，固亦可于三五人是否能超越个人成败得失而有所计划，几微之处测其发展也。

人材内阁一解体后，任公先生虽在反帝倒袁之役，犹抱病奔走西南，参预松坡先生戎幕，盾鼻草檄，很写了几篇大文章，影响国人瞻听。此后即不再过问实际政治，且失去用笔领导思想的兴趣，转而治中国文化史。秉三先生则从民五六后，即已放弃东山再起打算，尽全力于平民教育。变成一个墨氏信徒，推爱及物，无所不至，自奉俭薄，至于终生。死前数年，且把所有私产，全部捐献作为永久基金。个人因再无其他余财，还按月向董事会支领二百元薪津作日用，年近六十，吃九元一月二级职员伙食，不以为苦。一生凡事都若自成一格，无所依傍，综合了瑰伟奇异与平易近情而为一，临之竟落无迹象可寻。因之一个现代史学者，谈到民初元政治转捩点，并疏解及几个政治家和学人关系，和他的前因后果时，一面对于这个清流领袖的经济材识政治气度表示敬意，一面对于他的思想人格发展，就不免相当隔阂。会觉得这个人来得突兀去得倏忽，恰恰如太史公对项羽印象，有"何兴之暴"感。

照个人意见说来，问题实简单而明白，"因为这是一个楚人底子"。

> "鸷鸟之不群兮，自前世而固然。"
>
> ——《离骚》

楚人有它的民族气质，不特显著于自沉清流的三闾大夫，还浸透于一切平凡心灵。由于生命力充沛，特点也就恰是弱点：易负气轻生，难媚世屈己。从近百年学人烈士试略加检讨，曾左胡彭[2]之勇于为专制帝王杀人，支持腐败传统，不在本题，拟另作论述。此外经学专精如皮鹿门，文采诙谲如王壬秋，思想活动如谭复生、唐才常、宋钝初，反对专制帝政主持革命军事如黄克强、蔡松坡，四部杂学如叶德辉，纵横霸才如杨度，……性分材具虽各有长短，个人一生取予荣枯亦因之而异，然而有一点还是相同，即那点楚人气质，于鸣默之际均如可摸可触。凡属于这个底子，都不免受一种夙命拘束；宜于孤立陷阵，不易集团同功。能进取，难守成，胜不为王而败必死。或临阵丧元，或老死牖下；其于胜败之中无协妥又完全相同。

②曾左胡彭，即曾国藩、左宗棠、胡林翼、彭玉麟，皆为湘军首领。

时代或有寒暑，本来气质可部分修正。近三十年政治中，即曾出过一谭组庵先生，正如深懔老氏，“舌以柔而久存”之戒，南京陵园前留下一座有风景丘壑的谭墓，于春秋佳日足供游人凭吊，不至如其他乡先辈身后寂寞。及另一方式另一伙儿遍及国内老乡亲，更以别扭而变格……但试想想看，如彼或如此，其为楚人气质，岂不是还分明彰著？熊凤凰实更像个具原始性的楚人，和他生长的小环境有关系。

湖南人提起熊凤凰时，即常不忘记说一句“这是个凤凰三厅的苗子。”其实地方虽属苗区，却为征服统制苗人而设治，县城近于一个军事性大堡垒，戍卒屯丁多外来人。本省人还不甚辨悉苗与非苗，可见地域偏僻隔离到何等程度。

下面是我在几个杂著上，对于这个小地方的叙述。

“苟余心其端直兮，虽僻远之何伤。”

——《涉江》

一切城市的存在，大都在交通、物产、经济情形下，成为那个城市荣枯的因缘。这地方却以另外一种意义无所依附而独立。试将那个用粗糙坚实石头砌成的圆城，作为地方的中心，向四方展开，围绕了这边疆僻地的孤城，百里内外是上千碉堡和营汛关卡。碉堡各用大石头砌成，位置在山顶头，随了山路脉络蜿蜒走去，营汛关卡各位置在驿路上，布置得极有秩序。这些东西是在一百五十年前按照一种精密的设计，各保持相当距离，在周围数百方里内，平均分配下来，解决了退守一隅的边民叛乱的。两世纪来满清的暴政，以及因这暴政而引起的反抗，血染赤了每一条官路和每一个碉堡营汛。到如今，一切完事了，碉堡多已毁废，营汛多成为民房村落，人民已大半同化了。落日黄昏时节，站到这个巍然独在、万山环绕的孤城高处，眺望那些远近残毁碉堡，还可依稀想见当时角鼓火炬传警告急的光景……

这地方统治者分数种：最上是天王菩萨，其次是兵备道和总兵提督军门，又其次才是游击、参将、千总、把总、村长、乡绅和执行巫术的神的侍奉者。人人敬鬼信神，守法怕官。每家俱有兵役，可按月各自到营上领取一点银子，一份米粮，且可从官家领取百年前被政府所没收的公田播种。兵籍分战、守、马三种等级：守兵等级较低，除定时上衙门当值，春秋二季校阅武艺，平时并无职务。可农可工，不受拘束。战兵分驻湘西各属县，行有行饷，坐有坐粮，一家三口差可温饱。马兵似从驿站制度演变而来，驿站废除后，马兵分配城乡各属，数额既不多，身分因之较高，从不出征驻防，亦少应差役，人马均有薪饷，马多养在家中。除春秋大阅，得参加刺毬射垛，此外仅仅是迎春、霜降各节日，装备得鞍辔鲜明，排列在军门校场队伍中作仪仗。……兵都纯善如平民，与人无侮无扰。农民也都朴厚勤俭，敬神守法而乐生。城中人每年各按照家中有无，于节令中杀猪、宰羊、磔狗，献鸡献鱼，求神保佑五谷的蕃殖，六畜的兴旺，儿女的长成，以及作婚丧的和会，疾病的禳解。人人都乐意把家中的储蓄一部分，捐献给庙祝或单独执行巫术的道士。官府却每月派人下省请领十四万七千两雪花银子，存储四乡官仓的屯谷，定量分发给名册中报兵役的官兵。凡有兵役人家门前，都钉悬一白木小牌，上面用朱墨注明服役人姓名、年岁和身分。地方上各事都保持一种淳朴习惯，遵从古礼，春秋二季农事起始与结束时，照例有本街老年首事人，携带捐簿向各处人敛钱作社，举办土地会，杀猪分社肉，择本街空旷地方唱木傀儡戏。旱暵祈雨，除牧民县长率领土绅，素服去各庙行香，顽童们也应景凑趣，共同抬了活狗，颈带柳条圈，或扎成草龙，各处走去。(抬狗求雨用意，还似乎有点有意无心亵渎神灵和官府意味。)每年从立春后，即有世袭春官（多麻阳县高村岩门两地人担任），著明代黄麻官服、乌纱帽，携小小土牛，到各处人家去，用高亢喉音诵读一年四时节令有关农事歌词。岁暮年末，居民还愿的，多预先看定日子，邀请当地著名苗巫，装饰红衣傩神于家中正屋，杀猪宰羊，捶大鼓如雷鸣，主事苗巫即穿鲜红如血缎子袍服，吹镂银牛角，舞铜刀、法器、锦拂，踊跃鼓舞娱神。每堂法事都含有一点法术表演，且于法事间隔中，进行人神同乐的戏剧，庄严中有诙谐，诙谐处虽粗俚实健康，可以中和社会由于鬼神迷信和生活隔离作成的神经紧张及其他病态。城中的住户，多百年前派遣移来的戍卒屯丁，此外则有江西人在此卖布，福建人在此卖烟，广东人在此卖药。虽经过百年的综合，由于会馆制度的存在，各种地方性的语言习惯，还依然各保存一点独立性，然而这些人又和经管地方行政的公门中人一样，都得用苗语作第二种语言，方能应付各事。为的是衙署和商店情形一样，进出的人有大半还是苗人。地方由少数地主和多数军官，在政治上与婚姻上两面的结合，产生一个上层阶级，这阶级一方面用一种保守稳健的政策，长时期支配地方一切，并保有大部分属于私有的土地，而这阶级的来源，却依然出于当年的戍卒屯丁。县城四乡山坡上多产桐杉漆茶，矿坑中有朱砂水银，松林里生菌子，山洞中多硝。城乡全不缺少勇敢忠诚适于战争的农兵，与勤俭耐劳适于家庭的妇人。在军校阶级厨房中，出家常可口的菜饭；在伐树砍柴人口中，有热情优美的歌声。

地方东南四十里接近辰河（即古辰溪俗名麻阳河），一道河流定期泛滥肥沃了多山的两岸河谷地，多米多橘柚。西北二十里后，即已渐入高峻，近连苗乡，万山重叠，大小重叠的山中，大杉树和老毛竹用长年深翠逼人眼目的颜色，蔓延各处。一道小河从高山绝涧中流出，汇集了万山细流，沿了两岸有杉树林的河沟奔驰喷薄而过，住在山谷中的苗人，就各在河岸编缚竹子作成三丈对径的水车，接引河中流水，灌溉高处的山田和菜园。河水长年清澈，其中多鲫鱼，鳜鱼，鲍鱼，羊角鱼，洞穴溪涧中还有一种大到三五十斤的鲵鱼。（惟广东商人间或来收买，本地人可不吃它。）……小溪水环流东北城下驶，到七十里后，即与泸溪上游的洞河在“所里”相会，泸溪到县治时再与沅水会，即下常德直达洞庭。

从这个叙述上看之，就可知地方虽小而近于偏陬僻壤，当时却比湘西邻近各县较富足。按照傅鼐征苗安边计划，湘西边区最高统制机构，辰沅永靖兵备道和镇筸镇总兵官，两个机构既统制绿营兵勇，每月除耗用各属屯田谷米外，还可请愿十余万花银作协饷。另外一面则离城六十里湘黔边境的猴子坪、大硐汆，是湘西出朱砂水银区域；离城百余里的辰溪县，是湘西煤磺区；离城四百里的柳林岔，且是著名出金砂地方。保护这些矿区生产，照例得有一点军队驻防，自然归绿营军勇负责。咸同之际打长毛，守云贵，又出过几个提督军门，为乡人带了点功名富贵，……地方人取得财富发展生命的方式，终不脱屯丁戍卒的习惯，所以读书人在这个地方自然成为稀有分子。然而这个社会组织的单纯和孤立，在个人体力和性格上，便保有了更像历史上所说楚人的禀赋，长处和弱点都鲜明凸出，却在综合中常有生物学上所说的突变现象发生。军人中很出过几个充满艺术气质的人物，读书人则多含楚气，于诗文中见驳而不纯之霸才。

“余思旧邦，心依违兮。日暮黄昏，羌幽悲兮。”

——《九叹》

并且地方有光明的一面，一切人物生活于单纯而离奇背景中，犹如一首有个性有色彩的诗歌，然而也还有极黑暗凄惨的一面，大都用血涂写而成，为任何诗人所不忍重述。因为那地方本为种族征服一个重要据点。五溪蛮千年来如何被消灭同化，年远世易已难得其详。然清代以汉治苗的毒辣统制政策，傅鼐的种种计划的推行，直到长时期安定局面的获得，说是“血染赤了每条官路及碉堡”而来，则并非过言。到我知道事世时，就还有两件事在印象中异常深刻，且影响一生极大：其一即县衙门每天均有案件审讯，不过三五天，又必有苗人因犯小罪被送上站笼缢死。这些性情驯善忠厚的特种人民，常因斗殴一类私事被控强盗，有钱自易取和。若无钱赎罪，即很容易被送上站笼，示众一定时刻，再执行死刑。未抽去脚下底板前，家中妇人泪眼莹莹逼近木笼边来送终时，男的低低的嘱咐后事，女的便低声连呼青天。另外出了钱的仇家，却与土讼棍苗译员买了些爆竹，等待执刑时在笼边燃放，感谢青天报仇。其次是辛亥革命，四乡苗民集中暴动，乘夜攻城失败后，军队下乡捉人，逢人即捉，一串串绑入城中屠杀，一连整月，直到执行官吏也寒心不敢负责，因此将这些无辜良民死生，完全交给于当地神庙中两片竹筊，作为决定。秉三先生在这么一个小小石头城中，且小小时即随同作军官的熊老太爷各处驻防，既比我早生三十年，所见到边区善良人民被贪官污吏鱼肉事情，自然更加深切更加多。其揽辔中原澄清天下之壮怀大志，一经受挫证实无何希望后，过去或目前，无知人民在残忍贪得统制下长久牺牲的痛苦印象，于其生命中必重新抬头，出于爱与不忍之心，将中年后全部精力理想，转而集中于慈善事业与平民教育，且凡事恭行践履，临以庄敬，转变虽若极突兀，其实也并不奇异。在新教育设计上；年前去世之陶行知，近犹在美宣传中国平教之晏阳初，二氏工作即全得助于秉三先生支持。这种新教育观，目前虽若已经过时，将来却可望与联合国文教设计，或其他更新机构，取得种种合作，在国内作更广泛试验；尤其是涉于职业工艺教育，这个制度可参证处一定还多……

从这个社会背景的叙述，想把秉三先生民元前后在政治方面的热情活跃表现，作成一种有机说明，还不甚容易，但从这个背景形成的人格方面，看看他民六以后离开了政治，去从事平民教育，且守住一种极端素朴的生活，终其一生，性格上的博大与悲悯，却多少可看出一点消息。这是一个真正的湖南乡下人。唯其为乡下人，才能把伟大与素朴，一同溶接于全人格中，见出明朗温静的光辉。

湖南人朋友梁任公先生，死去快二十年了。这个湖南乡下人，带着他褪色理想和古典热情，以及因国难来临为救济人民奔走呼吁得来的疲劳和碎心，瞑目死去也已十年了。更多活着的湖南人，抗战八年家乡毁尽之后，犹不能卖刀买犊，回转本籍，从荒园废墟上，将生命馀力，与当地孤儿寡妇同工共事，为下一代幸福与安全有所努力，重新建造一些房屋、工厂和学校，让后一代明白，团结合作抗敌御侮，一切牺牲，对国家民族具有何等庄严意义，且带来多少可证实的幸福希望。却于中国各处地面，无可奈何，流迁转徙，来参加一个民族自残的流血大悲剧，更充分将楚人的长处和弱点，用于职业上或信仰上，进而作成世界大屠杀一个序幕曲。

政治！政治！这个国家的政治，既只能作成驱人死亡迫人疯狂的行为扩大与延长，政治家或思想家于此情形下，凡已失去做人良心的，尚认为系必然现象，正可于此变中求有以自见；做人良心未泯的，亦大都除束手缄口，等待同归于尽，殆无事可为。不免更令人对于过去或当前，一些人敢于从另外一个观点出发，“令人乐生而各遂其生”的政治运动，思想检讨，教育设计，青年组织，文学美术创作，及其他一切属于个人的善意努力，都感到凄怆的钦迟。为的是所有努力得来的良好效果和现实的摧残毁灭对照时，虽显得薄弱而少功，然而人类若当真还希望得罪，这时代又真有所谓伟大政治家或思想家，明白人类情感褊持之可惧，自残之无益。推爱人如己之心，来对这个连续悲剧知有所否定，且能够从另一种肯定信念有所寻觅时，乐为执鞭负戈者当大有其人。

近日来，寒流重袭河北平原，故都一入夜，室外温度即到零下十五点，空气都如结了冰，半夜中还常可闻远处隐约炮声连续，使人想象得出：每一度钢铁崩裂过程中，必然有人流血有人死，挣扎于生死之际的呼喊呻吟，亦仿佛有些脆弱亲切悲哀沉痛乡音可闻。

一个去向遥遥远方十八岁年纪的表亲侄女来信说：“叔叔，叔叔，我们已到了我想到的地方。虽离开了你已经很远，实盼望你依然是我们的旗帜，在来自四面的严酷寒风吹拂中屹立不动。我们都认为你曾经作过这种旗帜！我们在争取人民愿望的尊严，自由与和平！……”

另一个守住某一孤立据点，年逾五十岁了的老友 × × 也来信说：“我们十年来死亡了几千万人民，夺回一片土地上的工矿产业，要二三十年经营建设才具规模，两年中全毁掉了，或毁于接收，或毁于炮火。一切如今还在毁。这么下去给了下一代多大担负，……悲壮牺牲虽然是事实，我们若有伟大政治家或思想家，能够把这点牺牲精神，或同力合心，或分组竞赛，转移到驾驭钢铁征服自然工作上去，三五年以后，每人一天作四小时工，大家也可以吃得饱穿得暖，一到星期天还可换上新衣和家中人去看有味觉新电影！……人民需要的是和平，只要有和平，他们就会照料土地照料自己，在这片土地上活得上好，你们还可以说话，情形已那么严重，为什么不多说点话？”

这也是两个湖南人，一个还把国家一切转机寄托到战争上，却不明白战争为人民带来的是什么。一个透澈厌恶战争，一切理想的实证，却不能不寄托到战争的结果上。两个信件一同搁在我书桌前，耳听寒风中送来的远处隐约炮声，和来自两代生命，两处地域，愿望似异实同的呼声，想起这个国家人民所遭受的苦难，不觉眼湿。

死去的大多寂寞死去，生存的却如此痛苦生存，是为什么？三十年前胡适之先生做文章，劝人每一举措遇事都要问“为什么”。我们当前的政治家，思想家，优秀活动青年，还有不有人能想想当前是“为什么”没有？敢于从承认以外还知有所否定，从信仰以外保留些怀疑，十分积极的来追究一下这个“为什么”没有？……

“长太息以掩涕兮，哀民生之多艰。”

“众不可户说兮，孰云察余之中情？”

——《离骚》